SALIM GÜLER

ABRECHNUNG

1. Auflage Oktober 2017

Autor: Salim Güler
Lektorat: Christiane Saathoff, www.lektorat-saathoff.de
Covergestaltung: Dennis Eid
Erstveröffentlichung: 2017 als E-Book

Das Buch

Als bei einer Autobombe eine junge Mutter und ihre vierjährige Tochter ums Leben kommen, setzt die Kölner Kriminalpolizei um den Ermittler Lasse Brandt alles daran, die Täter schnell zu fassen, auch aus Sorge, dass noch weitere Anschläge passieren könnten.

Noch ahnt Brandt nicht, dass der Anschlag dem ehemaligen US-Topagenten Peter Walsh galt. Auch Walsh sucht die Täter, weil bei dem Anschlag sein bester Freund schwer verletzt wurde.
Aber im Gegensatz zu Brandt, sinnt er auf Rache und ist bereit dafür über Leichen zu gehen.

Es beginnt ein tödliches Katz-und-Mausspiel, wo auch Unschuldige zur Zielscheibe werden.

Der Autor

Salim Güler, aufgewachsen in Norddeutschland, studierte in Köln Wirtschaftswissenschaften und promovierte an der TU-Chemnitz.

Schon als Schüler begann er mit dem Schreiben von selbsterfundenen Geschichten und diese Leidenschaft ließ ihn bis heute nicht los.

In seinen Romanen finden sich immer wieder gesellschaftlich aktuelle Themen, die er geschickt in eine fiktive und hoch spannende Geschichte einzubetten versteht.

Seine Bücher landen regelmäßig in den Bestsellerlisten der Amazon und Bild Verkaufs-Charts.

Salim Güler ist sehr am Austausch mit seinen Leserinnen und Lesern interessiert und freut sich daher über jeden Kontakt, entweder über Facebook oder über seine Homepage.

www.salim-gueler.de

https://www.facebook.com/salim.gueler.autor

Kapitel 1

8. September

Nichts geschieht ohne Grund!

Peter Walsh hatte in der letzten Nacht schlecht geschlafen und dieser Satz aus seinem Traum war in seinem Gedächtnis hängen geblieben. Wovon er geträumt hatte, wusste er nicht mehr genau, aber er war schweißgebadet aufgewacht. Seine Frau hatte friedlich neben ihm geschlummert und er war leise ins Bad gegangen, um sich den Schweiß vom Körper zu wischen und ein neues Unterhemd anzuziehen.

Zurück im Schlafzimmer hörte er den ruhigen und gleichmäßigen Atem seiner Frau. Es beruhigte ihn ungemein und er wusste in diesem Augenblick, wofür es sich wirklich lohnte, zu leben: für das Glück, das er besaß. Das Glück, eine tolle Frau und eine wunderbare Tochter zu haben, dazu sehr gute Freunde – zwar wenige, doch sie waren echte Freunde, auf die er immer zählen konnte. Und sie konnten immer auf ihn zählen.

„Hey, wo bist du mit deinen Gedanken?“, fragte Joe.

Walsh schreckte auf und sah seinen besten Freund an. Er war optisch genau das Gegenteil von ihm. Er war deutlich kleiner als der ein Meter fünfundachtzig große Walsh und auch sonst konnten sie nicht unterschiedlicher sein. Während Joe mit seinen neunzig Kilo eher rundlich war, achtete Walsh sehr auf seinen Körper und trainierte viel, um sich fit zu halten. Trotz dieser rein äußerlichen Unterschiede verband sie eine tiefe Freundschaft, die während ihrer gemeinsamen Zeit bei einem Geheimdienst des US-Militärs entstanden war.

„Nirgends“, antwortete Walsh, da er es albern fand, Joe die Wahrheit zu sagen.

„Für nirgends warst du aber ziemlich weit weg, mein Lieber. Mir kannst du nichts vormachen. Oder bist du schon in der Midlife-Crisis?“, witzelte Joe, doch Walsh hörte den ernsten Unterton heraus.

„Du Keks, mit einundvierzig bestimmt nicht. Es ist nichts, ich war nur kurz abgelenkt.“

„Immer noch der Coole. Da kennen wir uns schon so lange und trotzdem lässt du keinen an deine Gedanken ran.“

„Militärerziehung“, verteidigte sich Walsh, dennoch spürte er den wunden Punkt. Er hatte sich seit jeher schwergetan, offen mit seinen Gefühlen umzugehen – im Gegensatz zu Joe, der ein sehr lockerer und aufgeschlossener Typ war.

Melanie, seine Frau, kritisierte ihn deswegen seit Langem, aber Walsh konnte einfach nicht über seinen Schatten springen. Sein Leben hatte schon immer aus Geheimnissen bestanden und so schnell würde sich auch nichts daran ändern, dafür hatte ihn seine Vergangenheit zu stark geprägt. Nur ab und an, gegenüber seiner zehnjährigen Tochter, ließ er sich weichkochen, weil sie es wie keine andere Person verstand, seine Gefühle zu deuten.

„Du bist keiner dieser Gangsta-Rapper, die dauernd einen auf cool machen müssen. Es ist okay, Gefühle zu zeigen und Freunde an sich ranzulassen. Außerdem steht dir das nicht, dafür bist du nicht schwarz genug", erklärte Joe und verschränkte die Arme.

„Ach und dir schon? Deine Hautfarbe macht noch lange nicht einen Gangster aus dir, Bro. Du bist ein IT-Nerd. Hast du jemals einen coolen Nerd gesehen?"

„Was? Ich bin doch wohl obercool?", tat Joe eingeschnappt und ließ einen Löffel Eis in seinem Mund verschwinden.

„Wer ist cool?", hörte Walsh eine Stimme hinter sich fragen. Er musste sich nicht umdrehen, um zu wissen, dass seine Tochter gerade die Eisdiele betreten hatte.

„Dein Papa meint, ich wäre nicht cool", antwortete Joe mit einem breiten Grinsen.

„Quatsch, Papa. Onkel Joe ist der Coolste von den Coolen", grinste Nina und ging auf Joe zu, der aufgestanden war und Nina umarmte. Danach klatschten sie ab.

„Hey, und was ist mit mir?", fragte Walsh.

„Ich liebe dich auch, Papa." Nina setzte sich auf seinen Schoß und gab ihm einen Kuss auf die Wangen.

In diesem Augenblick vergaß Walsh seinen Albtraum und die Wut, die tief in seinem Inneren schlummerte und jederzeit auszubrechen drohte. Seine Vergangenheit beim Militär und all die lebensgefährlichen Missionen, die er überlebt und die ihm den Ruf des besten Agenten aller Zeiten eingebracht hatten, ließen ihn einfach nicht los. Wieder einmal wurde ihm klar, warum er dem Geheimdienst den Rücken gekehrt und mit Joe eine Firma für Personenschutz gegründet hatte.

„Wo ist deine Mutter?", fragte Walsh.

„Die ist noch draußen. Redet mit einer Freundin."

„Möchtest du ein Eis?“, fragte Joe.

„Au ja, ein Spaghetti-Eis“, freute sich Nina und setzte sich neben ihn.

Joe war vernarrt in Nina und umgekehrt. Obwohl er nicht mit ihnen verwandt war, gehörte er zu den wenigen Menschen, denen Walsh seine Tochter ohne Bedenken anvertraute. Dabei war er jemand, der kaum einem Menschen vertraute.

„Eine Kugel, mehr nicht“, ermahnte Walsh seine Tochter.

„Aber …“, versuchte Nina aufzumucken.

„Eine Kugel.“

Nina schaute sauer auf den Boden und dann zu Joe. Der zeigte jedoch keine Regung. In diesem Moment kam der Kellner.

„Und, was darfs für die kleine Prinzessin sein?“, fragte er.

Bevor Nina antwortete, schaute sie abwechselnd zu Joe und zu ihrem Vater. Doch Walsh war nicht gewillt, klein beizugeben. Er wollte einfach nicht, dass seine Tochter das Gefühl hatte, dass sie mit allem durchkam.

Nina ließ die Schultern hängen, presste enttäuscht die Lippen zusammen und sagte: „Ich darf leider …“

„Bringen Sie ihr ein Spaghetti-Eis“, kam ihr Joe mit einem breiten Grinsen zuvor.

Der Kellner nahm die Bestellung auf und ging zurück an den Tresen. Im selben Augenblick sprang Nina auf und gab Joe einen Kuss auf die Wange, während Walsh noch immer ernst wirkte.

„Du bist der tollste Onkel. Papa, bist du jetzt böse auf Joe?“

Walsh wollte böse sein, doch er konnte es nicht. Der Katzenblick seiner Tochter brachte ihn einfach zum Schmelzen. „Das war aber das letzte Mal."

„Versprochen", jubelte sie triumphierend, dabei strahlten ihre Augen.

Es war für Walsh immer wieder faszinierend, mit ansehen zu dürfen, wie leicht man Kinder glücklich machen konnte. Leider ging diese Leichtigkeit verloren, je älter man wurde.

„Ich glaube, ich muss echt mal ein ernstes Wörtchen mit Joe reden."

„Was wäre ich für ein Onkel, wenn ich die Wünsche meiner liebsten Nichte nicht erfüllen würde? Das Strengsein überlasse ich lieber deinem Papa, der ist eh gut darin, böse dreinzuschauen."

Joe klatschte mit Nina ab, sie kicherte.

Walsh konnte nicht anders, plötzlich musste er lachen und wieder stieg dieses Gefühl in ihm auf, das er Glück nannte. Gleichzeitig meldete sich aber auch ein anderes Gefühl, das ihm große Angst machte. Ein Gefühl, das ihm sagte, dass er sein Glück nicht für immer würde schützen können.

„Was gibt es da zu lachen?", begrüßte ihn seine Frau mit einem Kuss.

„Papa ist glücklich, weil ich ein Spaghetti-Eis bekomme", antwortete Nina.

„Na klar", erwiderte Walsh mit ironischem Unterton.

„Mensch, Nina, wir wollten doch nachher noch essen gehen."

„Das habe ich glatt vergessen", versuchte sich Nina zu verteidigen.

„Schatzi, das habe ich dir gesagt, als du zu Papa gerannt bist."

„Habe ich wirklich vergessen", blieb sie bei ihrem Standpunkt und dann kam auch schon der Kellner mit dem Eis und Ninas Augen wurden wieder groß.

Melanie seufzte und nahm neben Walsh Platz. „So dickköpfig wie der Papa", sagte sie und fügte an den Kellner gewandt hinzu: „Kann ich bitte einen Espresso haben?"

„Und die Herren?", fragte der Kellner.

„Ich nehme noch zwei Kugeln Schoko", sagte Joe.

„Ein stilles Wasser", antwortete Walsh und verkniff sich den bissigen Kommentar in Richtung Joe.

„Darf Mama auch etwas abhaben?", fragte Melanie.

„Na klar", sagte Nina und reichte ihrer Mutter den Löffel. Das bewunderte Walsh an seiner Tochter. So sehr sie Eis liebte, war sie trotzdem nicht egoistisch und teilte gerne. Walsh wusste natürlich, was seine Frau damit bezweckte: Sie wollte verhindern, dass ihre Tochter zu viel Eis aß.

„Papa und Onkel Joe, möchtet ihr auch?"

„Ich kriege doch gleich etwas", sagte Joe, Walsh lehnte ebenfalls dankend ab.

„Ich habe eben eine alte Freundin getroffen. Ist es für euch Männer okay, wenn Nina und ich mit ihr essen gehen?"

„Klar, kein Ding. Wir treffen uns dann zu Hause", antwortete Walsh, der sich insgeheim ein wenig freute, weil er so mehr Zeit mit seinem besten Freund verbringen konnte.

„Super. Ich schätze, wir sind gegen 16, 17 Uhr zu Hause. Denkst du noch an die Einkäufe?"

„Das kriege ich hin.“

„Deswegen muss ich dich auch immer wieder daran erinnern.“

Der Kellner brachte das Eis und die Getränke.

Nachdem Nina ihr Eis aufgegessen hatte, verabschiedeten sich die beiden von den Männern und machten sich auf den Weg zu ihrer Verabredung.

Walsh und Joe verließen kurz nach ihnen das Eiscafé und schlenderten Richtung Schildergasse.

„Im Vergleich zu den USA ist der Wahlkampf hier echt gesittet“, sagte Joe, als sie an einigen Wahlplakaten vorbei gingen.

Walsh nickte nur. „Zum Glück haben wir hier keinen Verrückten wie Trump.“

„Angst! Mit Angst kannst du jeden manipulieren. Sonst hätte Trump doch nie gewonnen“, sagte Joe.

Walsh nickte nur, da etwas anderes seine Aufmerksamkeit geweckt hatte.

„Schau mal gleich links von dir in das Schaufenster. Siehst du den Schwarzhaarigen mit der blauen Jeans und der Bomberjacke?“

„Ja, was soll mit dem sein?“

„Findest du es nicht etwas zu warm für eine Bomberjacke?“

„Du siehst Geister, Bro“, antwortete Joe und schüttelte den Kopf. „Entspann dich. Es gibt keinen Grund, dass uns jemand folgen sollte.“

Walsh konnte sich aber nicht entspannen. Zu lebendig war die Erinnerung an seinen letzten Einsatz für die Agency, als sie ein Terroristennetzwerk hatten auffliegen lassen. Leider hatte sich der Kopf der Gruppe nach Saudi-Arabien abgesetzt.

Inzwischen waren sie in die Hohe Straße abgebogen, immer wieder wanderte Walshs Blick zu den Schaufenstern, die so gut spiegelten, dass er unbemerkt prüfen konnte, ob der Mann ihnen weiter folgte.

„Er ist noch immer hinter uns“, flüsterte Walsh.

Joe schaute ebenfalls unauffällig zur Seite. „Aber nicht alleine. Das sind keine Terroristen. Wir haben die ganze Bande auffliegen lassen. Außerdem sieht der andere nicht wie ein Südländer aus. Die sind harmlos.“

„Den Kopf der Bande haben wir nicht erwischt. Mir schmeckt das nicht.“

„Gut, dann schauen wir, ob sie uns weiter folgen“, sagte Joe und bog links ab in die Minoritenstraße. „Siehst du, weg. Du siehst Gespenster.“

Walsh drehte sich kurz um, konnte allerdings weder den Mann noch seinen Kumpel entdecken.

Vielleicht sehe ich wirklich Geister, dachte er, trotzdem konnte er sich nicht entspannen.

„Siehst du! Das waren ganz harmlose Jungs. Nicht jeder Moslem ist gleich ein Terrorist.“

Statt zu antworten, atmete Walsh nur aus. Manchmal wünschte er sich die Lockerheit von Joe, aber er konnte nicht aus seiner Haut. Überall sah er Gefahr lauern. Gefahr, die seine Familie und seine Freunde bedrohen konnte. Um sich selbst hatte er keine Angst, er wusste sich zu verteidigen.

„Komm mal runter, Bro, genieß die letzten schönen Sonnenstrahlen. Der Winter steht vor der Tür.“

„Im September? Du schaust einfach zu viel diese Game-of-Thrones-Scheiße."

„Das ist keine Scheiße, sondern die erfolgreichste Serie aller Zeiten und leider bald vorbei."

„Zum Glück", sagte Walsh zum ersten Mal mit einem Grinsen. Die Anspannung löste sich und beide betraten den Supermarkt, um die Einkäufe zu erledigen, um die Melanie sie gebeten hatte.

„Haben wir nichts vergessen?", fragte Joe, als sie an der Kasse standen.

„Nein, ich denke nicht."

„Irgendwie überzeugt mich das nicht", lachte Joe und legte einen Schokoriegel auf das Band.

„So wirst du nie schlank werden."

„Was soll ich machen? Ich unterzuckere. Willst du auch einen?"

„Bestimmt nicht."

„Du weißt nicht, was du dir entgehen lässt."

Walsh schüttelte den Kopf, doch in Gedanken klopfte er seinem besten Freund auf die Schulter. Natürlich hätte er gerne einen Schokoriegel gegessen, wer nicht? Allerdings hätte das gegen seine eiserne Disziplin verstoßen, die er sich selbst auferlegte, damit er weiterhin topfit blieb. Er war zwar kein Topagent mehr, aber der Beruf als Personenschützer forderte seine maximale Leistungsfähigkeit und tief in seinem Inneren wusste er, dass sich diese professionelle Einstellung niemals ändern würde.

Walsh bezahlte und sie verließen den Supermarkt mit den Einkäufen.

„Wann treffen wir uns morgen?", fragte Joe.

„Um 5:30 Uhr. Wir müssen um neun in Mannheim sein“, antwortete Walsh.

„So früh? Mannheim ist gleich um die Ecke, da sollte doch …“

„Dann gehst du heute eben früher ins Bett. 5:30 Uhr. Ich will mir die Umgebung kurz anschauen, bevor wir unseren Gast empfangen“, erwiderte Walsh. Er war nicht gewillt, mit Joe darüber zu diskutieren.

„Gut, aber der Kaffee geht auf dich.“

„Geht klar. Dieser Auftrag ist sehr wichtig für uns. Wenn wir den CEO zufriedenstellen, dürfte uns das weitere einflussreiche Klienten bringen.“

„Ich weiß, das kriegen wir locker hin. Bis jetzt war noch jeder Kunde, den wir beschützt haben, zufrieden. Bald könnten wir weiteres Personal einstellen, was meinst du?“

„Darüber müssen wir uns in der Tat Gedanken machen, ob wir wachsen wollen oder lieber unser eigenes Ding durchziehen.“

„Wie du meinst. Zu viel Verantwortung ist natürlich auch blöd.“

Walsh dachte ähnlich, aber nicht, weil er sich fürchtete, weiteres Personal einzustellen, sondern weil er glaubte, dass es keinen besseren Personenschützer als ihn gab und er seinen Ruf nicht aufs Spiel setzen wollte.

Inzwischen waren sie am Wagen angekommen und luden die Einkäufe ein.

Gerade als Walsh den Kofferraum zuklappte, klingelte sein Handy.

„Ja“, nahm er das Gespräch an. Es war seine Frau. Walsh hörte ihr zu, dann sagte er: „Okay, Schatz, mach ich“ und beendete das Gespräch.

„Was ist los?“, fragte Joe.

„Wir müssen noch mal kurz zurück, Melanie möchte Wein. Ihre Eltern kommen heute Abend.“

„Geh du doch schnell rein, ich fahre vor und du kannst ins Auto springen.“

„Gute Idee“, antwortete Walsh, gab Joe den Autoschlüssel und eilte Richtung Supermarkt.

In dem Moment, als er um die Ecke bog, hörte er eine laute Explosion. Er stoppte und ihm wurde plötzlich heiß, sein Herz schlug wie verrückt. Er lief zum Parkplatz und wollte seinen Augen nicht trauen.

„Joe“, brüllte er mit Tränen in den Augen, während er zu dem brennenden Wagen rannte, der durch die Explosion auf dem Dach lag.

Kapitel 2

„Und, schon nervös?“, fragte Lasse Brandt und ließ ein Stück Currywurst in seinem Mund verschwinden.

„Ganz und gar nicht. Warum sollte ich das sein?“, sagte Emre Aydin, allerdings wirkte er dabei alles andere als gelassen.

„Ärger den Jungen doch nicht immer. Nina ist eine tolle Frau, höchste Zeit, dass ihr heiratet, sonst läuft sie dir weg“, schien Walter Aydin Mut machen zu wollen und warf Brandt einen strengen Blick zu.

„Richtig! Ich liebe Nina und wir haben ein Kind, da ist es wohl logisch, dass wir heiraten.“

„Ich sage ja nicht, dass es nicht richtig ist, ich frage dich nur, ob du nervös bist. Schließlich wird es bald ernst. Und glaube mir, ab dann wird Nina die Leine noch kürzer halten.“

„Wird sie nicht. Sie weiß, wie ich bin, und ich, wie sie. Warum sollte sie sich plötzlich verändern?“

„Mensch, Aydin, du Depp, merkst du nicht, dass du ihm immer wieder neue Nahrung gibst, indem du auf seine fiesen Scherze eingehst?“

Brandt grinste nur, da Walter natürlich recht hatte. Er mochte Nina und war froh, dass die beiden heiraten würden, dennoch konnte er es sich nicht verkneifen, Aydin aufzuziehen.

„Krieg ich noch eine Currywurst?“, fragte Brandt, nachdem er das letzte Stück aufgegessen hatte.

„Wenn du den Jungen weiter ärgerst, bestimmt nicht“, antwortete Walter, legte aber sogleich eine weitere Wurst auf den Grill. Dann wandte er sich zu Aydin. „Unter uns, ich würde mir sehr gut überlegen, ob ich so eine Pfeife als Trauzeugen will."

Diesmal war es Brandt, der ein beleidigtes Gesicht machte. „Ich bin keine Pfeife!"

„Bist du, und was für eine. Eine richtige Pfeifenkatz." Walter lachte über seinen eigenen Witz und legte die Hände auf seinen beachtlichen Bauch.

Die drei hätten nicht unterschiedlicher sein können: Walter, der große, kräftige Imbissbudenbesitzer mit den unzähligen Tattoos und den Narben im Gesicht, dem man ansah, dass er eine kriminelle Vergangenheit hatte; daneben Lasse Brandt, der siebenundvierzigjährige Halbnorweger mit den strahlend blauen Augen, dem markanten Gesicht und dem akkuraten blonden Kurzhaarschnitt, der penibelst auf sein Äußeres achtete und manches Frauenherz höherschlagen ließ; und schließlich sein Kollege Emre Aydin mit den schwarzen Haaren und dem perfekt gestutzten Sechstagebart, über den Brandt sich immer lustig machte. Aydin war neunzehn Jahre jünger als Brandt und trug am liebsten Jeans, T-Shirt und Turnschuhe. Ausschließlich Chucks. Ganz im Gegensatz zu Brandt, der jederzeit in Hemd und Anzughose auftrat. Trotz der Unterschiede verband die drei eine lange Freundschaft.

„Hast du für mich auch noch eine Rindswurst?", fragte Aydin.

„Für dich doch immer. Was gibt es eigentlich Neues an der Front?"

„Derzeit ist es zum Glück etwas ruhiger. Die Mörder scheinen im Urlaub zu sein", antwortete Brandt, genau in diesem Moment klingelte sein Handy.

Er nahm das Gespräch an, schon gleich hatte er kein gutes Gefühl.

„Wir kommen“, antwortete er schließlich und beendete das Gespräch.

„Das hört sich nicht gut an“, kommentierte Aydin.

„Wie es scheint, ist ein Auto in die Luft geflogen.“

„So viel dazu, dass die Verbrecher im Urlaub sind“, unterbrach Walter. „Wollt ihr die Würstchen mitnehmen?“

„Gerne“, nickte Brandt, dessen mulmiges Gefühl zunahm.

„Geht auf mich.“ Walter reichte beiden die Würstchen.

„Du hast was gut bei uns “, rief Aydin und gemeinsam eilten sie hinaus.

„Was ist denn genau passiert?“, fragte Aydin im Wagen.

„Keine Ahnung. Ein Auto ist explodiert und es gibt wohl Tote.“

„Eine Explosion? Meinst du, es war ein Anschlag?“

„Wir werden sehen, mit Sicherheit war es kein Unfall.“

„Wo?“

„In der Innenstadt, Apostelnstraße“, sagte Brandt und schob sich schnell das letzte Stück Currywurst in den Mund, während er bereits Richtung Neumarkt jagte. Der typische Kölner Verkehr bremste ihn immer wieder aus, doch er verzichtete darauf, das Martinshorn zu nutzen. Die Kollegen von der Spurensicherung waren vor Ort, das hatte jedenfalls Bender am Telefon gesagt.

In der Tat sahen sie bald schon von Weitem viele Streifenwagen und das rot-weiße Polizeiabsperrband, das den Tatort weiträumig umgab.

Brandt parkte und gemeinsam liefen sie zum Tatort.

„Hier dürfen Sie nicht rein“, sagte ein Streifenpolizist, der augenscheinlich Neugierige fernhalten sollte.

„Wir sind von der Kölner Kripo“, antwortete Brandt und zeigte seinen Ausweis.

„Sorry, Jungs.“

„Kein Ding“, erwiderte Brandt und klopfte dem deutlich kleineren Streifenpolizisten auf die Schulter.

Etwas weiter entfernt sah er Kristina Bender, die sich mit Eugen Kramer und Alexander Rech unterhielt.

Bender war die Leiterin der Kölner Mordkommission und somit ihre Chefin.

„Besser spät als nie“, stichelte Kramer, als Brandt und Aydin vor ihm standen.

Kramer war Fallanalytiker und mit seinen ein Meter siebzig deutlich kleiner als Brandt, was er durch Besserwisserei und Hochnäsigkeit zu kompensieren versuchte. Im Gegensatz zu Brandt hatte er auch ein abgeschlossenes Studium, was er gerne betonte. Brandt konnte seine arrogante Art nicht leiden, daher gerieten beide immer wieder aneinander.

„Kramer, lass das bitte“, kam Bender Brandt zuvor, da sie offensichtlich ahnte, dass er ihm am liebsten einen Spruch zurückgeben wollte. „Gut, dass ihr da seid. Wir müssen wohl von einem geplanten Anschlag ausgehen.“

„Einem Terroranschlag?“, fragte Aydin.

„Eher unwahrscheinlich“, antwortete Kramer.

„Woher willst du das wissen?“, blaffte Brandt.

„Nun, weil das sehr untypisch für Terroristen wäre. Wozu einen Wagen mit einer Bombe versehen, wenn man damit genauso gut in eine Menschenmenge rasen und viel größeren Schaden verursachen kann? Eine Autobombe ist aufwendig, der Output zu gering."

So ungern Brandt es zugeben wollte, Kramers Gedanken klangen logisch.

„Es ist zu früh, um überhaupt zu spekulieren", ergänzte Rech, der Leiter der Spurensicherung.

„Ich wette um ein Mittagessen, dass es kein Terroranschlag war", unterbrach ihn Kramer.

Brandt schaute sich um. Selbst für einen Laien war offensichtlich, dass eine gewaltige Explosion den Wagen zerstört hatte. Überall lagen Scherben, eine Tür war herausgerissen und der Wagen lag auf dem Dach. Solch einen Schaden konnte nur eine Bombe verursacht haben. Auch die umliegenden Fahrzeuge hatten etwas abbekommen.

„Hier wird um nichts gewettet. Wir warten den ersten Bericht der Spurensicherung ab. Menschen haben hier ihr Leben verloren, bitte etwas mehr Anstand", wurde Bender laut. Ihre Augen funkelten gefährlich und Brandt konnte sehen, dass Kramer das Ganze ziemlich unangenehm war. Er schien einzusehen, dass er mit seinem Spruch etwas übers Ziel hinausgeschossen war.

„Wie viele Tote haben wir zu beklagen?", fragte Aydin. Man sah ihm an, dass ihn der Vorfall sichtlich berührte.

„Soweit ich informiert bin, zwei tote und eine schwer verletzte Person."

„Ermitteln wir oder wird das BKA übernehmen?", fragte Brandt, da er sich an andere Fälle erinnerte, die ihnen einfach weggenommen worden waren, weil das BKA sich zuständig fühlte.

„Das weiß ich noch nicht. Zu diesem Zeitpunkt gehe ich davon aus, dass wir die Ermittlungshoheit haben. Jedenfalls habe ich noch keinen Kollegen vom BKA gesehen."

„Das dürfte sich genau jetzt ändern", antwortete Kramer, als ein Mann auf sie zukam.

„Tanner, BKA. Sind Sie Frau Bender?", sprach der Mann sie an, dabei ignorierte er Brandt und seine Kollegen komplett.

Bender nickte nur, sie musterte Tanner kurz und sagte dann: „Wir treffen uns um 18 Uhr zur Besprechung im Präsidium. Herr Tanner, folgen Sie mir bitte."

Mit diesen Worten entfernten sich die beiden.

„Wir schauen uns mal um", erklärte Brandt.

„Verwischt mir aber keine Spuren. Denkt an die Verhüterli", mahnte Rech und reichte ihnen Überzieher für die Schuhe und Einmalhandschuhe.

„Wir doch nicht", antwortete Brandt und nahm wie Aydin die Sachen entgegen. Danach gingen sie zu dem ausgebrannten Wagen.

„Glaubst du, das BKA nimmt uns den Fall weg?", fragte Aydin.

„Wäre nicht das erste Mal. Hast doch diesen arroganten Typen gesehen, tut so, als wäre er allein mit Weisheit gesegnet und wir unfähig, geradeaus zu gehen." Obwohl Brandt die Gefahr sah, dass alles, was sie jetzt taten, am Ende sinnlos wäre, weil das BKA übernehmen würde, sah er nicht ein, deswegen weniger gründlich zu sein.

Die Spurensicherung war bereits dabei, die Spuren am Fahrzeug zu sichern. Darüber hinaus waren Kollegen von der Feuerwehr und dem Rettungsdienst vor Ort.

Hinter der Absperrung riefen Journalisten und Reporter nach ihnen, Kameras waren auf sie gerichtet. Brandt schüttelte nur den Kopf. Hier waren vor wenigen Minuten Menschen gestorben und die Medien hatten nichts Besseres zu tun, als sich wie die Geier auf das Aas zu stürzen.

Seit jeher hatte er ein gestörtes Verhältnis zu den Medien, für ihn hatten sie nichts an einem Tatort zu suchen und behinderten nur ihre Arbeit. Er war froh, dass er sich nicht mit ihnen herumschlagen musste, das musste Bender tun und er beneidete sie nicht darum.

„Gibt es Zeugen?“, fragte er einen Kollegen, der neben ihm stand.

„Ja, einige“, antwortete der Beamte und zeigte nach hinten. „Sie werden gerade von Kollegen und Psychologen betreut.“

„Danke.“

Brandt und Aydin gingen zu der kleinen Gruppe.

„Haben Sie schon mit den Zeugen gesprochen?“, fragte er einen der Beamten.

„Ja, wir haben sämtliche Personen befragt, die etwas gesehen haben wollen. Gut möglich, dass andere Personen auch etwas gesehen, aber den Tatort verlassen haben.“

Brandt nickte. Das war nichts Ungewöhnliches. Es gab immer Menschen, die einen Tatort verließen, auch wenn sie Zeugen waren und nichts zu befürchten hatten. Oft gab es nachvollziehbare Gründe dafür wie einen dringenden Termin, doch häufig waren sie einfach gedankenlos oder wollten nicht in irgendetwas hineingezogen werden.

„Mit welchem Zeugen lohnt es sich zu sprechen?“, fragte Brandt, da er natürlich wusste, dass es Zeugen und Zeugen gab. Die, die wirklich etwas gesehen hatten und die Ermittlungen voranbrachten, und die, die sich nur wichtig machen wollten, die einen Kick dabei verspürten, wenn sie etwas zu sagen hatten.

Auf Letztere konnte er gut verzichten.

„Sie sollten mit den beiden Jungs da sprechen“, sagte der Beamte und zeigte auf zwei Jugendliche, die am Rande der Gruppe herumflachsten.

„Sicher?“, fragte Brandt und hob eine Augenbraue. Die Jungs wirkten nicht gerade wie seriöse Zeugen.

„Ja, die haben am meisten gesehen.“

„Dann schauen wir uns die Jungs mal an.“ Brandt ging auf die beiden zu.

„Vielleicht sollte ich das Gespräch starten“, sagte Aydin.

„Warum?“

„Na ja, unter uns: Du bist denen zu alt und spießig, glaube ich.“

„Ich und spießig?“

„Logisch. Schau dich an. Hemd, Anzughose und dann diese langweiligen schwarzen Businessschuhe. Das ist kein bisschen hip. Die Jungs vertrauen eher jemandem wie mir. Cool, sportlich ...“

„Du und sportlich? Wann warst du das letzte Mal im Gym? Dein Bauch wird immer runder, nur deshalb trägst du ja so dämliche Kapuzenpullis. Die kaschieren schön den Speckgürtel.“

„Ich halte mein Gewicht“, reagierte Aydin eingeschnappt. Er war auch weit entfernt davon, dick zu sein. Bevor er Vater geworden war, war er wie Brandt regelmäßig im

Fitnessstudio gewesen. Doch seit Leah Selma auf der Welt war, fehlte ihm die Zeit dafür, das jedenfalls versuchte er Brandt immer wieder klarzumachen. Brandt hingegen vertrat die Meinung, dass Aydin einfach keine Lust mehr hatte, da seine Tochter bereits einen Großteil seiner Freizeit in Anspruch nahm.

„Na gut, verbock es aber nicht“, lenkte Brandt ein.

„Hey, Jungs“, grüßte Aydin die beiden Jugendlichen, die Brandt auf maximal sechzehn Jahre schätzte.

„Hey“, antwortete der Größere der beiden.

„Wir sind von der Kriminalpolizei Köln. Das ist mein Kollege Lasse Brandt und mein Name ist Emre Aydin. Wir haben gehört, dass ihr gesehen habt, was passiert ist. Wir hätten ein paar Fragen an euch, okay?“

Die beiden nickten, der Kleinere warf Brandt einen etwas genaueren Blick zu.

„Trainierst du?“, fragte Brandt, da der Junge sehr sportlich aussah.

„Ja, habe gerade damit angefangen. Sie sind aber auch gut in Form. Trainieren Sie schon lange?“

„Wie alt bist du? Sechzehn?“

„Ja.“

„Ich habe in deinem Alter angefangen. Wichtig ist, dass man konsequent ist und sein Ziel nicht aus den Augen verliert. Training hat viel mit Disziplin zu tun. Sonst geht es dir wie meinem Kollegen Aydin, der auch mal gut in Schuss war.“

Die beiden Jungs kicherten kurz, was Aydin nicht gefiel, er warf Brandt einen giftigen Blick zu.

„Haben Sie Tipps? Stoffen Sie?“

„Du Trottel! Das ist ein Bulle, der wird doch keine illegalen Substanzen nehmen“, zog der Größere seinen Kumpel auf.

„Ich habe nie gestofft. Nur Loser stoffen. Mit Anabolika oder Testo und was weiß ich, was es da alles gibt, belügt man sich selbst. Ganz zu schweigen davon, dass man seinen Körper damit kaputtmacht. Mal ehrlich, trainiert regelmäßig und achtet auf eure Ernährung. Wenig Zucker, Fett und vor allem Alkohol.“

„Das mit Alk wird schwer“, lachte der Große und klopfte dem Kleineren auf die Schulter.

Wie es schien, hatte Brandt über den Sport einen guten Draht zu den beiden aufgebaut. Insgeheim musste er darüber schmunzeln, denn Aydin hatte mit seiner Annahme daneben gelegen.

Du hast es einfach immer noch drauf, dachte Brandt zufrieden.

„Wo wart ihr, als der Wagen in die Luft flog?“, fragte nun Aydin.

„Wir kamen gerade aus dem Café und waren auf der anderen Straßenseite“, antwortete der Große.

„Als ihr auf der anderen Straßenseite wart, war da der Wagen schon explodiert?“

„Nein. Als ich den Wagen sah, stand niemand davor, aber kurz darauf sind zwei Männer hingegangen. Sie haben sich unterhalten.“

„Welche zwei Männer?“

„Na, die, die in das Auto steigen wollten. Ein großer Mann, noch durchtrainierter als Sie, und ein kleiner dicker Afroamerikaner.“

„Was ist dann geschehen?“

„Der große Mann ist weggegangen und der kleine Dicke hat sich ins Auto gesetzt. Kurz danach ist das Auto explodiert."

Brandt zog die Stirn in Falten. Irgendwie ergab das keinen Sinn. Warum verließ der Große den Dicken?

„Haben sich die beiden gestritten?", fragte Brandt.

„Das sah nicht so aus."

„Also habt ihr nicht mitbekommen, worüber sich die beiden unterhalten haben?"

„Nein, das war ja auf der anderen Straßenseite."

„Habt ihr noch etwas anderes gesehen? War noch eine andere Person am Wagen oder in der Nähe und hat die beiden beobachtet?"

„Nein."

„Warte", sagte der Kleinere, „vielleicht haben wir doch was."

Kapitel 3

Walsh hatte keine Sekunde gezögert. Er war auf den brennenden Wagen zugerannt, hatte seine Jacke ausgezogen und damit das Feuer auf der Fahrerseite erstickt. Zum Glück war der Wagen noch nicht gänzlich in Flammen aufgegangen, doch er wusste, dass es nur eine Frage von Sekunden war, bis das komplette Fahrzeug Feuer fangen würde und weitere Explosionen folgten.

Es war nicht die erste Autobombe, die er gesehen hatte. In seiner aktiven Zeit als Agent hatte er selbst unzählige solcher Autobomben ausgelöst. Dass es jetzt jemandem gelungen war, an seinem Fahrzeug eine anzubringen, der womöglich sein bester Freund zum Opfer fiel, ließ eine Wut in ihm aufsteigen, die er im Moment nur durch die Angst um Joe kontrollieren konnte.

Er versuchte die Fahrertür zu öffnen, sie klemmte, aber die Fensterscheibe war kaputt, sodass er durch den Rahmen griff und mit beiden Händen an der Tür zog. Sie ließ sich nicht bewegen. Also stemmte er sich mit dem rechten Bein gegen die Karosserie und erhöhte den Druck. Damit gelang es ihm endlich, die Tür zu öffnen.

Joe hing regungslos im Sitz. Der Airbag hatte sich geöffnet und der Gurt hatte verhindert, dass er aus dem Wagen geflogen war.

Walsh löste den Gurt und zog Joe heraus.

„Halt durch, Joe“, rief er, doch der Freund antwortete nicht. Walsh legte ihn auf den Boden und hielt die Hand an seinen Hals, er konnte einen Puls fühlen. Die Erleichterung, die in diesem Moment durch seinen Körper schoss, konnte er unmöglich in Worte fassen. Der

Pulsschlag war zwar schwach und vermutlich hatte Joe innere Verletzungen, aber er lebte. Er musste so schnell wie möglich ins nächste Krankenhaus.

Einen Krankenwagen zu rufen, würde zu lange dauern, dadurch würden wertvolle Minuten verloren gehen, die über Leben und Tod entschieden.

Walsh eilte zu einem Kombi, der hier geparkt war, wickelte seine Jacke um die rechte Hand, machte eine Faust und schlug die Scheibe ein. Dann öffnete er die Tür und schloss den Wagen kurz.

Dass er dabei beobachtet werden könnte, war ihm völlig egal, dass Panik um ihn herum herrschte, ebenso. Er hatte schon schlimmere Situationen in Kriegsgebieten wie im Irak oder in Afghanistan erlebt, dagegen war das hier geradezu lächerlich. Was nicht lächerlich war, war die Tatsache, dass sein bester Freund mit dem Tod rang. Walshs einziger Gedanke war, ihn ins Krankenhaus zu bringen.

Rasch senkte er die Rückenlehne des Kombis, dann lief er zu Joe zurück, packte ihn vorsichtig und trug ihn zum Wagen. Dort legte er ihn auf der Rückbank ab.

„Jemand muss die Polizei rufen!“

„Ein Terroranschlag, bringt euch in Sicherheit!“

„Was macht der Kerl?“

Es waren nur einige Sätze, die Walsh nebenbei vernahm, die ihn jetzt aber überhaupt nicht kümmerten.

„Halte durch“, rief er noch einmal, während er den Motor startete und kurz zu Joe blickte, der regungslos auf der Rückbank lag.

Dann bretterte er los, ignorierte rote Ampeln und wütende Autofahrer, mit denen es fast zu Unfällen gekommen wäre. Er wusste, was er tat, auch wenn es für die anderen aussehen musste, als würde er wie der letzte Idiot fahren. Er war für solche Situationen trainiert und wusste genau, wann er das Tempo erhöhen konnte, wann er schnell nach rechts ausweichen musste oder gar nach links in den Gegenverkehr.

So war es kein Wunder, dass er in wenigen Minuten das Evangelische Krankenhaus Köln-Weyertal erreichte. Er hielt direkt vor der Notaufnahme an.

„Sie dürfen hier nicht parken“, wurde er angeschnauzt.

„Helfen Sie mir. Mein Freund ist schwer verletzt“, antwortete Walsh stattdessen und öffnete den Kofferraum.

„Nicht bewegen. Ich hole eine Trage“, rief der Mediziner und hastete in das Krankenhaus, um nur wenige Sekunden später mit mehreren Personen und einem Krankenbett zurückzukommen.

Die Sekunden kamen Walsh wie eine Ewigkeit vor. Noch immer gab Joe keinen Laut von sich. Sein glasiger Blick, die blasse Haut und die blauen Lippen schienen Walsh Anzeichen dafür zu sein, dass er vielleicht schon tot war.

Mit aller Macht verdrängte er diesen Gedanken.

Währenddessen hatte man Joe bereits vorsichtig auf das Krankenbett gehoben. Jetzt eilte der Trupp in die Notaufnahme. Walsh lief ihnen nach. So hilflos hatte er sich noch nie gefühlt. Vor dem Operationssaal wurde er von einem Arzt gestoppt.

„Sie können hier nicht rein“, fuhr ihn der Mann an.

„Das ist mein bester Freund“, brüllte Walsh.

„Nur ärztliches Personal. Warten Sie draußen“, erklärte der Arzt.

Walsh presste die Lippen zusammen, gehorchte aber und nahm im Wartebereich Platz.

Sein Körper war voller Adrenalin und Wut, am liebsten hätte er mit der Faust auf irgendetwas eingeschlagen, egal was, am besten in das Gesicht des Attentäters.

Er dachte an den jungen, südländisch aussehenden Mann, der ihnen gefolgt war. Joe hatte seine Sorgen abgetan, was aber, wenn dieser Bastard doch etwas damit zu tun hatte? Walsh mahlte mit den Kiefern und rieb sich die Stirn, da er Kopfschmerzen bekam. Da klingelte sein Handy. Es war seine Frau. Kurz überlegte er, ob er ihr die Wahrheit sagen sollte, und nahm das Gespräch an.

„Und, hast du alles besorgt?“, fragte sie. Sie klang glücklich, ihre Stimme war unbeschwert und voller Freude. Ihr die Wahrheit sagen zu müssen, fiel ihm schwer, doch welche Wahl hatte er?

„Es ist etwas Schlimmes passiert“, setzte er an und konnte regelrecht spüren, wie die Heiterkeit aus dem Gesicht seiner Frau verschwand.

„Was ist passiert, Schatz?“, fragte sie besorgt.

So schnell konnte sich alles ändern. Innerhalb von einer Sekunde auf die andere konnten einem alles Glück und jede Freude genommen werden. Das Leben war unbarmherzig und ein jeder musste damit rechnen, dass ihm das Schicksal übel mitspielte.

„Es gab einen Autounfall.“

„Einen Unfall? Ist dir was passiert? Was ist mit Joe?“, unterbrach sie ihn.

„Mir ist nichts passiert. Joe ist gefahren. Er ist jetzt im Krankenhaus“, antwortete er. Er brachte es nicht übers

Herz, ihr zu sagen, dass vermutlich eine Autobombe Joe schwer verletzt hatte.

„Wie gehts ihm? Wie schlimm ... Ich komme gleich, in welchem Krankenhaus bist du?“

Walsh wusste, dass Melanie vor Sorge fast umkam. Sie hatte Joe mindestens genauso gerne wie er. Er wollte sich gar nicht ausmalen, wie Nina auf diese Nachricht reagieren würde, die Joe ebenso über alles liebte.

Ganz zu schweigen von Marc, dem jüngeren Bruder von Melanie. Er hatte das Downsyndrom und war noch vernarrter in Joe als sie alle zusammen. Ihn würde es wahrscheinlich am härtesten treffen, da es ihm nur schwer gelang, seine Gefühle zu kontrollieren.

Walsh knirschte mit den Zähnen und dachte: *Ich hätte da liegen sollen, nicht du!*

Joe hatte ihm das Leben gerettet, das stand außer Frage, denn wenn sie gemeinsam zum Supermarkt gegangen wären und Walsh den Wagen gestartet hätte, hätte es ihn erwischt.

„Du musst mir jetzt genau zuhören“, sagte Walsh und seine Stimme nahm einen sehr ernsten Ton an. „Nimm Nina und fahr zu deinen Eltern. Bleib bei ihnen, ich melde mich.“

„Aber ich will bei dir und Joe sein.“

„Nein, hör bitte auf mich.“

„Und was sage ich Nina? Es wird sie zerreißen. Ich will gar nicht an Marc denken. Joe und er wollten am Samstag ins Phantasialand.“

„Denk dir was aus. Joe hat es schlimm erwischt.“

„Du verheimlichst mir doch was“, sagte sie vorwurfsvoll.

„Nein, das tue ich nicht. Ich will nur ...“

„Warum dürfen wir dann nicht zu euch? Ich kenne dich, da steckt mehr dahinter."

Walsh atmete kurz aus. Melanie war nicht dumm, er konnte ihr schwer etwas vormachen und obwohl er nicht vorgehabt hatte, ihr die Wahrheit zu sagen, sah er nun keinen anderen Ausweg.

„Ich weiß nicht, ob es ein Unfall war. Deshalb will ich, dass du mit Nina zu deinen Eltern gehst."

„Kein Unfall? Ein Anschlag?", fragte sie. Die Frage klang wie eine Feststellung, Walsh glaubte Panik herauszuhören.

„Ich weiß es nicht und genau deswegen ist es wichtig, dass du das tust, worum ich dich bitte."

Keine Antwort.

Schluchzte sie? Walsh nahm es an, ging jedoch nicht darauf ein.

„Vertrau mir bitte", sagte er dann, als sie noch immer nicht antwortete.

„Wird das nie aufhören?", flüsterte sie und in jedem ihrer Worte schwang nicht nur ein stummer Vorwurf, sondern ein Meer an Tränen mit.

„Das wird es, aber bitte hör auf mich und fahr zu deinen Eltern."

„Versprich nichts, was du nicht halten kannst. Wenn Joe stirbt, ohne dass sie Abschied nehmen konnten, werden dir das Nina und Marc niemals verzeihen, oder willst du sie anlügen, warum er im Krankenhaus ist?"

Bevor Walsh etwas erwidern konnte, beendete sie das Gespräch.

Dass Nina und Marc sauer auf ihn sein könnten, war Walshs geringstes Problem. Natürlich wollte er, dass Joe überlebte. Nachdem er vor einigen Monaten seinen sehr guten Freund Ansgar David, einen BKA-Mitarbeiter, verloren hatte, wusste er nicht, ob er einen weiteren Verlust würde verkraften können.

Wieder kam dieser Gedanke in ihm auf, ein Gedanke, den er nicht abschütteln konnte und wollte: Was, wenn der Topterrorist Dr. Hakim Al-Faray hinter dem Anschlag steckte?

Walsh hatte bei seinem letzten Auftrag für die Agency Hakims Pläne durchkreuzt und dadurch weitere Anschläge verhindert. Gleichzeitig hatte er Hakims geheime Zelle hochgehen lassen. Leider war ihm die Flucht gelungen.

Walsh wollte nicht ausschließen, dass Hakim sich zu rächen versuchte.

„Komm, Hakim. Auge um Auge, du feiger Bastard“, platzte es aus ihm heraus. Obwohl er wusste, dass er genug Feinde hatte, wollte er sich vorerst auf Hakim fokussieren.

In Gedanken schmiedete er schon einen Plan, überlegte die nächsten Schritte und wäre am liebsten unmittelbar zur Tat geschritten. Doch es gab erst einmal Wichtigeres: das Leben seines besten Freundes, das am seidenen Faden hing und hinter diesen Türen, auf die er seit Minuten starrte, entschieden wurde.

Bevor er nicht wusste, was mit Joe war, würde er nirgends hingehen.

Endlich öffnete sich die Tür und ein Arzt steuerte auf ihn zu.

„Wie geht es ihm?“, fragte Walsh, er war sofort aufgesprungen.

„Er hat schwere innere Verletzungen. Mehrere Organe wurden beschädigt. Wir haben ihn operiert. Allerdings mussten wir ihn in ein künstliches Koma versetzen.“

„Was heißt das?“ Walsh spürte, wie seine Hände feucht wurden und sich ein dicker Kloß in seinem Hals bildete.

„Die Situation ist sehr kritisch. Wenn wir ihn nicht ins künstliche Koma versetzt hätten, wäre er vermutlich gestorben.“

Der Satz war, als hätte ihm jemand mit voller Wucht in den Magen getreten. Walsh war zwar ein harter Hund und konnte viel einstecken, aber diese Nachricht traf ihn fast so schwer wie damals die Nachricht, dass seine Eltern durch eine Autobombe ums Leben gekommen waren.

„Er darf nicht sterben“, wisperte er. Es klang wie ein Befehl.

„Wir werden alles in unserer Macht Stehende tun.“

„Was heißt das? Was werden Sie tun?“

„Wir müssen es abwarten. Eine weitere Operation oder ein zu frühes Beenden des künstlichen Komas würde seine Lebenschancen gegen null senken.“

Walsh war ein Topagent, vermutlich der beste, den die USA je gehabt hatte, doch jetzt fühlte er sich so hilflos, wie schon lange nicht mehr. Wie sollte er sich verhalten, was konnte er tun, damit seinem besten Freund geholfen wurde?

„Geld spielt keine Rolle. Holen Sie die besten Spezialisten dieser Welt.“

„Er ist bei uns in sehr guten Händen“, erwiderte der Arzt, der sich augenscheinlich in seiner Reputation angegriffen fühlte.

„Joe darf nicht sterben. Wenn er stirbt, mache ich Sie persönlich dafür verantwortlich“, wurde Walsh laut, er musste sich zügeln, um nicht die Beherrschung zu verlieren.

In diesem Moment wurde Joe in einem Krankenbett herausgefahren. Walsh ließ den Arzt links liegen und lief zu ihm.

Unzählige Schläuche waren mit seinem Körper verbunden.

„Wo bringen Sie ihn hin?“

„Auf die Intensivstation“, erwiderte eine der Frauen, von denen Walsh annahm, dass sie eine Krankenschwester war.

„Sie können gleich mitgehen, ich muss Sie vorher aber noch kurz sprechen“, ließ sich jetzt der Arzt wieder vernehmen.

„Warum?“

„Was ist genau vorgefallen? Wir müssen eventuell die Polizei benachrichtigen und wir brauchen eine Krankenkassenkarte ...“, erklärte der Arzt.

Walsh konnte nicht anders, etwas in seinem Kopf machte Klick und er verlor die Beherrschung. Unvermittelt verpasste er dem Mann einen Faustschlag.

„Sie Idiot! Mein Freund liegt im Sterben und Sie fragen mich nach einer Krankenkassenkarte?“, brüllte er. Keine der umstehenden Personen wagte etwas zu sagen, sodass er ihnen einfach folgte, bis sie die Intensivstation erreicht hatten.

„Sie müssen draußen warten oder wollen Sie mir auch eine verpassen?“, fragte die Krankenschwester und blickte zu Walsh auf. Sie war einen guten Kopf kleiner als er, Walsh schätzte sie auf Mitte fünfzig.

„Das wollte ich gar nicht. Joe ist mein bester Freund. Ich habe große Angst um ihn."

„Ich verstehe Ihre Sorge. Aber Sie können jetzt nichts weiter für ihn tun, als zu beten. Bitte lassen Sie uns unsere Arbeit machen. Er ist bei uns in guten Händen."

„Darf ich kurz zu ihm, nur zwei Minuten? Alleine."

Die Schwester antwortete nicht sofort, doch dann gab sie ein Zeichen und die zwei Kollegen entfernten sich.

„Sie haben zwei Minuten", sagte sie und ging.

Walsh stand auf dem langen Flur, neben ihm im Krankenbett lag Joe. Der Magen zog sich ihm zusammen. Mühsam beugte er sich zu ihm.

„Halte durch, Joe, bitte. Nina braucht dich. Melanie braucht dich, Marc braucht dich und ich brauche dich sowieso. Du bist mein bester Freund. Du darfst nicht sterben. Du darfst nicht so egoistisch sein."

Seine Augen wurden feucht und seine Lippen zitterten. Dann griff er Joes Hand. Mit einem Mal stieg eine Flut von Erinnerungen in ihm auf. Er sah Joe lachen, scherzen und ihn immer wieder ermahnen. Joe war der Moralischere von ihnen beiden gewesen, sein Gewissen.

„Ich verspreche dir, dass ich diesen Bastard finden und töten werde. Niemand legt sich mit meiner Familie an", flüsterte Walsh und die Wut und der Hass nahmen wieder Besitz von ihm.

Im selben Augenblick spürte er, wie sich der linke Finger von Joe bewegte.

Kapitel 4

Pünktlich um 18 Uhr betrat Bender den Besprechungsraum. Sie wirkte angespannt.

„Wie ich sehe, sind wir vollzählig“, sagte sie zur Begrüßung und nahm auf ihrem Stuhl Platz. Sie schenkte sich Kaffee ein und strich sich durch die kurzen braunen Haare. Brandt kannte seine Chefin inzwischen gut genug, um zu wissen, dass sie etwas beschäftigte, womit sie noch nicht herausrücken wollte.

Obwohl sie wie jemand wirkte, der eher introvertiert war, konnte sie gut austeilen und keiner wollte in ihrer Nähe sein, wenn sie wütend wurde. Dennoch schätzte Brandt sie sehr, da sie überaus kompetent war und sich immer schützend vor ihr Team stellte. Das hatte ihr einen exzellenten Ruf weit über die Kölner Polizei hinaus eingebracht.

„Bevor ich an Rech übergebe, ein kurzes Update“, begann sie. „Heute um 15:24 Uhr ereignete sich in der Apostelnstraße eine Explosion, welche durch eine Autobombe verursacht wurde. Rech wird dazu noch einiges sagen. Die Autobombe riss einen schwarzen SUV der Marke Range Rover in die Luft und beschädigte das Auto erheblich, auch andere Fahrzeuge wurden in Mitleidenschaft gezogen. Die Explosion riss zwei Menschen in den Tod, zwei weitere schweben in Lebensgefahr.“

„Hattest du nicht am Tatort gesagt, dass nur eine Person in Lebensgefahr schweben würde?“, unterbrach sie Kramer.

„Das stimmt. Zu dem Zeitpunkt bin ich davon ausgegangen. Wie wir aber vorhin erfahren haben, wurde der Fahrer des Fahrzeugs von einer Person ins Krankenhaus gebracht, bevor der Rettungsdienst am Tatort war. Das Krankenhaus hat uns informiert“, erklärte sie, dabei wanderte ihr Blick zu Brandt und Aydin.

„Bei den zwei Toten handelt es sich um eine junge Mutter und ihr vierjähriges Kind, die zum Zeitpunkt der Explosion die Straße überqueren wollten, um zu ihrem parkenden Fahrzeug zu gelangen“, fuhr sie fort.

Brandt sah ihr an, dass sie diese Tatsache sehr mitnahm. Egal mit wie vielen Toten sie es zu tun hatten, sobald Kinder darunter waren, berührte es sie alle am meisten. Polizisten waren auch nur Menschen und es war gut, dass sie diese Empathie noch besaßen, sonst wären sie nicht besser als gefühllose Roboter, die nur Dienst nach Vorschrift machten.

„Wir gehen davon aus, dass die junge Mutter und ihr Kind zufällige Opfer wurden. Alles deutet darauf hin, dass der Halter des Fahrzeugs getroffen werden sollte. Diese Annahme teilt auch das BKA, was uns dazu bringt, dass wir nach dem momentanen Stand nicht von einem terroristischen Hintergrund ausgehen, und das bedeutet, dass wir die Ermittlungshoheit haben. Noch.“

Brandt nickte zufrieden, so war ihre bisherige Arbeit nicht umsonst gewesen und sie würden die Ermittlungen in Ruhe fortführen können.

„Dennoch hat dieser Fall höchste Priorität, da er öffentlich sehr viel Staub aufgewirbelt hat. Der Tod der jungen Mutter und ihres Kindes heizt mal wieder die Stimmung gegen uns an. Der Polizeipräsident hat mir persönlich deutlich gemacht, wie wichtig es ist, dass wir den oder die Täter so schnell wie möglich finden und verhaften. Als wüssten wir nicht selbst, was unser Job ist." Bender schnaubte spöttisch. „Ich möchte, dass Brandt und Aydin nach unserem Meeting den Schwerverletzten im Krankenhaus besuchen. Sollten wir vorher den Halter des Fahrzeugs ausgemacht haben, dann ihn. Ich will wissen, warum jemand versucht hat, sie umzubringen."

„Organisiertes Verbrechen?", platzte Maike Schmoll, die mit ihren fünfundzwanzig Jahren das Küken im Team war, in Benders Rede.

„Möglich", antwortete sie, aber ihr Gesichtsausdruck verriet, dass sie es nicht wirklich glauben wollte. „Was immer der Grund für den Anschlag war, ich will ihn wissen. Ich hasse es, wenn wir im Dunklen rumstochern." Sie verengte die Augen zu Schlitzen und rieb sich mit der rechten Hand die Schläfe. „Rech, du hast das Wort."

„Danke", sagte Rech und nickte. „Kurz nachdem die Zentrale informiert wurde, sind mein Team und ich an den Tatort gefahren. Die Feuerwehr und der Rettungsdienst waren schon zugegen. Wir konnten den Bereich mit den Kollegen von der Streife schnell abriegeln, damit keine Schaulustigen wertvolle Spuren verwischen. Wie von Bender bereits erwähnt, war der Auslöser für die Explosion eine Bombe, die an dem Fahrzeug angebracht und durch einen Fernzünder gezündet wurde."

„Um was für eine Bombe handelt es sich?", fragte Aydin.

„Die Untersuchungen laufen noch. Wir haben Spuren von PETN gefunden. Wenn wir den angerichteten Schaden berücksichtigen, bedeutet das vermutlich, dass die Bombe eine Sprengkraft von 400-800 Gramm TNT hatte. Und genau das bereitet mir Kopfschmerzen."

„Warum?", fragte nun Fischer, der in der Informationsbeschaffung arbeitete und der IT-Spezialist im Team war.

„Nun, wenn sich meine Vermutung bewahrheitet und wir es mit PETN zu tun haben, stellt sich mir die Frage, wie der oder die Täter daran gekommen sind. PETN wird meistens militärisch genutzt und ist schwer erhältlich. Bereits geringe Mengen reichen aus, um einen Wagen in die Luft zu sprengen. Die Sprengkraft liegt deutlich über der von TNT. "

„Darknet. Da bekommt man doch alles", mischte sich Fischer ein.

„Könnte das bedeuten, dass wir schnell herausfinden, woher das Zeug stammt?", fragte Bender.

„Sehr gut möglich. Es wird sicherlich nicht viele geben, die an das Zeug rankommen. Was wiederum die Annahme nährt, dass hier das organisierte Verbrechen seine Hände im Spiel hat. Vielleicht die Mafia."

„Die Mafia? Die sind ja wohl eher in Italien tätig", kommentierte Aydin.

„Da irrst du dich aber gewaltig. Die Jungs haben auch in Deutschland ihre Finger im Spiel, besonders stark im Süden und im Ruhrpott", korrigierte Kramer Aydin, wobei er sich ein süffisantes Lächeln nicht verkneifen konnte. Brandt schwieg. Auf eine sinnlose Diskussion mit Kramer hatte er gerade keine Lust.

„Noch wissen wir nicht mit Bestimmtheit, ob PETN wirklich der Auslöser für die Explosion war. Wenn dem so ist, bedeutet das, dass der Täter über großes technisches

Wissen verfügen muss – mal abgesehen von der schwer zugänglichen Quelle. So eine Bombe kann man nicht einfach ans Fahrzeug kleben und zünden."

Brandt war aufgefallen, dass Rech inzwischen von Tätern in der Mehrzahl sprach. Wenn stimmte, was Rech sagte, konnte er sich ebenfalls kaum vorstellen, dass nur eine Person hinter dem feigen Anschlag steckte.

So makaber es klang, er war froh, dass es kein Terroranschlag war, da die Öffentlichkeit bei einem terroristischen Akt gleich in Panik verfiel und ihnen die Arbeit noch schwerer machte, als sie ohnehin schon war.

Dass in jedem Fall Menschen gestorben waren, egal wer der Verursacher eines Anschlags war, schien die Bevölkerung gerne auszublenden. Brandt jedoch nicht. Er behandelte jeden Toten mit dem gleichen Respekt.

„Wie schaut es mit weiteren Spuren aus, die einen Hinweis auf die Täter erlauben?", fragte Bender.

„Wir sind noch bei der Auswertung. Es gab jede Menge Spuren, was allerdings nicht verwundert, da sich die Explosion in einem öffentlichen und belebten Bereich ereignet hat, wo viel Publikumsverkehr herrscht. Auch wenn wir davon ausgehen, dass die Mutter und ihr Kind nur zufällige Opfer waren, wird die Rechtsmedizin beide Leichen einer Obduktion unterziehen, um ganz sicherzugehen."

„Wie alt war die Mutter?", fragte Aydin. Brandt sah an seinem Gesichtsausdruck, dass ihn das Ganze furchtbar mitnahm. Kein Wunder, schließlich war Aydin selbst junger Vater und dachte sicher daran, dass die beiden Toten auch seine Verlobte und sein Kind hätten sein können.

Diese verfluchte Bombe hatte eine junge Familie entzweigerissen. Brandt hoffte, dass Bender ihnen nicht auftrug, den Mann, den Freund oder die Eltern der jungen Frau zu informieren.

„Isabelle Huth war achtundzwanzig und ihre Tochter Maja wie gesagt vier Jahre alt. Soweit ich weiß, wurde ihr Ehemann bereits informiert und ist in psychologischer Betreuung."

Aydin schluckte und hielt sich die Hand vor den Mund. Jeder konnte sehen, dass er geschockt war. „Sie hat ihr Leben doch noch vor sich gehabt", flüsterte er dann. Brandt konnte den Satz hören, ob ihn die anderen Kollegen auch gehört hatten, war unwichtig, da er wusste, dass diese Worte nur ein Ausdruck seines Entsetzens waren.

„Was hast du noch?", wollte Bender wissen, der man ebenfalls ansah, dass sie das alles nicht kalt ließ.

„Das war es schon zum jetzigen Zeitpunkt. Wir stehen in ständigem Kontakt zur Informationsbeschaffung und Fischer, wegen der Auswertung der Videodateien, die wir erhalten haben, und wegen der Identifizierung des Halters des SUVs."

„Was wissen wir über die beiden Schwerverletzten?", fragte Kramer.

„Die eine Person wurde bereits durch Fischer identifiziert, daher denke ich, sollte er jetzt weitermachen", schlug Rech vor. Sein Blick wanderte zu seinem Kollegen, der nur nickte, aber noch nichts sagte, sondern zu Bender schaute.

„Danke, Rech. Fischer, dein Part." Bender nahm die Kaffeekanne und goss sich einen weiteren Kaffee ein.

„Einen der Schwerverletzten haben wir identifiziert. Sein Name ist Ömer Kilic, dreiundzwanzig Jahre alt."

„Was wissen wir über ihn?", fragte Kramer.

„Nicht viel. Er wohnt in Köln. Wir sind dran."

„Und seine religiöse Gesinnung?"

„Der junge Mann liegt schwer verletzt im Krankenhaus und du fragst nach seinem Glauben? Meinst du, er wars, weil er vielleicht Moslem ist?", platzte es aus Aydin heraus.

„Ruhig, Brauner", reagierte Kramer gewohnt gelassen auf seine überhebliche, arrogante Art. „Ich glaube gar nichts, ich versuche nur, Zusammenhänge zu erkennen. Was kann ich dafür, dass Terroristen vornehmlich dem islamischen Glauben angehören?"

„Mag sein, aber der junge Mann kämpft um sein Leben, da sollten wir doch etwas Anstand haben", blaffte Aydin.

„Aydin und Brandt werden sich persönlich um Kilic kümmern, bis dahin ist er nicht Kern unserer Ermittlungen. Wenn ich eure Ergebnisse habe, entscheide ich", stellte Bender klar. Ihr Blick verriet, dass sie keine weitere Diskussion duldete. „Wissen wir schon mehr über den zweiten Schwerverletzten?"

„Noch nicht. Ich habe das Krankenhaus kontaktiert. Sie haben uns nur mitgeteilt, dass ein farbiger Mann mit lebensbedrohlichen inneren Verletzungen bei ihnen operiert wurde und dass die Splitter in seinem Körper auf einen Bombenanschlag schließen lassen. Das war vor einer Stunde. Die Situation des Patienten ist sehr kritisch. Ich werde nach der Besprechung im Krankenhaus anrufen, vielleicht erfahren wir dann die Identität des Mannes."

„Das können wir erledigen. Aydin und ich können gleich hinfahren und danach zu Kilic oder liegen beide im selben?“, mischte sich Brandt ein.

„Gut“, nickte Bender und an Fischer gewandt ergänzte sie: „Was hast du über das Fahrzeug herausgefunden?“

„Wir stecken mit den Kollegen der Spurensicherung noch mitten in den Untersuchungen. Leider ist der Wagen erheblich beschädigt und das Kennzeichen unleserlich.“

„Was ist mit den Aufnahmen von den Kids?“, fragte Brandt.

„Die werten wir gerade aus. Die Jungs haben viel aufgenommen, auch im Café, wo sie sich vor der Explosion aufgehalten haben. Bisher konnten wir dummerweise das Kennzeichen des Fahrzeugs nicht entziffern. Wir haben allerdings auch noch nicht alle Aufnahmen ausgewertet.“

„Wieso posten wir keine Bilder von dem Auto auf Facebook?“, fragte Schmoll.

„Weil das unsere Ermittlungen nur behindern würde. Zum jetzigen Zeitpunkt müssen wir davon ausgehen, dass der Autofahrer das eigentliche Ziel des Anschlags war, und das Letzte, was ich will, ist, seinen Namen in den 19-Uhr-Nachrichten zu hören.“

Opferschutz, dachte Brandt und musste Bender recht geben.

„Es wird doch nur eine Frage der Zeit sein, bis die Presse weiß, wem das Auto gehört“, entgegnete Schmoll.

„Das interessiert mich nicht. Wir werden uns nicht auf das Niveau irgendwelcher Klatschblätter begeben.“

Schmoll presste die Lippen zusammen und Brandt konnte ihr ansehen, dass ihr diese Antwort nicht schmeckte, dennoch sagte sie nichts weiter, sondern griff zur Kaffeekanne. Brandt fiel auf, dass sie offensichtlich neue Tattoos und Piercings trug, dabei hatte sie davon für seinen Geschmack schon reichlich. Rein nach ihrem Äußeren zu urteilen, hätte man niemals angenommen, dass sie bei der Kripo arbeitete. Ihre Glatze und die vielen Tattoos und Piercings erinnerten eher an einen Punk als an eine Kriminalbeamtin.

Aber Brandt konnte nichts Negatives über seine neue Kollegin sagen, er verstand sich gut mit ihr, auch wenn sie manchmal sehr eigen und zurückhaltend war. Selten suchte sie Kontakt zu den Kollegen. Ihre Arbeit erledigte sie allerdings zuverlässig und im Gegensatz zu Kramer machte sie sich weder über ihre Kollegen lustig noch gab sie vor, etwas Besseres zu sein. Natürlich machten die ersten Gerüchte die Runde und der Flurfunk zwitscherte sie über alle Flure, das war bei der Kölner Polizei nicht anders als in großen Unternehmen. Die Menschen liebten es, zu tratschen. Schmoll sei lesbisch, ein echtes Mannweib, hieß es, und als Mann solle man sich ihr besser nicht nähern, weil man sich nur die Finger verbrennen würde. Es kursierte sogar die Annahme, Bender habe eine Affäre mit ihr gehabt.

Dabei war nicht einmal bewiesen, dass Bender oder Schmoll überhaupt lesbisch waren, und wenn, war es deren Angelegenheit, daher beteiligte sich Brandt nicht an diesem Klatsch. Wenn einer der Kollegen ihn einbeziehen wollte, nahm er unmissverständlich Stellung und erklärte, dass man in seiner Gegenwart doch bitte „keinen Schwachsinn“ erzählen solle.

„Vielleicht erfahren wir die Identität des Fahrers nach dem Krankenhausbesuch von Brandt und Aydin“, fuhr Fischer fort. „Abgesehen davon bin ich zuversichtlich, dass wir das Kennzeichen auch anhand der Aufzeichnungen ermitteln werden. Nur um etwas Geduld möchte ich euch bitten. Wir wissen jedenfalls, wie der Fahrer aussieht. Die Aufnahmen der beiden Jugendlichen zeigen den Mann ganz deutlich. Im Anschluss an das Meeting schicke ich euch allen eine E-Mail mit Fotos.“

„Hast du es durch unsere Datenbank gejagt?“, fragte Bender.

„Ja, leider ohne Ergebnis. Der Mann scheint ein unbescholtener Bürger zu sein.“

„Kannst du uns das Foto jetzt schon schicken? Dann wissen wir wenigstens, ob wirklich er den Schwerverletzten eingeliefert hat.“

„Klar“, antwortete Fischer und tippte etwas in seinen Laptop, den er bei jeder Besprechung dabeihatte.

„Was hast du noch?“, fragte Bender.

„Wir sind gerade dabei, Informationen bezüglich der Bombe zu besorgen. Wie Rech schon erwähnt hat, dürfte der Sprengstoff, wenn tatsächlich PETN genutzt wurde, nicht ohne Weiteres zu beschaffen gewesen sein. Daher durchforste ich das Darknet. Irgendjemand wird bestimmt etwas wissen. Aber auch hier möchte ich euch um Geduld bitten.“

„Danke. Halte uns auf dem Laufenden, sobald du was Neues hast. Ich muss nicht erwähnen, dass für die nächsten Tage eine 24-Stunden-Rufbereitschaft herrscht. Schmoll, was haben die Befragungen der Zeugen ergeben?“

„Leider nicht viel. Die, die ich befragt habe, haben nur die Explosion wahrgenommen. Lediglich eine Person hat gesehen, wie ein Mann auf das brennende Auto zugelaufen ist, die Fahrertür geöffnet und den Fahrer befreit hat. Daraufhin soll der Mann ein anderes Auto kurzgeschlossen und den Fahrer auf die Rückbank gelegt haben."

„Kann sich der Zeuge an die Person erinnern?", fragte Aydin.

„Er hat ihn als groß und durchtrainiert beschrieben. Dem Aussehen nach kein Deutscher oder Europäer, wohl ein Südländer."

„Das könnte der Mann sein, den wir suchen", sagte Fischer.

„Zeig das Foto doch mal auf der Leinwand, damit wir alle wissen, über wen wir überhaupt sprechen", schlug Bender leicht gereizt vor.

Fischer nahm das lange Kabel, das auf dem Konferenztisch lag, und schloss es an seinen Laptop an, danach schaltete er den Beamer ein und kurz darauf erschien ein Bild auf der Leinwand.

Es zeigte einen großgewachsenen Mann, Brandt schätzte ihn auf Ende dreißig. Unter seinem Hemd waren deutliche Muskeln zu erkennen, er hatte markante Gesichtszüge und kurzes schwarzes Haar. Seine Augen strahlten Entschlossenheit aus, dennoch glaubte Brandt, dass er auch Sorge darin sah. Dieser Mann hatte Angst vor etwas. Aber wovor?

Vielleicht die Befürchtung, dass er seinen Freund nicht retten kann, schoss es Brandt durch den Kopf.

„Der sieht nicht gerade wie ein Nullachtfünfzehn-Bürger aus“, sagte Schmoll. „Eher wie das Mitglied der US-Navy oder eines Spezialkommandos, Superagent irgendwas.“

„Mit seinen Muskeln stellt er den Kollegen Brandt, der ja wie ein Wilder trainiert, jedenfalls in den Schatten. Ohne die richtigen Gene ist das halt schwer“, konnte sich Kramer offensichtlich einen scharfen Kommentar in Richtung Brandt nicht verkneifen.

Selbst Aydin musste darüber schmunzeln, da jeder wusste, wie sehr Brandt auf seinen Körper und seine Ernährung achtete.

„Das ist mit Sicherheit nicht natürlich“, schnappte Brandt, der sich allerdings eingestehen musste, dass er neben diesem Mann tatsächlich geradezu schmächtig wirken musste.

„Ich denke schon. Gute Gene, nur kein Neid“, amüsierte sich nun auch Rech über Brandt.

„Vermutlich ein Amerikaner mit indianischen Wurzeln“, erklärte Kramer.

„Genug gewitzelt. Ich will wissen, wer dieser Mann ist. Ich gehe davon aus, dass er uns sagen kann, wer die Täter sind“, unterbrach Bender die Diskussion. Sie wirkte sehr ernst und Brandt glaubte, dass sie den gleichen Gedanken hatte wie er: Es war schwer vorstellbar, dass dieser Mann ein gewöhnlicher Zivilist war.

Und noch etwas ging Brandt in diesem Moment durch den Kopf. Er kannte diesen Mann, er war ihm schon irgendwo über den Weg gelaufen. Nur wusste er nicht mehr, wann und wo.

„Brandt und ich kennen ihn“, bemerkte da Aydin.

„Woher?“, fragte eine sichtlich überraschte Bender.

„Wir sind ihm in Walters Imbiss begegnet. Er ist Personenschützer und war ein Freund von Ansgar David, dem BKA-Beamten, der von Terroristen ermordet wurde."

„Stimmt", bestätigte Brandt und die Erinnerungen waren wieder da.

„Was wisst ihr noch über ihn?"

„Nicht viel. Eben nur, dass er wohl mit David befreundet war", sagte Brandt.

„Fischer, kontaktiere bitte das BKA. Vielleicht wissen die, wer der Mann ist", sagte Bender. „Schmoll, du suchst bitte den Zeugen auf. Zeig ihm das Foto. Ich will ganz sichergehen, dass es dieselbe Person ist."

Schmoll nickte kurz.

„Hast du noch was?"

„Das wars fürs Erste."

„Gut, Brandt, Aydin, was habt ihr?"

„Leider auch nicht viel. Zwei Kids haben einiges an Videomaterial, sie haben den Moment zufällig gefilmt, weil sie ständig Videos und Bilder hochladen."

„Sie sind recht bekannt in Köln, haben über 100.000 Follower bei Instagram und YouTube", fügte Aydin hinzu.

Im Gegensatz zu seinem jüngeren Partner konnte Brandt mit den sozialen Netzwerken kaum etwas anfangen, er nutzte weder Facebook noch Instagram oder YouTube. Ohnehin war er privat selten im Internet, es war ihm schlichtweg ein Rätsel, wie Menschen so viel Zeit damit verbringen konnten.

„Was haben die Befragungen in den Geschäften ergeben?", wollte Bender wissen.

„Nicht viel. Keiner hat was gesehen. Sehr gut möglich, dass die Bombe schon weitaus früher an dem Fahrzeug angebracht wurde“, antwortete Brandt.

„Fischer, kontaktiere bitte die Verkehrsüberwachung. Ich will wissen, wo das Fahrzeug vorher war. Vielleicht haben die öffentlichen Kameras etwas aufgezeichnet, was uns zu den Tätern führt.“

„Mach ich.“

„Kramer, hast du eine erste Einschätzung?“, fragte sie und Brandt wusste bereits, was jetzt geschehen würde. Es war fast zum Ritual geworden.

Kramer richtete sich auf seinem Stuhl auf, beugte sich nach vorne und schaute in die Runde, jedoch nur, um sich sodann gegen den Stuhlrücken fallen zu lassen und seine ausschweifende Antwort zum Besten zu geben: „Ich habe den Tatort eingehend analysiert, ebenso die Spuren, die wir haben, und die Zeugenaussagen. Meiner Einschätzung nach haben wir es aller Wahrscheinlichkeit nach mit einem Anschlag zu tun, der hochprofessionell und gezielt ausgeführt wurde. Das eigentliche Ziel sollte mit Sicherheit der Mann sein, den wir hier auf der Leinwand sehen. Gut möglich, dass wir es mit einem Auftragsmord zu tun haben. Personenschützer werden bestimmt auch Menschen beschützen, die Feinde haben. Vielleicht wollte jemand durch den Anschlag eine Botschaft an einen dieser Klienten schicken.“

„Und wie soll die Botschaft lauten?“, fragte Schmoll.

„Legt euch nicht mit uns an. Wir können jederzeit die töten, die euch schützen sollen. Ihr seid nirgends sicher.“

So ungern Brandt Kramer recht gab, hielt er diesen Gedanken für gar nicht so abwegig.

„Das reicht fürs Erste“, unterbrach Bender Kramer, der sie verblüfft anschaute.

„Es gibt aber noch etwas zu berücksichtigen“, entgegnete Kramer.

„Darüber werden wir im nächsten Meeting sprechen. Ich habe gerade eine SMS vom Polizeipräsidenten bekommen. Wir treffen uns morgen früh um 9 Uhr. Ich denke, die Aufgaben sind klar.“

Kramer schmollte, das war nicht zu übersehen, doch Bender ignorierte ihn und stand auf. Damit war die Sitzung beendet.

„Fischer, kannst du uns bitte die Anschrift des Krankenhauses schicken?“

„Klar, ich schicke euch beide Adressen. Leider liegen die Schwerverletzten in unterschiedlichen Häusern.“

„Danke“, antwortete Aydin.

Kurz darauf saßen sie in ihrem Dienstfahrzeug und während Brandt den Motor startete, schaute Aydin nach der E-Mail, die Fischer ihnen gesandt hatte.

„Evangelisches Krankenhaus Weyertal“, sagte Aydin.

„Das liegt linksrheinisch“, kommentierte Brandt, der wusste, wo das Krankenhaus war, und daher kein Navi brauchte.

„Ich hoffe, Fischer findet schnell heraus, wer der Halter des Fahrzeugs ist“, sagte Brandt auf dem Weg Richtung Innenstadt.

„Vielleicht erübrigt sich das ja, wenn das Krankenhaus die Identität des Schwerverletzten hat.“

Brandt antwortete nicht sofort, da er die Sache noch nicht einschätzen konnte. „Leider wird er uns nichts über den Anschlag sagen können, da er sicherlich nicht ansprechbar ist."

„Warte mal ab."

„Das Ganze schmeckt mir nicht. Was, wenn mehr als nur Querelen wegen des Personenschutzes dahinterstecken?"

Aydin lachte kurz.

„Wieso lachst du?"

„Bist du eingeschüchtert, weil er so megatrainiert aussieht?"

„Quatsch, was hat das damit zu tun?"

„So kommt es gerade rüber."

„Du spinnst. Kann doch jeder trainieren, wie er will. Was interessiert mich das?"

„Dafür regst du dich aber ganz schön auf. Sind Kramers Worte doch nicht spurlos an dir vorbeigegangen?"

Brandt warf seinem Partner einen finsteren Blick zu. „Nein, das ist nur alles ziemlich merkwürdig. Mein Bauchgefühl …"

„… das sich nie irrt …", führte Aydin den Satz fort.

Brandt schwieg. Vielleicht hatte Aydin recht und er sah wieder einmal Gespenster. Inzwischen hatten sie die Kölner Innenstadt erreicht, Brandt fügte sich in den Verkehr ein, der sich wie ein nie endender Fluss durch die Straßen schob.

„Was sagst du zum FC?", fragte Aydin und Brandt merkte, dass er bewusst das Thema zu wechseln versuchte. Vermutlich glaubte er, dass Brandt sauer auf ihn war. Aber das war er nicht, er war in Gedanken bei dem Fall. Er schaute kurz zu Aydin und musste unwillkürlich schmunzeln, bevor er antwortete: „Kaum wiederzuerkennen. Das wird eine verdammt schwere

Saison für die Jungs. Der Weggang von Modeste schmerzt ganz schön."

„Ich denke auch. Schon krass, wie gut die letzte Saison waren, und jetzt?"

Brandt nickte. Inzwischen hatten sie das Krankenhaus erreicht und Brandt fuhr auf den öffentlichen Parkplatz.

An der Information zeigten sie ihre Ausweise und erkundigten sich nach dem Schwerverletzten.

„Einen kleinen Augenblick bitte", sagte die Frau hinter dem Tresen und griff nach dem Telefonhörer. „Er wurde gerade auf die Intensivstation gebracht", erklärte sie dann. „Der Stationsarzt ist zugegen. Sie können sich gerne mit ihm unterhalten."

„Wo ist die Intensivstation?", fragte Brandt.

Die Frau erklärte ihnen den Weg.

Die beiden Beamten bedankten sich und nahmen den Fahrstuhl in den entsprechenden Stock, dort folgten sie der Beschilderung in Richtung Intensivstation.

Von Weitem sah Brandt ein Krankenbett, in dem ein Mann lag, der offensichtlich gerade aus dem OP gekommen war. Neben dem Bett stand ein anderer Mann, der wild mit einem Mediziner diskutierte. Es war der Mann, dessen Namen Brandt noch nicht kannte: Peter Walsh.

Kapitel 5

„Er hat seinen Finger bewegt. Ich weiß doch, was ich gespürt habe“, erhob Walsh seine Stimme.

„Das ist sehr gut möglich, aber das heißt leider nicht …“, versuchte der Arzt zu erklären.

„Er hat seinen Finger bewegt. Ich kenne Joe, das war ein Zeichen, dass er nicht sterben will, dass er kämpft. Er kämpft, also geben Sie ihn nicht auf.“ Walshs Blick war eindringlich, seine Augen weit aufgerissen.

„Bitte beruhigen Sie sich. Wir tun unser Bestes.“

„Das ist mir nicht genug. Er wird nicht sterben, habe ich mich deutlich ausgedrückt?“ Unbewusst spannte Walsh seinen Körper an, dabei presste sich sein Bizeps förmlich nach außen, als wollte er den Hemdärmel sprengen. Der Arzt schaute eingeschüchtert auf seinen Oberarm.

„Guten Abend“, machte sich da jemand bemerkbar. Walsh drehte sich um und sah zwei Männer vor sich. Er kannte sie, auch wenn er sie nur kurz gesehen hatte, und da er ein ausgezeichnetes Gedächtnis hatte, wusste er sogleich, wer sie waren.

„Guten Abend. Sind Sie von der Kölner Kriminalpolizei?“, fragte der Arzt, der jetzt geradezu erleichtert wirkte.

„Vergessen Sie meine Worte nicht“, erklärte Walsh, er hatte keine Lust, sich mit den beiden Beamten zu unterhalten, und wandte sich gerade zum Gehen, als der Ältere der beiden zu ihm sagte: „Wir müssen Sie kurz sprechen.“ Als hätte er geahnt, dass Walsh genau das vermeiden wollte.

„Herr Doktor Schaffert, können wir gleich auf Sie zukommen?“, ergänzte Brandt an den Arzt gerichtet, dessen Namen er augenscheinlich rasch von seinem Namensschild abgelesen hatte.

„Ich bin auf der Station“, erklärte dieser. „Der Patient darf aber nicht weiter im Flur stehen.“ Kaum hatte er das ausgesprochen, kamen zwei Schwestern herangeeilt und schoben das Krankenbett ins Zimmer. Walsh sagte nichts, er schaute noch einmal in Joes Richtung und sagte in Gedanken: *Du bist ein Kämpfer. Kämpfe, Joe. Nina braucht dich, Marc braucht dich. Melanie braucht dich und ich brauche dich! Kämpfe!*

„Können wir kurz reden?“, hörte er erneut den älteren der beiden Beamten sagen, der jüngere, ein Südländer, stand ruhig neben ihm.

„Wir kennen uns doch“, bemerkte Walsh. Wenn er sich nicht irrte, hieß der jüngere Aydin und der ältere Brandt.

„Ja, von Walters Grill. Sie sind mit Ihrem Freund kurz nach uns dort angekommen“, erklärte Aydin. Er wirkte deutlich liebenswürdiger als Brandt, dem man sofort ansah, dass er ein misstrauischer Mensch war.

„Stimmt. Ich erinnere mich gut an Walters Bratwurst.“

„Sie hatten sich bei uns nach Ihrem Freund Ansgar David erkundigt. Tut mir leid, was passiert ist“, sagte Brandt nun etwas freundlicher.

„Ja, leider. Tragische Geschichte.“ Walsh versuchte die aufkommende Wut herunterzuschlucken. Hätte er sich damals nicht von Joe überreden lassen, die Sache ruhen zu lassen, hätte er den Mörder von Ansgar gesucht und mit Sicherheit auch getötet, dann hätte Joe jetzt nicht auf der Intensivstation liegen müssen.

Allerdings nur, wenn Hakim der Täter ist, dachte er selbstkritisch. Schließlich hatte er bislang keine Spur zu dem, der hinter all dem steckte.

„Waren Sie nicht Personenschützer?“, fragte Brandt.

„Bin ich noch immer.“ Walsh wich dem Blickkontakt nicht aus.

„Wie war doch gleich Ihr Name?“

„Peter Walsh. Sicherlich sind Sie hier, weil Sie die Ermittlungen leiten und wissen wollen, was genau geschehen ist.“

„Richtig.“

„Nun gut, ich will Ihre und meine Zeit nicht verschwenden. Ich weiß nicht, was passiert ist. Joe und ich waren einkaufen, dann wollten wir zurückfahren. Als wir am Auto standen, hat sich meine Ehefrau gemeldet und mich gebeten, noch etwas zusätzlich zu kaufen. Daraufhin schlug Joe vor, dass ich die Sachen besorgen solle und er den Wagen vor den Supermarkt fahren würde. Ich habe zugestimmt“, begann Walsh und hielt kurz inne. Die Erinnerung schmerzte, aber er versuchte, sich nichts anmerken zu lassen. Dann fuhr er fort: „Gerade als ich um die Ecke bog, hörte ich eine Explosion und lief sofort zurück.“

„Und warum haben Sie nicht die Polizei gerufen, sondern erst einmal Ihren Freund ins Krankenhaus gebracht und dabei riskiert, selbst ums Leben zu kommen?“, fragte Aydin.

Walsh schüttelte den Kopf. „Das ist nicht Ihr Ernst, oder? In dem Auto war mein bester Freund. Ich hätte der Fahrer sein sollen! Bis der Krankenwagen gekommen wäre, wäre

Joe gestorben. Wie hätten Sie reagiert, wenn Ihr Partner im Wagen gesessen hätte?“

Aydin schluckte und schaute beschämt zu Boden. Für Walsh war das Antwort genug, er beruhigte sich wieder etwas.

„Trotzdem haben Sie nicht die Polizei informiert. Im Krankenhaus hätten Sie genug Zeit dafür gehabt“, schaltete sich Brandt ein.

„Warum hätte ich das tun sollen? Es gab genug Zeugen. Und unter uns: Verschwenden Sie nicht Ihre Zeit, indem Sie sich mit mir beschäftigen. Mein bester Freund liegt schwer verletzt auf der Intensivstation. Man hat versucht, ihn und mich zu töten. Konzentrieren Sie sich lieber darauf, herauszufinden, wer die Täter sind.“

„Das tun wir, dafür müssen wir aber in jede Richtung ermitteln. Als Personenschützer sichern Sie bestimmt einflussreiche Personen. Halten Sie es für möglich, dass jemand mit dem Anschlag in Wirklichkeit einen Ihrer Klienten treffen wollte?“

„Selbstverständlich“, antwortete Walsh, der Brandts Gedankengang verstand. „Kann sein, dass die Täter damit zeigen wollten, dass unsere Kunden nirgends sicher sind.“ Er überlegte kurz, ob er den beiden einen Hinweis auf Hakim geben sollte, entschied sich jedoch dagegen, da er glaubte, dass die Polizisten ihm mit ihren Ermittlungen nur im Weg stehen würden. Sollten sie doch glauben, dass jemand mit dem Anschlag ihren Klienten eine Botschaft schicken wollte.

„Können Sie uns eine Liste Ihrer Kunden zukommen lassen?“

„Das muss ich erst prüfen. Ich möchte unsere Kontakte nicht ohne Weiteres herausgeben. Wir sind in einem sehr sensiblen Bereich tätig."

„Das interessiert mich ehrlich gesagt nicht. Dieser Anschlag hat eine junge Mutter und ihr Kind in den Tod gerissen, da interessieren mich die Befindlichkeiten Ihrer VIP-Klienten nicht im Geringsten", entgegnete Brandt schroff.

Walsh konnte die Wut, die in diesen Worten mitschwang, geradezu spüren und er musste sich eingestehen, dass ihn das beeindruckte. Er fühlte sich nicht persönlich angegriffen, vielmehr bekam er das Gefühl, dass er hier einem Beamten gegenüberstand, der seine Arbeit ernst nahm. Irgendwie erinnerte ihn Brandts Art an Ansgar. Dennoch war das kein Grund, seine Strategie zu ändern.

„Ich verstehe Sie, trotzdem muss ich das zunächst prüfen."

„Können Sie uns bitte eine Kontaktnummer geben, wo wir Sie diesbezüglich erreichen können?", fragte Brandt.

„Klar." Walsh nannte ihm eine seiner Geschäftsnummern und Aydin notierte sie. Es war offensichtlich, dass Brandt der Wortführer war und der Jüngere sich ihm unterordnete.

„Wie lange kennen Sie sich eigentlich?"

„Ich und Joe?"

„Ja."

„Sehr lange."

„Und in Zahlen?", fragte nun Aydin.

„Was hat das mit dem Fall zu tun?" Walsh schüttelte den Kopf. „Er ist mein bester Freund, das sollte doch reichen."

„Wie lange arbeiten Sie schon zusammen?", hakte Brandt nach.

„Ich verstehe nicht, was die Fragen mit dem Fall zu tun haben. Ist Ihnen langweilig?“

„Nein, wir ermitteln nur in alle Richtungen.“ Brandt schien unbeeindruckt.

„In alle Richtungen? Glauben Sie im Ernst, dass Joe etwas mit dem Anschlag zu tun haben könnte? Warum sollte er sich selbst in die Luft jagen?“

„Na ja, eigentlich waren Sie der Fahrer.“

„Und er war der Beifahrer!“, wurde Walsh laut. „Wenn Sie Ihre Arbeit machen, dann machen Sie sie richtig. Wer immer die Täter waren, das waren Profis. Sie sollten Ihre Suche auf das organisierte Verbrechen konzentrieren. Russische Mafia oder italienische. Mit diesen Stichworten sollten Sie Ihre Polizeidatenbank füttern. Ich denke, wir sind fertig.“ Wieder spannte Walsh vor Erbitterung seine Muskeln an, seine Halsschlagader trat hervor und ohne eine Antwort abzuwarten, ging er.

„Warten Sie kurz“, hörte er Brandt rufen.

Walsh blieb stehen und drehte sich um, ging aber nicht zurück, sondern wartete, dass sie zu ihm kamen.

„Was noch?“, fragte er genervt.

„Wir brauchen Ihre und die Personalien Ihres Freundes.“

„Peter Walsh ...“, begann Walsh und gab ihnen seine Personalien, wobei er die Firmenanschrift nannte.

„Danke. Noch ein Hinweis.“

„Was für ein Hinweis?“

„Sie kommen sicher nicht auf den dummen Gedanken ...“, begann Brandt, unterbrach sich aber mitten im Satz. Walsh verstand genau, worauf er hinauswollte, und ließ die Polizisten einfach stehen, anstatt ihnen zu antworten.

„Glaubt der Idiot wirklich, dass er die Täter fassen kann? Der und dieser Softie?“, murmelte er verärgert, als er das Treppenhaus erreichte. Niemand würde ihn von seinem Vorhaben abhalten können, die Täter zu finden und zu töten. Er würde keine Milde walten lassen wie die Polizei, wenn er vor Hakim stand.

Er verließ das Krankenhaus und eilte zum Parkplatz.

Als er auf sein Handy schaute, sah er, dass er unzählige Nachrichten erhalten hatte. Die meisten von seiner Frau. Sie war mit Nina bei ihren Eltern und wartete auf ihn. Er wusste, dass er kurz zu ihnen fahren musste, bevor er sich der Sache weiter annahm. Und er wusste auch, dass sie Deutschland würden verlassen müssen, solange er weg war. Das Risiko, dass ihnen etwas zustieß, wollte er nicht eingehen.

Den entwendeten Wagen ließ er stehen, da der Eigentümer den Verlust inzwischen sicherlich der Polizei gemeldet hatte, und er wollte deswegen nicht in Schwierigkeiten kommen. Da Brandt und Aydin ihn noch nicht auf das Fahrzeug angesprochen hatten, ging er davon aus, dass sich nicht die Kripo um den Diebstahl kümmerte, sondern eine andere Abteilung.

Er wollte jedoch auch kein Taxi nehmen und suchte sich einen anderen Wagen, der etwas abseits stand – ein älteres Modell, das keine aktive Alarmanlage hatte. Ein Messer reichte aus, um die Fahrertür zu öffnen, und kurz darauf war der Wagen kurzgeschlossen. So würde wenigstens kein schwatzhafter Taxifahrer ausplaudern können, welches sein nächstes Ziel war.

„Verdammt, Joe. Ich brauche dich“, sagte er, als er vom Parkplatz fuhr. In Gedanken war er längst bei den nächsten Schritten. Joe war ein begnadeter Hacker. Es gab nichts, was er nicht hacken konnte. Nur zu gerne hätte Walsh gewusst, welche Informationen die Polizei, das BKA, die Geheimdienste und das Darknet über den Anschlag hatten.

Glücklicherweise war auch er recht fit, was Computer anbelangte, und wusste, welche Programme er nutzen musste, um an bestimmte Informationen zu gelangen. Trotzdem lagen zwischen seinem IT-Wissen und dem von Joe Welten.

„Er kann nicht im Krankenhaus bleiben", war ein weiterer Gedanke, den er laut aussprach. Dass die Täter wussten, wo er war, glaubte Walsh nicht, ebenso wenig, dass der Anschlag seinem besten Freund gegolten hatte. Dennoch war es nicht ausgeschlossen, dass sie bald herausfinden würden, wo er lag, und ihn töteten.

Er musste Joe in ein anderes Krankenhaus verlegen, in eines, wo er sicher war. Aber würde die jetzige Klinik mitspielen? Er hatte keine Vollmachten und in Deutschland funktionierte nichts ohne Vollmacht, schon gar nicht, wenn man mit der Person nicht verwandt war.

Joes Eltern waren vor einigen Jahren verstorben und sein einziger Bruder wohnte in Washington. Allerdings war der Kontakt zu ihm sehr lose, also musste er eine andere Lösung finden und er war sicher, dass er sie finden würde. Zunächst würde er jedoch Melanie überzeugen müssen, mit der Familie das Land zu verlassen.

In Mülheim stellte er das Auto ab und bestellte sich ein Taxi, um den Rest der Strecke zu seinen Schwiegereltern in Köln Porz zu fahren.

Um diese Zeit war die Straße, in der sie wohnten, leer, Ruhe war in den Stadtteil eingekehrt. Das Haus wirkte friedlich, alles wirkte friedlich und ruhig. Selbst die Luft, die er einatmete, gaukelte ihm Ruhe vor, doch in seinen Gedanken tobte ein Sturm, der alles zu zerreißen drohte und dessen Auswirkungen kaum absehbar waren.

Er betrat das Haus und schaltete das Licht im Flur ein, fast im selben Moment kam ihm Nina entgegengelaufen.

„Papa", rief sie und umarmte ihn. Er erwiderte die Umarmung und drückte ihr einen Kuss auf die Stirn. „Stimmt es, dass du wegmusst?", fragte sie.

Walsh wusste aus den SMS-Nachrichten von Melanie, die er im Taxi gelesen und beantwortet hatte, dass sie Nina erzählt hatten, er und Joe müssten auf eine Geschäftsreise.

„Ja, leider, mein Schatz", sagte er und hockte sich zu ihr hin. „Onkel Joe und ich müssen noch heute Abend weg, weil wir einen ganz wichtigen Staatsgast beschützen müssen."

„Wo ist denn Onkel Joe?", fragte sie. Ihr Blick wirkte skeptisch und ein wenig traurig zugleich.

„Joe muss seine Sachen packen. Ich hol ihn gleich ab."

„Schade, ich dachte, ich sehe ihn noch. Marc hat sich auch auf ihn gefreut. Er ist nämlich bei Oma und Opa."

„Das tut mir echt leid, daraus wird nichts."

„Papa …"

„Ja?" Walsh sah, dass sie etwas quälte. Nina war für ihr Alter sehr weit und ohnehin ein überaus feinfühliger Mensch.

„Onkel Joe geht es gut, oder?"

„Natürlich“, antwortete Walsh, spürte jedoch, wie sich ihm sofort die Kehle zuschnürte. „Du musst dir keine Sorgen machen, du weißt ja, dass ich auf ihn aufpasse.“

„Ich weiß“, sagte sie und gab ihm einen Kuss auf die Wange. „Du kennst ihn ja. Er ist zwar immer lustig, aber viel zu lieb und so viele Muskeln wie du hat er auch nicht. Da hab ich ab und an schon Sorge, wie er damit jemanden beschützen soll.“

Walsh lächelte, doch es wirkte sicher sehr verkrampft. „Joe und ich sind ein Team. Selbstverständlich passe ich auf ihn auf. Versprochen.“

„Dann bin ich ja beruhigt.“ Sie beugte sich zu seinem linken Ohr und flüsterte: „Ich hatte nur Angst, dass ihm etwas passiert ist.“

„Alles gut“, antwortete Walsh und drückte seine Tochter an sich. Er wollte nicht, dass sie sah, wie seine Augen feucht wurden. Dass Nina so feinfühlig war, überraschte ihn immer wieder. Er hob sie hoch. „So, jetzt wollen wir zu den anderen.“

Mit diesen Worten ging er ins Wohnzimmer, wo die Familie beisammensaß.

Marc bemerkte ihn als Erster, er sprang voller Freude von seinem Stuhl auf und rannte zu ihm.

„Hallo, Peter“, rief er und umarmte ihn. „Wo ist Joe?“

„Joe packt seine Sachen“, sagte Walsh und ließ Nina wieder zu Boden.

„Wieso packt er seine Sachen?“, fragte Marc.

Walsh wusste zwar, dass Melanie ihm erzählt hatte, wo Joe war, doch Marc vergaß schnell Dinge und fragte deshalb öfter nach.

Walsh erklärte ihm die Situation und wie Nina reagierte auch er enttäuscht, nur dass er seine Enttäuschung viel stärker zeigte.

„Dafür gehen wir aber ins Phantasialand und in den Europapark, wenn wir zurück sind. Ist das nicht ein toller Deal?“

„Oh ja“, lachte Marc und gab Walsh die Hand zum Abklatschen.

So schnell konnte man ihn wieder glücklich stimmen, dachte Walsh zufrieden. Erst jetzt konnte er seine Frau in den Arm nehmen und ihr einen Kuss auf die Lippen drücken. Danach begrüßte er seine Schwiegereltern. Die Sorge stand ihnen ins Gesicht geschrieben.

„Hilfst du mir kurz in der Küche?“, fragte Melanie und stand auf.

„Klar“, antwortete er, er hatte die Botschaft verstanden.

„Ich helfe euch auch“, rief Marc.

„Das brauchst du nicht. Zeig Papa lieber, was du heute in der Werkstatt gelernt hast.“

„Au ja“, sagte Marc.

„Wie geht es Joe?“, fragte Melanie, als sie in der Küche waren. Sie hatte sich eng an Walsh geschmiegt.

„Sie haben ihn in ein künstliches Koma versetzt.“

„Koma?“ Melanie hielt sich die Hand vor den Mund.

„Reine Routine. Er wird durchkommen, aber er braucht Ruhe.“

„Der Express schreibt, dass es ein Terroranschlag war, die Tagesschau, dass es sich um organisiertes Verbrechen handelt. Ich weiß gar nicht, was ich glauben soll.“ Es war offensichtlich, dass sie völlig durch den Wind war.

Walsh fuhr ihr über die langen Haare und streichelte ihre Wangen.

„Mach dir keine Sorgen. Ich denke auch, dass es sich um Auftragstäter handelt. Einer unserer Klienten muss sich mit den falschen Leuten angelegt haben. Dieser Anschlag war eine Botschaft.“ Selbst jetzt konnte er ihr nicht die Wahrheit sagen, obwohl sie sich geschworen hatten, es immer zu tun, doch dieses Mal ging es einfach nicht, zu sehr fürchtete er ihre Reaktion.

„Dann lass die Polizei das erledigen. Misch dich nicht ein. Wir brauchen dich, Joe braucht dich.“

„Du weißt genau, dass ich das nicht tun kann. Ich muss die Täter finden, bevor noch mehr passiert. Ich kann mich nicht auf die Polizei verlassen ...“

„Du willst dich nie auf die Polizei verlassen ...“, entgegnete Melanie sarkastisch. „Du bist kein Agent mehr und du arbeitest auch nicht mehr fürs Militär. Du hast eine Familie, eine Tochter, die dich braucht. Du führst ein bürgerliches Leben, überlass das bitte denen, die dafür bezahlt werden.“

„Ich kann nicht. Damit gefährde ich euer Leben, verstehst du das nicht? Sie werden bald wissen, dass sie nicht mich erwischt haben, also werden sie nach mir suchen ...“

„Das interessiert mich nicht. Wenn wir zur Polizei gehen und ihnen alles erzählen, werden sie uns beschützen.“

„Die Polizei?“ Walsh schüttelte den Kopf. Er hatte eben erst zwei dieser Beamten kennengelernt und ganz sicher würde er das Leben seiner Familie nicht in die Hände der Kölner Kripo legen.

„Es ist das letzte Mal ...“, kaum hatte er den Satz ausgesprochen, bereute er ihn auch schon.

„Es ist immer das letzte Mal!“, wurde Melanie laut. „Es wird nie ein Ende finden, weil du es nicht willst.“ Ihre Augen glänzten feucht. Walsh nahm sie wieder in die Arme und drehte sich dabei so, dass er aus dem Fenster schauen konnte.

Er erstarrte und jeder Muskel spannte sich an. Draußen stand ein schwarzer SUV vor dem Haus.

Kapitel 6

„Der hat es dir aber gezeigt“, sagte Aydin, als er und Brandt wieder im Wagen saßen und zur Uniklinik fuhren, wo die andere schwer verletzte Person lag.

„Wieso?“

„Na ja, der hat dich doch gar nicht ernst genommen.“

„Witzig“, reagierte Brandt gereizt, da er Aydin insgeheim recht geben musste. Die arrogante und überhebliche Art von Walsh hatte ihm ganz und gar nicht geschmeckt. „Im Gegensatz zu dir habe ich mich immerhin nicht verstellt.“

„Ich und verstellt? Wann denn?“

„Na komm“, stichelte Brandt und schaute auf Aydins Bauch, der sich unter dem Hoodie abzeichnete. „Den hast du die ganze Zeit eingezogen, du wolltest Eindruck schinden.“

„Hab ich gar nicht“, verteidigte sich Aydin. „Aber der ist schon krass definiert. Hast du seinen Bizeps gesehen, wie der sich aufgebläht hat, als er sauer wurde? Frage mich, ob der stofft.“

„Ich denke nicht und genau das macht mich stutzig. Ich kenne Personenschützer, die meisten von ihnen sind zwar fit, aber der hebt sich deutlich von den anderen ab. Bei ihm hat man den Eindruck, dass er einer Eliteeinheit des Militärs angehört. Dieser Gang, diese Haltung, irgendwas hat er uns vorenthalten. Na, das finden wir schon noch raus.“ Walsh mochte bei Aydin Bewunderung hinterlassen haben, nicht jedoch bei ihm.

Dafür brauchte es mehr, als eine Kampfmaschine zu sein, und Brandt war überzeugt, dass er herausfinden würde, wer Peter Walsh wirklich war.

„Vielleicht hätten wir ihn mit aufs Präsidium nehmen sollen. Immerhin hat er ja einen Wagen gestohlen."

„Und dann? Was, wenn der Zeuge sich nicht mehr an die Person erinnert? Er stand bestimmt unter Schock."

„So kurz nach der Tat müsste er sich gut dran erinnern." Aydin zog eine Schnute.

„Und wenn wir ihn mitgenommen hätten, was dann? Er wäre eh gleich wieder auf freiem Fuß gewesen. Schließlich hat er den Wagen nur geknackt, um seinen besten Freund ins Krankenhaus zu fahren." Für diese Aktion hatte Brandt durchaus Verständnis, weil er wusste, dass er genauso reagiert hätte. Auch wenn er Walsh nicht mochte, zeigte ihm seine Reaktion, dass er viel von Loyalität zu halten schien, das verdiente Respekt. Und es bedeutete gleichzeitig, dass seine Annahme, Walsh könnte etwas mit dem Militär zu tun haben, auf fruchtbaren Boden stieß.

„Wenn er den Wagen gestohlen hat, wird das Auto bestimmt in der Nähe des Krankenhauses zu finden sein. Ruf bitte in der Zentrale an, die sollen eine Streife schicken."

„Gute Idee." Aydin benachrichtigte die Kollegen über Funk.

Inzwischen hatten sie die Uniklinik erreicht und Brandt parkte auf dem Gelände.

An der Information fragten sie nach dem Schwerverletzten und gingen zur Intensivstation, dort meldeten sie sich an.

„Sie sind von der Polizei?", fragte eine korpulente Schwester mit rundem, freundlichem Gesicht.

„Das sind wir“, sagte Brandt und zeigte seinen Ausweis. „Können Sie uns bitte sagen, in welchem Zimmer Herr Kilic liegt?“

„Zimmer D563. Sie haben fünf Minuten. Der arme Kerl hatte Glück im Unglück. Er wird keine bleibenden Schäden davontragen.“

„Danke.“

„Fünf Minuten und keine Sekunde länger, sonst ...“, drohte sie mit einem Lächeln.

„Keine Sorge. Wir sind schnell wieder raus“, erklärte Aydin.

Kurz darauf betraten sie das Zimmer. Zum Glück lag Kilic alleine dort.

„Guten Abend, Herr Kilic“, machte sich Brandt bemerkbar. Kilic war an mehrere Schläuche angeschlossen, aber bei Bewusstsein, er bewegte seinen Kopf in Richtung Brandt.

„Hallo“, antwortete er. Seine Stimme war schwach, doch seine Augen wanderten aufmerksam zwischen Brandt und Aydin hin und her.

„Wir sind von der Kriminalpolizei und haben ein paar Fragen an Sie“, begann Brandt, dem nicht entging, dass Kilic plötzlich angespannt wirkte, kleine Schweißperlen sammelten sich auf seiner Stirn.

„Was wollen Sie wissen?“, fragte er zögerlich.

„An was Sie sich erinnern“, sagte Aydin.

Kilic antwortete nicht sofort. Sein Blick schweifte zur Seite und Brandt konnte sehen, wie sehr sein Körper durch den Anschlag in Mitleidenschaft gezogen worden war, da der Schlafkittel einen Blick auf einen großen Verband freigab.

„Ich weiß es nicht mehr genau. Alles ging so schnell“, antwortete er schließlich.

„Bitte versuchen Sie sich zu erinnern“, sagte Aydin.

„Es tut mir leid, aber ich erinnere mich wirklich nicht mehr. Ich wollte über die Straße und dann habe ich einen großen Knall gehört …“, Kilic unterbrach sich und hustete kurz. Er fuhr sich mit der Zunge über die Lippen. Brandt sah ein Glas Wasser auf dem Nachttisch stehen, doch bevor er seinen Gedanken in die Tat umsetzen konnte, hatte Aydin bereits nach dem Glas gegriffen und gab Kilic vorsichtig etwas zu trinken.

„Danke“, sagte der. „Ich weiß leider nicht, was nach dem Knall passiert ist. Das Einzige, woran ich mich erinnere, ist, dass ich hier im Zimmer aufgewacht bin.“

„Warum wollten Sie über die Straße?“, fragte Brandt.

„Ich wollte zum Imbiss.“

„Ist Ihnen denn beim Rübergehen etwas aufgefallen?“

„Nein.“

Wieder sah Brandt Schweißperlen auf Kilics Stirn. Er war sich nicht sicher, ob sie der Anstrengung zuzuschreiben waren – immerhin war der Mann schwer verletzt – oder ob es daran lag, dass er log.

„Von wo kamen Sie, bevor Sie über die Straße gegangen sind?“, fragte Brandt, doch bevor Kilic antworten konnte, wurde die Tür geöffnet und die Stationsschwester trat ein.

„Meine Herren, ich möchte Sie bitten …“, sagte sie und brach ab, aber der Ausdruck in ihrem Gesicht duldete keine Diskussion.

„Eine Frage noch“, versuchte Brandt dennoch sein Glück.

„Heute nicht mehr. Herr Kilic braucht Ruhe.“ Sie trat zu Brandt und drängte ihn beinahe hinaus.

Er ließ sie gewähren, da er keine Lust hatte, sich mit ihr anzulegen.

Die Beamten gingen zurück zum Wagen.

„Glaubst du ihm?“, fragte Brandt seinen Partner, als sie im Auto saßen.

„Ja, warum nicht?“

„Hast du nicht gemerkt, wie angespannt er war? Und dann die Schweißperlen auf seiner Stirn ...“

„Jetzt übertreibst du aber. Der Mann ist schwer verletzt. Da wäre es ein Wunder, wenn er nicht so aussehen oder reagieren würde. Welches Interesse sollte er haben, uns zu belügen? Er ist ein Opfer, alles andere ist doch lächerlich.“

„Mag sein“, sagte Brandt. Er musste Aydin in gewisser Weise recht geben, da auch er es für unwahrscheinlich hielt, dass sich ein Täter derart in Gefahr brachte. Ausschließen konnte man dennoch nichts, schon gar nicht, wenn man so lange bei der Kripo war wie Brandt. „Trotzdem, wir müssen jeder Spur nachgehen. Kann es sein, dass du heute etwas dünnhäutig bist?“

„Ich? Nein. Warum?“

„Na ja, erst hast du Kramer wegen Kilic angefahren und jetzt reagierst du wieder so komisch.“

Aydin antwortete nicht sofort, er schaute aus dem Beifahrerfenster. Dann sah er wieder zu Brandt. „Mich nervt es einfach, dass bei jedem Verbrechen alle immer gleich denken, dass Moslems dahinterstecken. Kilic liegt schwer verletzt im Krankenhaus und wir verurteilen ihn, ohne den geringsten Beweis, bloß weil er Türke ist. Das kotzt mich echt an. So weit sind wir also schon. Rassismus ist wieder salonfähig geworden."

„Ich hoffe, du weißt, dass ich kein Rassist bin, und so wenig ich Kramer leiden kann, aber der ist mit Sicherheit auch kein Rassist. Der hat bestimmt nicht mal so weit gedacht, wie du es tust. Es ist unser Job, die Dinge kritisch zu hinterfragen. Komm schon, was ist der wahre Grund?"

Aydin atmete aus, schaute Brandt an und sagte dann: „Ach, ich ärger mich über diesen Idioten von gestern."

„Was ist denn passiert?"

„Ein Kumpel und ich sind in seinem Cabrio durch die Stadt gefahren, an einer Kreuzung hat er angehalten, damit eine ältere Fußgängerin über die Straße gehen kann, und da ruft doch dieser Idiot von der anderen Straßenseite, ob wir überhaupt einen deutschen Pass hätten."

Brandt nickte, er verstand seinen Freund. „Wieso habt ihr dem Idioten nicht gesagt, dass er sich seinen Pass in den Allerwertesten schieben kann?"

„Was hätte das schon gebracht?"

„Komm, ich gebe eine Bratwurst bei Walter aus", sagte Brandt. Er klopfte Aydin auf die Schulter und bog ab, um zu Walters Imbiss zu fahren. Aydin war einfach zu gutherzig. Brandt wusste, hätte der Mann ihn selbst beleidigt, wäre er stehen geblieben und hätte ihm einen solchen Einlauf verpasst, dass er nie wieder gewagt hätte, in der Öffentlichkeit seinen Mund aufzumachen.

„Als, ob ich es geahnt hätte", rief Walter, als sie seinen Imbiss betraten. Brandt sah, dass er gerade ein paar Würstchen auf den Grill legte.

„Das ist dein siebter Sinn", witzelte Brandt.

„Ich denke eher, es ist der leckere Geruch, der euch magisch angezogen hat. Wie schaut es mit einem Feierabendbier aus?"

„Warum nicht", antworteten Brandt und Aydin gleichzeitig.

Walter nahm eine Flasche Kölsch aus dem Kühlschrank.

„Bitte kein Spülwasser. Du solltest inzwischen wissen, dass ich so einen Rotz nicht trinke", moserte Brandt, der ursprünglich aus Hamburg kam und sich noch immer nicht mit dem Lieblingsbier der Kölner angefreundet hatte. „Nichts geht über ein gutes Pils."

„Das ist ja auch für mich, du Keks", erwiderte Walter und griff nach zwei Pils. „Trotzdem solltet ihr euch bald mal an Kölsch gewöhnen, Jungs. Das ist eine Lebenseinstellung."

„Ganz bestimmt nicht, dann kann ich gleich Seifenwasser trinken."

„Ab und zu kann ich mir ein Kölsch geben, aber heute ist mir auch nach einem Pils", meldete sich Aydin zu Wort. Er nahm die geöffnete Flasche von Walter entgegen und setzte sie an.

Brandt nahm ebenfalls einen kräftigen Schluck. Das kalte Getränk war erfrischend und wohltuend, es vertrieb den Stress, den der Tag mit sich gebracht hatte.

„Lass mich raten, ihr seid hundertpro an diesem Anschlag in der City dran."

„Du bist echt ein Hellseher", schmunzelte Brandt.

„Meine Gäste reden von nichts anderem und davon, dass die Medien uns wieder mit Fakenews verarschen."

„Wieso Fakenews?"

„Angeblich war es kein Terroranschlag, sondern organisiertes Verbrechen. Was sagt ihr dazu?"

„Wir gehen auch von organisiertem Verbrechen aus", antwortete Aydin und kam Brandt damit zuvor.

„Gibt es Zeugen?"

„Nicht wirklich. Wir tappen etwas im Dunkeln."

„Ich sehe schon, Onkel Walter muss euch wieder helfen. Was ist mit der Bombe. Wisst ihr, was dafür genutzt wurde?"

„Wir gehen von PETN aus."

„Das ist schwer zu besorgen. Soll ich mich mal umhören?", schlug Walter vor. Er hatte nach wie vor enge Kontakte zur Kölner Unterwelt, obwohl er seit Jahren sauber war. Da Brandt dies wusste, bemühte er Walter immer mal wieder als Informanten.

„Wäre nicht schlecht. Vielleicht kannst du auch etwas über einen Peter Walsh in Erfahrung bringen."

„Peter Walsh? So ein großer Halbamerikaner mit indianischem Einschlag? Der, neben dem ihr beide wie Streichhölzer ausseht?", witzelte Walter mit einem breiten Grinsen.

„Du kennst ihn?"

Walter machte eine abwertende Geste, dann nahm er die beiden Würstchen vom Grill, schnitt Brandts Currywurst in Scheiben und reichte sie mit Toast und Soße über den Tresen. Danach reichte er Aydin seine Rindswurst. „Natürlich kenne ich ihn. Was ist mit ihm?"

„Woher kennst du ihn?", fragte Brandt und ließ ein Stück Currywurst in seinem Mund verschwinden.

„Ihr müsstet ihn auch kennen. Er war mit seinem Kumpel Joe in meinem Imbiss … Warum interessiert euch das?"

„Joe liegt im Koma. Das Auto, das in der Stadt explodiert ist, gehört Peter Walsh."

„So ein Mann lebt eben gefährlich."

„Sag uns lieber, woher du ihn kennst."

„Er kommt mit seiner Tochter, Joe und seinem Schwager ab und zu her. Alle lieben meine Würstchen", lachte Walter und richtete sich zu voller Größe auf. „Marc, sein Schwager, ist fast so cool wie dein Bruder Tolga", sagte er mit einem Augenzwinkern zu Aydin, doch dann wurde er wieder ernst. „Ist Walsh tot?" Er wirkte bedrückt.

„Nein, er hat den Anschlag überlebt, weil er kurz vor der Explosion weggegangen ist. Was weißt du über die beiden?"

„Nicht viel. Sie haben eine Firma und beschützen irgendwelche VIP-Leute, von Vorständen bis zu Politikern."

„Ist er Personenschützer?"

„Warum nicht? Jemand mit einer Militärvergangenheit ist ja wohl prädestiniert für so einen Job."

„Ich wusste es!" Brandt ballte seine Hand zur Faust. „Was weißt du über seine Militärzeit?"

„Keine Ahnung, nur dass schon sein Vater beim Militär war und er in seine Fußstapfen getreten ist. Ich glaube, er war in Mannheim und Kaiserslautern stationiert. So gut kenne ich ihn auch nicht, er ist aber ein faszinierender Mann. Ihn umgibt ein sehr starkes Karma."

„Was weißt du Grobmotoriker denn über Karma?", zog Brandt ihn auf.

„Mehr als du jemals wissen wirst", reagierte Walter eingeschnappt. „Nur weil ich keinen Anzug trage, heißt das nicht, dass ich mich nicht für geistige Dinge interessiere."

„Jetzt übertreibst du. Wir haben Walsh im Krankenhaus gesehen, so ein Überflieger ist der nicht."

„Dich steckt er locker in die Tasche", konterte Walter.

„Wann war er das letzte Mal hier?“, fragte Aydin.

„Das war vor zwei Wochen, wenn ich mich nicht irre.“

„Hat er mal einen Namen von seinen Kunden erwähnt? Wenn man VIP-Klienten hat, wird man doch bestimmt damit prahlen.“

„Walsh? Nein, der ist durch und durch Profi. Der hat nie über seine Arbeit gesprochen.“

Brandt verwunderte diese Antwort nicht, da er Walsh genauso einschätzte.

„Warum fragt ihr das überhaupt? Glaubst du, dass er etwas mit dem Anschlag zu tun hat? Dass er seinen Freund absichtlich ins Messer laufen lassen hat?“

„Nein, das nicht. Wäre trotzdem echt gut, wenn du etwas über ihn herausfinden könntest. Ich kann mir gut vorstellen, dass er bei den Unterweltgrößen bekannt ist wie ein bunter Hund.“

„Aber wie willst du über Walsh an die Täter ran?“

„Wenn wir wissen, für wen er arbeitet, können wir unsere Datenbanken anzapfen, dann werden wir erfahren, wer die potenziellen Täter sein könnten.“

„Solange der Anschlag kein Terroranschlag war.“

„Das war kein Terroranschlag“, sprang Aydin, der eine ganze Weile geschwiegen hatte, seinem Partner bei.

„Egal was es war, am Ende sind Menschen gestorben. Es tut mir leid um die junge Frau und ihr Kind und ich hoffe, dass ihr die Täter schnell findet“, erklärte Walter und leerte seine Flasche. „Wenn ich euch dabei helfen kann, umso besser.“

Brandt nickte nur, da Walters Worte ihn zum Nachdenken brachten. Er hatte ins Schwarze getroffen: Bei jedem Anschlag starben unschuldige Menschen, die mit all dem nichts zu tun hatten, da war es an sich unerheblich, was die Gründe dafür waren.

„Möchtet ihr noch eine Wurst?", fragte Walter.

„Eigentlich schon, aber Nina wird sauer, sie wollte kochen", sagte Aydin.

„Und unter uns, eine Wurst weniger tut deiner Figur auch gut", spottete Brandt.

„Jungs, keinen Streit um die Kilos", grätschte Walter in das Gespräch. „Meine Würstchen sind lecker und gesund, die setzen nicht an."

„Dann nehme ich noch eine Rindswurst", antwortete Aydin trotzig. Walter schaute Brandt mahnend an, der zog nur die Schultern hoch. „Und ich nehme eine Currywurst."

Nachdem sie aufgegessen hatten, gingen sie zurück zum Wagen und fuhren ins Präsidium.

Gerade als Brandt parken wollte, klingelte sein Mobiltelefon.

„Fischer, was gibts?", fragte er, das Handy war noch auf Freisprechen geschaltet.

„Bist du noch mit Aydin unterwegs?", erkundigte sich Fischer.

„Ja, der sitzt neben mir. Wir sind eben auf den Parkplatz gefahren."

„Oh, super. Dann kommt doch schnell zu mir. Ich glaube, ich habe ein paar interessante News."

„Machen wir, bis gleich", antwortete Aydin und löste den Gurt. „Hoffentlich bringt es uns etwas weiter. Bis jetzt tappen wir ziemlich im Dunkeln."

„Auf Fischer ist Verlass", bemerkte Brandt.

Gemeinsam stiegen sie aus. Im Präsidium machten sie einen Abstecher in die Küche, wo Aydin drei Becher Kaffee mitnahm, danach gingen sie zum Büro von Fischer. Brandt klopfte kurz an, dann traten sie ein.

„Für dich", sagte Brandt, als Aydin ihm einen Becher mit frischem Kaffee reichte.

„Als könntet ihr Gedanken lesen", strahlte Fischer und nahm einen Schluck.

„Was hast du über Peter Walsh herausgefunden?", fragte Brandt. Aydin hatte ihn während der Fahrt zu Walter gebeten, Informationen über ihn zu besorgen.

„Einiges Interessantes. Wir konnten das Kennzeichen des Unfallwagens rekonstruieren, er ist auf Peter Walsh angemeldet. Das heißt, ich konnte mich schon vor Aydins Anruf über ihn schlaumachen."

„Und was hast du?", fragte Brandt ungeduldig.

„Das Auto ist auf eine Firma angemeldet, die sich um Personenschutz kümmert."

„Das wissen wir schon", unterbrach Brandt ihn.

„Auch dass er fürs Militär arbeitete?"

„Ja, das auch."

„Das BKA hat damals Erkundigungen über ihn eingezogen, als der BKA-Beamte David und Walsh in einem Fall immer wieder aneinandergerieten. Es ging um die Entführung von Walshs Tochter. Das BKA konnte es nicht nachweisen, aber David ging in seinen Berichten davon aus, dass Walsh seine Tochter auf eigene Faust gesucht und dabei einige Menschen ermordet hat."

„Walsh ist ein Killer?", platzte es aus Aydin heraus.

„Eher Geheimdienst. Das BKA hat über den Verfassungsschutz Informationen eingeholt und die Akte, die sie über den BND bekamen, war als streng geheim eingestuft. Somit hat der BND keine Informationen von den

Partnergeheimdiensten der USA erhalten, das ist nicht untypisch bei Militärangehörigen, die für deren Geheimdienst tätig sind."

„Ich wusste es", rief Aydin.

„Man könnte meinen, dass du dich darüber freust?" Brandt war wesentlich weniger freudig gestimmt. Das Letzte, was er jetzt gebrauchen konnte, war, dass jemand wie Walsh auf eigene Faust ermittelte und ihre Untersuchungen behinderte.

„Was erstaunlich ist: Dieser David hat zum Ende seiner Ermittlungen und im Abschlussbericht kaum noch Worte über Walsh und seine bis dahin notierten Annahmen verloren."

„Und wir haben wirklich nichts über seine Tätigkeit beim Militär vor der Zeit als Personenschützer?"

„Kaum. Allerdings gab es eine Notiz vom BND, dass man annehme, Walsh sei bei Einsätzen genau dann ins Spiel gebracht worden, wenn alle anderen Optionen aussichtslos waren. Gegen ihn ist James Bond ein Chorknabe. Sein Kumpel, dieser Joe, ist auch sehr interessant. Ich konnte einiges über ihn in Erfahrung bringen. Er ist einer der jüngsten Hacker der IT-Geschichte. Mit elf hat er bereits das Onlinebanking der Bank of America gehackt und mit vierzehn die Server im Pentagon lahmgelegt. Irgendwann hat er auch für das Militär gearbeitet, aber ich habe den Verdacht, dass er noch immer im Untergrund tätig ist. Ein Hacker kann nicht aus seiner Haut. Mit dem würde ich liebend gerne mal einen Kaffee trinken."

Es war nicht zu überhören, dass Fischer große Sympathien für Joe hegte.

„Was ist mit den Videoauswertungen?“, erkundigte sich Brandt.

„Da bin ich dran. Die beiden Jungs haben echt gute Aufnahmen gemacht, vor allem vor der Zeit der Explosion. Es waren einige Männer in der Nähe des Wagens, die wir dadurch identifizieren konnten. Es wäre denkbar, dass die Bombe kurz vor dem Anschlag an dem Wagen angebracht wurde. Leider haben wir keine Aufzeichnungen, die eine direkte Rundumsicht auf den Wagen freigeben, daher müssen wir immer mit Annahmen hantieren. Na, wäre ja sonst langweilig, dann hätten wir den Täter schnell gefunden und ihr Jungs hättet nichts mehr zu tun.“

„Hat sich irgendjemand zu dem Anschlag bekannt?“, fragte Aydin.

„Nein, aber wenn das organisierte Verbrechen hinter der Sache steckt, werden die damit nicht prahlen. Die Nachricht dürfte auch so beim Empfänger angekommen sein. Habt ihr überlegt, ob ihr Kollegen vor Joes Krankenzimmer abstellt?“

„Nein, warum sollten wir?“

„Die Mafia wird sicherlich versuchen, ihn zu töten. Walsh muss man bestimmt nicht beschützen.“

„Ich werde mit Bender darüber sprechen. Vielleicht können wir die Täter überführen, indem wir ihnen eine Falle stellen“, antwortete Brandt. Er musste Fischer recht geben, seine Idee barg die Hoffnung, dass sie den Tätern doch schneller auf die Spur kommen konnten als bisher angenommen.

„Aber das ist gar nicht der Grund, warum ich euch hergebeten habe.“

„Was ist es dann?“

„Ich habe möglicherweise etwas sehr Interessantes gefunden, was euch helfen könnte.“

„Machs nicht so spannend“, drängte Brandt.

„Es geht um den anderen Schwerverletzten, Ömer Kilic. Gut möglich, dass er doch in den Anschlag involviert ist.“

Kapitel 7

„Wer ist das?“, fragte Melanie. Sie biss nervös auf ihre Unterlippe.

„Ich kümmere mich darum. Bleib du hier. Kein Grund zur Sorge“, antwortete Walsh und verließ die Wohnung. Er ging direkt auf den schwarzen SUV zu und kaum war er angekommen, öffnete sich auch schon die Tür und er stieg ein. Er hatte gerade Platz genommen, da fuhr der Wagen los.

„Was wollt ihr?“, wurde Walsh laut.

„Das werden Sie früh genug erfahren“, sagte einer der drei Männer, die mit ihm im Fond des Autos saßen.

„Und was, wenn ich aussteigen will?“

„Sie sind freiwillig eingestiegen. Es hat Sie niemand gezwungen“, konstatierte der Mann. Damit hatte er nicht ganz unrecht, allerdings hatte Walsh angenommen, jemand anderen hier anzutreffen.

Walsh schwieg und wartete ab, wohin die Fahrt ging. Zwischen Köln und Bonn bogen sie von der Autobahn auf einen Rastplatz ab und blieben stehen.

Walsh konnte aus dem Fenster erkennen, dass neben einigen Lastwagen auch eine schwarze Limousine auf dem Parkplatz stand.

„Steigen Sie bitte in den Wagen“, sagte der Mann. Walsh tat ihm den Gefallen und stieg um.

„Du hier?“, fragte er erstaunt, als er das andere Auto erreichte.

„Tu doch nicht so überrascht. Du hast sicher mit mir gerechnet.“

Stimmt!, dachte Walsh und stieg ein.. In diesem Moment merkte er, dass sich das Auto in Bewegung setzte, sie verließen den Parkplatz und fuhren wieder auf die Autobahn.

„Ich war der Meinung, dass du Wichtigeres zu tun hättest, als dich mit mir rumzuschlagen."

„Du weißt, dass die Agency dich noch immer zurückwill. Du warst unser bester Agent, mein bester Mann."

„Und ihr denkt, der Anschlag auf Joe könnte diese verschlossene Tür wieder öffnen?", fragte Walsh. Unwillkürlich musste er an die Worte seiner Frau denken, die ihm gerade erst an den Kopf geworfen hatte, dass es nie ein Ende haben würde.

Vielleicht war es so, auch wenn Walsh in den letzten Monaten der Versuchung erlegen war, genau das Gegenteil zu glauben. Doch der Anschlag hatte alles verändert.

„Bob, lassen wir die Spiele. Du weißt, dass ich euch brauche, um die Hintermänner zu finden."

„Ich weiß, wir wollen dir ja helfen ..."

„Aber?", unterbrach Walsh. Er kannte Bob Johnson zu gut, als dass er ihm etwas vormachen konnte. Immerhin hatte er jahrelang für ihn gearbeitet und er war einer der Wenigen in der Agency, denen Walsh noch immer vertraute, wenn auch nicht mehr bedingungslos, wie zu seiner aktiven Zeit.

„Kein Aber. Du kennst die Regeln. Du arbeitest für uns und gleichzeitig auch wieder nicht."

Walsh machte eine abwinkende Geste, dann antwortete er: „Das kann nicht deine Bedingung sein. Ihr habt ein eigenes Interesse daran, dass ich die Täter finde. Was weißt du über den Anschlag?“ Er war einfach zu lange bei der Agency gewesen, als dass er sich gerade jetzt von Bob an der Nase herumführen lassen würde. Es hatte schon immer zu den Spielregeln gehört, dass Agenten, die während eines Einsatzes gefangen genommen wurden, mit keiner Hilfe rechnen durften. Offiziell hatten sie in solchen Situationen nie für die Agency gearbeitet.

„Wir vermuten Dr. Hakim Al-Faray hinter dem Angriff“, erklärte Bob und Walsh nickte. Endlich kam er auf den Punkt. Seine Augen wurden schmal und die unbändige Wut stieg wieder in ihm auf, da ihn die Erinnerungen an seinen letzten Fall heimsuchten.

Hakim entkommen zu lassen, war ein Fehler, der mir kein zweites Mal passiert!, dachte er hasserfüllt.

„Ist er wieder in Deutschland?“

„Das können wir nicht mit Gewissheit sagen.“

„Aber ihr glaubt, dass er hinter dem Anschlag steckt?“

Bob nickte.

„Wo ist er dann?“

„Das wissen wir nicht genau.“

„Bob?“ Walsh hob seine Stimme bedrohlich. Der Mann, der neben ihm saß und die ganze Zeit kein Wort gesagt hatte, machte einen sehr angespannten Eindruck. Er war einen Kopf größer als Walsh und sein schwarzer Anzug verriet, dass er mit Sicherheit ein Angestellter war, der nur auf einen Befehl von Bob wartete, um Walsh seine Faust schmecken zu lassen.

Aber Bob machte keine Anstalten dazu, er schien noch immer völlig gelassen, was Walsh von sich nicht behaupten konnte. „Ihr wisst auf alle Fälle, wo er ist. Ist er in Köln?“

„Wir wissen es wirklich nicht.“

„Und woher wisst ihr dann, dass er hinter dem Anschlag steckt?“ So langsam beschlich Walsh ein ungutes Gefühl. Was, wenn Bob sich das Ganze nur ausgedacht hatte, damit er wieder für die Agency arbeitete und die Drecksarbeit erledigte? Was, wenn Hakim überhaupt nichts mit dem Anschlag zu tun hatte?

Walsh wollte diesen Gedanken lieber nicht an sich heranlassen. Es ergab auch keinen Sinn. Wer sollte ihm und Joe sonst nach dem Leben trachten?

„Weil es einige Indizien gibt, die dafür sprechen.“

„Verdammt, sag endlich, was los ist. Ich hasse dieses Rumgeeiere!“ Walsh platzte endgültig der Kragen, er beugte sich etwas vor.

Der Mann neben ihm schien das als Angriff zu werten und zuckte mit der Faust, doch Walsh war schneller. Er drehte sich und schlug dem Mann mit der rechten Faust in den Bauch.

Dieser krümmte sich vor Schmerz und wollte erneut ausholen, als Bob rief: „Frank, lass es. Walsh bringt dich um, bevor du den nächsten Atemzug machst.“

Der Mann gehorchte, sein knallrotes Gesicht sagte Walsh, dass er noch immer Schmerzen hatte.

Allein mit körperlicher Größe konnte man Walsh nicht einschüchtern.

„Es ist die Wahrheit. Hakim ist letzte Woche in Frankfurt erschienen und ins Generalkonsulat gefahren. Danach haben wir seine Spur verloren. Da er Diplomat ist, wird er auch nicht vom deutschen Verfassungsschutz oder dem BND überwacht. Außerdem ist das Ganze etwas heikel.“

„Scheißpolitik. Nur weil wir den Saudis Waffen verkaufen, fassen wir sie mit Samthandschuhen an, dabei weiß jeder, dass sie die strengste Auslegung des Islams praktizieren und aktiv in der Terrorfinanzierung mitmischen."

„Mag sein, derzeit steht Nordkorea mehr im Fokus. Wir stehen vor einem dritten Weltkrieg, wen interessieren da ein paar Terroristen?", entgegnete Bob.

„Mich interessiert nur Hakim."

„Und wir wollen dir helfen, ihn zu finden und zu eliminieren."

„Dann hör auf mit diesem Eiertanz und sag mir, wo ich ihn finde!"

„Ich fürchte, das musst du selbst herausfinden. Ich habe keine Ressourcen, um ihn aufzuspüren. Morgen fliege ich nach Seoul."

„Und was habe ich dann davon, wenn ich wieder für euch arbeite?"

„Muss ich dir das wirklich erklären?"

Nein, Bob musste es nicht erklären, dennoch war Walsh emotional zu aufgewühlt, hatte er sich doch mehr von dem Gespräch versprochen. Natürlich wusste er, dass die Agency ihn mit allen technischen Geräten versorgen würde, die man sich nur wünschen konnte. Auch mit Reisepässen und Waffen. Aber was noch viel wichtiger war: Sie würden ihn in Ruhe lassen. Die Agency jetzt gegen sich zu haben, wäre fatal gewesen.

„Was wisst ihr über den Anschlag? Woher stammt die Bombe?"

„Als Sprengstoff wurde PETN benutzt. Hochexplosiv, bereits kleine Mengen reichen aus, um eine verheerende

Wirkung zu erzielen. Woher die Bombe stammt, wissen wir nicht, auch die deutschen Kollegen nicht. Gut möglich, dass die Einzelteile getrennt voneinander besorgt und direkt vor dem Anschlag zusammengefügt wurden. Wir gehen davon aus, dass die Bombe kurz vor der Explosion am Wagen angebracht und durch einen Fernzünder ausgelöst wurde. Natürlich gab es dabei Kollateralschäden."

„Das bringt mir gar nichts. Können eure Jungs nicht herausfinden, wo das Material für die Bombe gekauft wurde?"

„Keine Ressourcen, darum musst du dich selbst kümmern."

Walsh biss sich auf die Zunge und schluckte seinen Ärger hinunter. Am liebsten wäre er ausgestiegen und einfach gegangen.

„Hier", sagte Bob und reichte ihm ein Smartphone. „Damit kannst du Tim jederzeit erreichen und ihm mitteilen, was du benötigst."

Walsh nahm das Handy und steckte es ein. Er kannte Tim, den technischen Direktor der Agency, er hatte einen guten Draht zu ihm.

„Welches Interesse habt ihr an Hakim? Warum wollt ihr in tot sehen?", fragte Walsh.

„Politik, zerbrich dir nicht den Kopf darüber."

Bobs Antwort wunderte ihn nicht. So war die Agency eben, die Agenten durften ihr Leben riskieren, aber die Hintergründe ihres Einsatzes erfuhren sie nicht.

„Ich werde für euch arbeiten, unter zwei Bedingungen", antwortete Walsh.

„Und die wären?"

„Ich möchte, dass jemand das Haus meiner Schwiegereltern beobachtet, bis sie es morgen früh verlassen haben, und ich möchte, dass ihr Joe ausfliegt und in ein Militärkrankenhaus verlegt."

„Er ist kein Militärangehöriger, ohne Zustimmung der Verwandten …"

„Lass das!", wurde Walsh wieder laut. „Du wirst einen Weg finden, dass das klappt, ansonsten vergiss das Ganze." Walsh nahm das Handy aus der Tasche und wollte es Bob hinwerfen, doch der gab rasch ein Handzeichen.

„Gut, ich werde mich um beides kümmern."

„Danke."

Bob schwieg. Walsh beschlich das Gefühl, dass er müde war, seine Augen wirkten schwer und sein Blick schien in weite Ferne zu wandern. Inzwischen waren sie zurück in Köln, wie Walsh erstaunt feststellte, der Wagen bog gerade in die Straße ein, in der Melanies Eltern wohnten. Der Fahrer hielt.

„Bis bald, Walsh", sagte Bob.

„Bis bald, Bob", antwortete er und stieg aus.

Er ging zurück und wurde bereits vor der Haustür von Melanie empfangen.

„Wer war das?", fragte sie sichtlich aufgeregt.

„Das war mein ehemaliger Arbeitgeber."

„Was will das Militär von dir?"

„Sie haben ebenfalls Interesse daran, dass ich den Täter fasse. Das ist von großem Vorteil für mich, ich bekomme ihre Unterstützung."

Melanie schien ein wenig erleichtert. Vermutlich ging sie davon aus, dass er jetzt etwas weniger in Gefahr war. Ihm war das nur recht.

„Das alles bringt übrigens einen weiteren Vorteil mit sich. Joe wird in einem US-Militärkrankenhaus behandelt werden, die haben die besten Ärzte der Welt."

„Aber du wirst dich noch von Nina und Marc verabschieden?"

Es klang nicht wie eine Frage, sondern wie eine Aufforderung.

„Natürlich. Ich gehe zu ihnen aufs Zimmer."

Da es schon spät war, wusste er, dass die beiden gleich schlafen würden. Leise ging er hoch und verabschiedete sich von ihnen mit dem Versprechen, dass er sehr bald mit Joe zurück sein würde.

Als er gerade aus dem Zimmer gehen wollte, hörte er, wie Nina ihm zurief: „Denk an dein Versprechen, Papa. Du musst Joe beschützen."

„Das werde ich", antwortete Walsh und spürte wieder den Kloß im Hals.

Im Wohnzimmer warteten Melanie und ihre Eltern auf ihn.

„Ihr müsst morgen nach Florida fliegen und ihr dürft niemandem sagen, wo ihr seid. Marc nehmt ihr mit", sagte Walsh und klärte seine Schwiegereltern kurz auf – in der Version, die er auch Melanie erzählt hatte.

„Organisiertes Verbrechen?", fragte Maria, seine Schwiegermutter, und hielt sich die Hand vor den Mund.

„Genau deswegen müsst ihr untertauchen, bis die Polizei und ich die Täter gefunden haben."

„Komm lieber mit uns. Lass das die Polizei machen“, bat Karl, sein Schwiegervater.

„Das kann ich nicht.“

Keiner sagte etwas, doch Melanies Blick verriet, was sie dachte. Sie schien die Idee ihres Vaters zu befürworten.

„Karl, schick mir bitte eure Anschrift über die bekannte sichere E-Mail-Adresse. Es ist sehr wichtig, dass niemand erfährt, wo ihr seid. Ihr dürft ab jetzt auch nicht mit Bekannten oder anderen Personen in Deutschland telefonieren. Jeder eurer Anrufe könnte zurückverfolgt werden.“ Walsh wusste zwar nicht, ob Hakim diese Möglichkeiten nutzen würde, aber er wollte kein Risiko eingehen. Schließlich war Hakim nicht irgendein durchgeknallter Islamist, sondern ein Geheimdienstmitarbeiter und konnte somit auf Geheimdienstquellen zurückgreifen. Dieser Umstand beunruhigte ihn sehr.

„Ich melde mich bei euch.“

„Sei bitte vorsichtig“, sagten Karl und Maria gleichzeitig. Danach verabschiedete er sich von ihnen.

Melanie stand auf. „Ich habe dir ein paar Sachen eingepackt, als du draußen warst.“

Walsh gab ihr einen Kuss auf die Lippen. Das bewunderte er an seiner Frau: So sehr sie dagegen war, dass er wieder für die Agency arbeitete, so sehr konnte er sich im Ernstfall auf sie verlassen. Sie fiel ihm nicht in den Rücken, indem sie ihm eine Szene machte.

Aber wie lange noch? Irgendwann ist der Bogen überspannt, dachte Walsh besorgt.

Gemeinsam gingen sie ins Schlafzimmer, wo bereits die gepackte Tasche stand. Walsh suchte noch ein paar andere Sachen heraus, die er benötigen würde, und wandte sich seiner Frau zu. „Gleich wird ein Wagen vor der Tür stehen, keine Angst, das sind Militärmitarbeiter. Sie werden das Haus bewachen, bis ihr es morgen verlasst."

„Muss das sein?"

„Sicher ist sicher."

„Es macht mir irgendwie Angst."

„Du musst keine Angst haben. Dir wird nichts passieren. Unserer Familie wird nichts passieren, das verspreche ich dir." Er drückte sie an sich. Sie roch gut und alles an ihr fühlte sich nach Geborgenheit an. Doch jetzt musste er den sicheren Hafen verlassen und wieder einen Krieg anfangen, der ihn zutiefst anwiderte, denn er brachte eine Seite an ihm zutage, die er für immer begraben sehen wollte.

Er nahm die Tasche und trat mit Melanie aus dem Schlafzimmer. Ohne noch einmal ins Wohnzimmer zu gehen, wo seine Schwiegereltern saßen, verließ er das Haus mit den Schlüsseln von Melanies Auto.

„Pass auf dich auf", sagte sie und umarmte ihn so heftig, dass Walsh das Gefühl hatte, dass sie ihn gar nicht loslassen wollte.

„Das werde ich. Und ihr haltet euch genau an meine Anweisungen. Das ist sehr wichtig."

Melanie nickte nur. Walsh gab ihr einen Abschiedskuss und löste ihre Umklammerung. In kurzer Entfernung sah er einen schwarzen Wagen, der ihm sagte, dass Bob Wort gehalten hatte. Nichts anderes hatte er von ihm erwartet.

Walsh stieg in das Auto seiner Frau, legte die Tasche auf den Beifahrersitz und fuhr los. Sein Ziel war Joes Wohnung, ein Penthouse am Friesenplatz, zu dem er einen Schlüssel hatte. Die Straßen waren frei und so kam Walsh nur wenig später an und schloss die Wohnung auf.

Normalerweise hätte ihn Joe jetzt mit seinem ansteckenden Lachen begrüßt und ihm ein Bier angeboten, doch diesmal war es geradezu beängstigend still. Walsh stellte seine Tasche ab, zog seine Jacke aus und trat an den Kühlschrank. Er nahm ein Bier, öffnete es und gönnte sich einen ersten Schluck.

Danach machte er die Dachterrassentür auf und ließ die Nachtluft herein. Er holte Joes Laptop aus dem Schlafzimmer und betrat die großzügige Dachterrasse. Straßenlärm drang zu ihm herauf, aber der frische Wind hier oben tat ihm gut und befreite ihn etwas von der Müdigkeit und Schwere.

Er nahm noch einen großen Schluck aus der Flasche und startete den Laptop. Da er Joes Zugangsdaten kannte, war es keine Herausforderung, sich im System einzuloggen.

Auf dem Bildschirm erschienen jede Menge Programme. Walsh startete eines, dem Joe den Namen GODMODE gegeben hatte. Joe hatte das Programm selbst geschrieben. Es war mit vielen Datenbanken von namhaften Geheimdiensten wie dem CIA, dem BND oder dem MI6 verbunden, ohne dass diese davon wussten. Glücklicherweise hatte Joe ihm einmal erklärt, wie er das Programm bedienen konnte.

Er musste dringend mehr über den Anschlag in Erfahrung bringen, denn er traute Bob nicht. Er musste herausfinden, was die anderen Geheimdienste über Hakim wussten. Vielleicht würde er so einen Anhaltspunkt finden, an dem er ansetzen konnte. Also gab er

Hakim Al-Faray

in die Suchmaske ein. Kurz darauf erschienen jede Menge Ergebnisse. Er öffnete einige davon und las die Inhalte durch.

„Das kann doch nicht sein“, sagte er schon fast entmutigt, da die Informationen für ihn keinen Wert hatten. Bob hatte die Wahrheit gesagt, die Geheimdienste wussten nicht viel über Hakim. Walsh kannte auch den Grund: Man beobachtete ihn einfach nicht.

„Ihr habt alle Blut an den Händen“, sagte er verbittert zu sich selbst. Einmal mehr bekam er zu spüren, was für ein dreckiges Spiel die Politik war. Saudi Arabien war als Geschäftspartner zu wichtig, als dass man sich zu stark mit den dort Herrschenden anlegen wollte.

Wenn es kaum Informationen über Hakim gab, musste es immerhin Geheimdienstinformationen über den Anschlag geben. Daher war

Anschlag Köln 8. September 2017

sein neuer Suchbegriff. Wieder erschienen unzählige Ergebnisse. Er klickte auf das erste, eine Nachricht der CIA:

„SUV von ehemaligem US-Militärangehörigem in Köln durch eine Bombe in die Luft gesprengt ...“, begann er zu lesen. Die CIA schilderte den Anschlag sachlich, wollte sich aber nicht auf die Hintergründe festlegen, allerdings schlossen sie einen terroristischen Zusammenhang aus.

Auch der MI6 schien einen terroristischen Beweggrund auszuschließen. Man vermutete, dass Walsh sich mit den falschen Leuten angelegt oder dass jemand aus seiner Zeit beim Militär eine offene Rechnung mit ihm hatte. „Immerhin war er als eiskalte Tötungsmaschine bekannt. Überall auf der Welt dürfte es dubiose Gestalten geben, die ihn gerne tot sehen würden“, lauteten die letzten Zeilen.

Danach öffnete er das Ergebnis, das auf einen BND-Bericht verwies. Der BND wagte keine Positionierung, sie stuften das Ganze als nicht brisant genug ein.

„Der Fall wird von der Kripo Köln bearbeitet, eine Bearbeitung durch das BKA halten wir nach derzeitigem Stand für wenig sinnvoll. Allerdings muss den polizeilichen Ermittlungen weiterhin Beachtung geschenkt werden“, las Walsh und klickte auf einen Link mit dem Titel:

Personenschäden.

Es erschien ein neuer Text, der auflistete, welche Personen bei dem Anschlag verletzt worden waren. Walsh sah das Foto einer jungen Frau und ihrer Tochter, die mit dem Leben bezahlt hatten. Ihm schnürte sich der Magen zu, denn er musste an Melanie und Nina denken.

Darunter sah er Joes Namen und ein Foto von ihm mit dem Hinweis, dass er auf der Intensivstation liege. Unter Joes Bild kamen ein weiteres Foto und ein Name: Ömer Kilic, ebenfalls mit der Notiz, dass er schwer verletzt im Krankenhaus liege. Die Ärzte gingen jedoch davon aus, dass er überleben würde.

Walsh erstarrte, als er das Foto von Kilic genauer ansah.

Er kannte ihn.

Kapitel 8

„Dann machs doch nicht so spannend. Wie kommst du zu der Annahme?“, fragte Brandt, da er Fischer kannte. Er gehörte nicht zu den Kollegen, die sich aufspielten, um im Mittelpunkt zu stehen. Wenn er eine Behauptung aufstellte, hatte sie Hand und Fuß.

„Wie es scheint, hat Kilic einen Haufen Schulden“, begann Fischer, wurde aber sogleich von Brandt unterbrochen.

„Woher weißt du das? Kilic ist nicht Bestandteil der Untersuchungen und so einfach bekommen wir doch keine Bankauskunft.“

„Die Informationen sind vom BND. Ich habe da einen Kumpel, den habe ich gefragt, was er über den Anschlag weiß. Er fand es merkwürdig, dass Kilic in den letzten Monaten eine größere Geldsumme von einem gemeinnützigen Verein erhalten hat, hinter dem russische Geldgeber stehen.“

„Welches Interesse sollten die Russen an Kilic haben?“, fragte Aydin.

„Was wohl? Sie wollten ihn kaufen. Wenn wir es hier mit organisiertem Verbrechen zu tun haben, liegt das klar auf der Hand“, reagierte Brandt schroffer, als er eigentlich wollte.

„Das ist reine Theorie. Warum sollte Kilic sein eigenes Leben riskieren? Es gibt keine Aufnahmen aus der Zeit des Anschlags, die das belegen“, gab Aydin zu bedenken.

„Das stimmt. Wir haben allerdings auch noch nicht alle Aufzeichnungen ausgewertet“, antwortete Fischer.

„Was ist das für ein Verein?“

„Er hat seinen Sitz in Kalk und soll vor allem benachteiligte, russischstämmige Jugendliche betreuen. Laut den Statuten sind aber alle Jugendlichen und jungen Erwachsenen willkommen."

„Also kümmern die sich um die perspektivlosen Kids – im Sinne Russlands." Brandt schüttelte den Kopf. Diese gemeinnützigen Vereine, die ihre Gelder aus dem Ausland bezogen, waren ihm ein Dorn im Auge. Viele von ihnen dienten nur dem einen Zweck, Jugendliche zu manipulieren, statt sich wirklich ihrer Probleme anzunehmen.

„Das ist deine Interpretation."

„Ist das eine Art Jugendtreff?", erkundigte sich Aydin.

„Gut möglich, ich gebe euch nur die Informationen eins zu eins weiter. Was ihr daraus macht, ist eure Sache."

„Was hast du noch für uns?", fragte Brandt.

„Das war es eigentlich. Ich bin dabei, mehr über den Verein herauszufinden. Jedenfalls weiß ich inzwischen, dass der Gründer ein gewisser Igor Rebrov ist."

„Weißt du was über ihn?", fragte Aydin.

„Rebrov ist Unternehmer. Ihm gehören einige Autohäuser in Frankfurt, Köln und Mannheim. Darüber hinaus besitzt er einige Restaurants und andere Betriebe."

„Also jemand mit Asche. Welches Interesse hat so jemand an einem Jugendtreff?", überlegte Brandt laut.

„Vielleicht als Tarnung für Geldwäsche", sagte Aydin.

„Gut möglich. Wir sollten diesem Igor auf alle Fälle einen Besuch abstatten. Hast du seine Anschrift?"

„Da ich damit gerechnet habe, habe ich sie euch besorgt. Er wohnt in Junkersdorf. Ich maile sie euch zusammen mit den anderen Daten."

„Danke.“

„Wenn du was hast, sag uns bitte sofort Bescheid“, bat Brandt und verließ mit Aydin das Büro.

Er wusste, dass es eine lange Nacht werden würde, die Ereignisse erlaubten es ihm jedoch nicht, jetzt an Feierabend zu denken.

„Hör zu, ich kann das alleine erledigen. Geh du nach Hause. Du willst doch noch was von Leah haben“, sagte er zu Aydin.

„Das ist sehr nett, du weißt, dass ich meine Tochter über alles liebe und mir nichts mehr wünsche, als jetzt bei ihr zu sein. Aber du glaubst ja wohl nicht im Ernst, dass ich dich alleine zu so einem dubiosen Russen fahren lasse.“

Brandt schmunzelte, nichts anderes hatte er von Aydin erwartet. Dennoch hatte er ihm das Angebot machen wollen und wäre nicht sauer auf ihn gewesen, wenn er es angenommen hätte. Es wäre nur allzu verständlich gewesen, gerade weil Leah noch so klein war.

„Also steckt die russische Mafia hinter dem Anschlag?“, fragte Aydin etwas später, als sie bereits Richtung Junkersdorf fuhren.

Da es schon spät war und der Verkehr deutlich nachgelassen hatte, nahm Brandt den Weg über die Deutzer Brücke und nicht über die Zoobrücke, da ihm diese Strecke besser gefiel. Der freie Blick auf den Kölner Dom war wie jedes Mal wunderschön und beeindruckend.

„Sehr gut möglich, würde sich jedenfalls mit den Angaben von Walsh decken, obwohl ich ihm nicht blind vertrauen mag.“

„Warum übernimmt dann nicht das BKA? Der BND wird diese Informationen doch auch ans BKA weitergeleitet haben."

„Mag sein, aber ehrlich gesagt interessiert mich das nicht die Bohne. In unserer Stadt mussten eine junge Mutter und ihre Tochter sterben und ich sehe es als unsere höchste Pflicht an, diesen Mord aufzuklären und dafür zu sorgen, dass die Verantwortlichen hinter Gitter kommen. Unter uns: Ich bin ich froh, dass *wir* ermitteln." Er verstand zwar, dass es Aydin nur um die Zuständigkeiten ging, dennoch nervte es ihn insgeheim, dass man für gewöhnlich glaubte, die Kollegen beim BKA wären kompetenter als die bei der Kripo Köln.

Brandt bog in den Donauweg ab und kurz darauf erreichten sie ihr Ziel. Auf dem letzten Stück der Fahrt hatte Aydin ihn über die Neuigkeiten informiert, die Fischer in der E-Mail zusammengetragen hatte.

„Wieso wundert mich das nicht", rutschte es Brandt heraus, als sie schließlich vor einer riesigen Villa parkten.

Ein großes abgeschlossenes Tor und hohe Hecken wehrten neugierige Blicke ab. Brandt betätigte die Klingel am Tor.

„Ja, bitte", hörte er eine Stimme mit deutlich russischem Akzent.

„Guten Abend, verzeihen Sie bitte die Störung. Wir sind von der Kriminalpolizei Köln", begann Brandt seine Vorstellung.

„Einen Augenblick", sagte die Stimme, dann wurde es still. Nur wenige Sekunden später öffnete sich das Tor automatisch und die beiden Beamten gingen hindurch.

Als sie an der großzügigen Eingangstür der Villa ankamen, wurde diese gerade geöffnet. Vor ihnen stand ein Mann, den Brandt auf ungefähr vierzig schätzte. Er war mindestens einen Meter neunzig groß, breit, trug einen schwarzen Anzug und darunter ein weißes Hemd. Sein Gesicht wirkte wie versteinert, es zeigte keine Regung.

„Herr Rebrov erwartet Sie", sagte er. An der Stimme erkannte Brandt, dass es der gleiche Mann war, mit dem sie über die Gegensprechanlage gesprochen hatten.

Sie folgten ihm. Brandt stellte belustigt fest, dass das Interieur dem Klischee des reichen Russen entsprach. Die Villa war überaus prunkvoll eingerichtet, alles erinnerte an ein altes französisches Königshaus, keine Spur von modernen Gegenständen des 21. Jahrhunderts. Brandt war sicher, dass einige der Gemälde mehr kosteten, als er je in seinem Leben verdienen würde.

Genau das machte ihn allerdings stutzig.

Warum gründet so jemand einen Jugendtreff?, überlegte er.

An Aydins Blick glaubte er zu erkennen, dass ihm ähnliche Gedanken durch den Kopf gingen.

Im Wohnzimmer angekommen, blieb der Mann stehen. „Warten Sie hier." Er selbst trat zwei Schritte vor und wartete dort, noch immer ohne jede freundliche Miene.

Einen Augenblick später erschien Rebrov mit einer weiteren Person, die dem anderen Mann in nichts nachstand.

„Könnten glatt Zwillinge sein", flüsterte Brandt Aydin zu, der kurz schmunzelte.

„Guten Abend, die Herren", begrüßte sie Rebrov überaus zuvorkommend und nahezu akzentfrei.

Er hatte ungefähr Brandts Größe, wirkte aber nicht so sportlich, sondern eher von kräftiger Statur. Er trug einen schwarzen Pulli, unter dem ein weißer Hemdkragen hervorschaute, dazu eine graue Hose und schwarze Schuhe, die zusammen mit dem akkurat nach hinten gekämmten Haar ein perfektes Gesamtbild ergaben. Rebrov war offensichtlich sehr auf sein Äußeres bedacht.

„Guten Abend. Verzeihen Sie bitte die Störung“, sagte Aydin freundlich.

„Solange Sie nicht von der Steuerfahndung sind …“, sagte Rebrov schmunzelnd.

Weder Brandt noch Aydin reagierten auf den Witz, schließlich wusste er, dass sie von der Kriminalpolizei waren.

„Möchten Sie etwas trinken?“

„Nein, danke“, antwortete Aydin.

„Sie wissen nicht, was Sie verpassen. Ihnen ist sicher bekannt, dass wir Russen Wodka lieben. Und wie es der Zufall will, habe ich hier eine Flasche Imperial Vodka.“ Rebrov nickte kurz mit dem Kopf und sogleich eilte einer der Männer an den Tresen, auf dem einige Flaschen standen. Eine davon sah aus wie ein Fabergé-Ei. Der Mann goss etwas aus der Flasche ein und wieselte mit dem vollen Glas zurück.

„Was für eine geniale Idee, oder?“, fragte Rebrov. Es war offensichtlich, dass er keine Antwort erwartete, sondern nur prahlen wollte. „Imperial Vodka ist schon nicht günstig, aber jetzt nehme man eine Form aus Kristallen und Emaille in Gestalt eines Fabergé-Eis, lasse es von russischen Künstlern bemalen und vergolden und schon kann man für eine solche Flasche stolze 7.500 Euro verlangen. Sie müssen wissen, wir Russen lieben Gold und Fabergé-Eier. Was ist schon Geld? Es ist nur da, um ausgegeben zu werden. Ein Trottel, wer es hortet und glaubt, er könnte es mit ins Grab nehmen."

Er griff nach dem Glas und nahm einen genüsslichen Schluck. „Sie wissen wirklich nicht, was Sie verpassen."

„Wir sind nicht zum Trinken hier", kommentierte Brandt sein Gehabe trocken.

„Was verschafft mir dann die Ehre?"

„Es geht um Ihr Engagement als Gründer des Vereins *JugendHilft*", antwortete Brandt und ließ Rebrov nicht aus den Augen. Für den Bruchteil einer Sekunde verzog Rebrov die Lippen, als hätte er nicht mit so einer Antwort gerechnet.

„Eine tolle Geschichte. Wissen Sie, wenn man so viel Glück im Leben hatte wie ich, muss man etwas von diesem Glück an die weitergeben, denen es noch nicht begegnet ist. Die Jugend ist unsere Zukunft." Er nahm einen weiteren Schluck aus dem Glas und hatte zu seiner überheblichen Art zurückgefunden, die Brandt so zuwider war.

„Sie sind sicherlich ein Mann, dessen Zeit knapp bemessen ist", bemerkte Aydin und Brandt ahnte, worauf er hinauswollte.

„Als Unternehmer kann der Tag gar nicht genug Stunden haben", antwortete Rebrov und richtete sich zu voller Größe auf.

„Wie finden Sie dann die Zeit, sich um einen Verein zu kümmern, der Ihnen überhaupt keine Einnahmen bringt?"

Wieder hatte es den Anschein, als würde Rebrov für einen kurzen Moment die Fassung verlieren, dann besann er sich jedoch und wirkte sogleich gewohnt professionell.

„Sie haben sich schlecht auf unser Gespräch vorbereitet“, schien er jetzt zu einem Gegenschlag auszuholen. „Als meine Eltern 1980 nach Deutschland kamen, war ich fünf Jahre alt. Sie besaßen nichts, doch sie hatten den starken Willen, dass es ihrem Sohn eines Tages besser gehen sollte als ihnen. All die Demütigungen, den Hass der Menschen hier, ignorierten sie. Mein Vater arbeitete vierzehn Stunden am Tag, damit ich zur Schule gehen und studieren konnte. Wenn ich mal eine Vier nach Hause gebracht habe, hat er mich windelweich geschlagen. Damals habe ich ihn nicht verstanden und ihn dafür gehasst. Heute weiß ich, dass ich ohne diese Disziplin niemals studiert und niemals den Ehrgeiz entwickelt hätte, erfolgreich zu sein. Heute ist er mein Held, mein Vorbild, weil ich weiß, was er und meine Mutter für Entbehrungen auf sich genommen haben, damit aus mir das wird, was ich heute bin. Ich verdanke ihnen alles. Und ich habe nie vergessen, dass ich aus sehr einfachen Verhältnissen komme. Mit dem Verein möchte ich etwas zurückgeben. Ein erfolgreicher Unternehmer, der sich keine Zeit nimmt, um der Jugend zu helfen, ist ein Dummkopf.“ Rebrov ließ seine Zähne aufblitzen.

„Dann gehe ich davon aus, dass Sie kein Gehalt aus dieser Tätigkeit beziehen?“, fragte Brandt.

„Wollen Sie mich beleidigen?“, wurde Rebrov ungehalten. „Schauen Sie sich um, glauben Sie wirklich, dass ich es nötig habe, ein Gehalt von einem gemeinnützigen Verein zu beziehen, den ich gegründet habe? Die Wahrheit ist, dass ich den Verein mit großen Spenden finanziere."

„Und die Mitarbeiter? Sind die alle ehrenamtlich tätig?"

„Ja, das ist unser Konzept. Junge Männer helfen Jugendlichen, weil sie ihre Probleme besser verstehen als Männer wie Sie oder ich."

„Erhalten denn die Mitarbeiter eine Aufwandsentschädigung?"

„Nein."

„Wie viele Mitarbeiter haben Sie?"

„Es dürften zehn sein."

„Also kennen Sie alle von ihnen?"

„Ich denke schon, worauf wollen Sie hinaus?"

„Kennen Sie einen Ömer Kilic?"

„Nein, wer soll das sein?"

Brandt wusste, dass Rebrov log, die Frage war nur: warum?

Kapitel 9

„Verdammt“, fluchte Walsh laut. „Ich wusste es, das ist der Typ, der uns die ganze Zeit verfolgt hat.“

Ömer Kilic war kein Geringerer als der junge Mann, der ihnen in der Innenstadt gefolgt war, als Joe sagte, er solle sich nicht zu viele Gedanken machen.

Wieder einmal hatte sein Gespür ihn nicht getäuscht, doch er hatte Joe nachgegeben und die Sache nicht weiter verfolgt oder den Mann zur Rede gestellt. Das hatte sich nun, wie es schien, böse gerächt.

Vielleicht ist es nur Zufall, versuchte er sich zu beruhigen. Aber wenn er ehrlich war, gab es da nichts, um sich zu beruhigen.

Kilic hatte etwas mit dem Anschlag zu tun und er wollte verdammt sein, wenn er den Grund dafür nicht herausfinden würde.

Aus den Unterlagen ging hervor, dass er auf der Intensivstation der Uniklinik in Köln lag. Walsh packte ein paar Sachen ein und verließ die Wohnung.

Da die Uniklinik eine Notaufnahme hatte, konnte er sich mühelos unbemerkt Zugang zum Krankenhaus verschaffen, und ebenso schnell hatte er herausgefunden, in welchem Stockwerk die Intensivstation lag. Im BND-Bericht hatten sogar die genaue Station und die Zimmernummer gestanden, sodass es für ihn ein Leichtes war, sein Ziel zu erreichen. Aber selbst wenn er diese Details nicht gekannt hätte, hätte er das Zimmer genauso rasch gefunden, so etwas war keine Herausforderung für ihn.

Das einzige Hindernis war das Pflegepersonal auf der Station. Doch auch dafür hatte er eine Lösung. Auf dem Flur, in sicherer Entfernung zum Stationszimmer, holte er eine kleine, künstliche Fliege aus der Tasche und setzte sie auf den Boden. Es war eine winzige Drohne mit einer Minikamera, die über eine App auf dem Handy gestartet werden konnte. Sie hatte ihm schon bei einem anderen Einsatz wertvolle Dienste geleistet. Walsh startete die Fliege und ließ sie den Gang entlang fliegen, bis sie an der Station ankam. Eine Krankenschwester saß im Schwesternzimmer und trank einen Tee, sie hatte hier offensichtlich Nachtschicht.

Walsh wusste, dass er Geduld haben musste. Trotzdem nahm er an, dass es nicht lange dauern würde, bis sie ihren Platz verließe, weil irgendein Patient nach ihr rief. Die Krankenhäuser waren chronisch unterbesetzt – ein unhaltbarer Zustand, doch in diesem Moment kam ihm das sehr gelegen.

Und er behielt recht, nur wenig später stand die Frau leicht genervt auf, stellte ihren Becher auf dem Tisch ab und trottete davon. Nachdem sie eines der Zimmer betreten hatte, zögerte Walsh keine Sekunde. Wie zuvor beim heimlichen Eindringen in die Klinik zog er seine Mütze tief ins Gesicht und eilte zu Kilics Tür. Auf dem Weg sammelte er die Fliege wieder ein und ließ sie in der Hosentasche verschwinden, dann betrat er das Zimmer. Durch das Fenster drang das Licht einer Straßenlaterne, ansonsten war es dunkel.

Er trat an Kilics Bett, der schwer verletzte junge Mann schlummerte friedlich. Fast hatte Walsh das Gefühl, der Schlaf gaukele ihm vor, alles würde gut sein, wenn er wieder aufwachte. Er konnte ja nicht wissen, dass gerade die Hölle bei ihm angeklopfte – in Gestalt von Walsh.

Doch zunächst musste er sichergehen, dass Kilic wirklich etwas mit dem Anschlag zu tun hatte.

Er nahm die Waffe aus der Jackentasche, beugte sich zu ihm und hielt den kalten Lauf an Kilics Stirn. Die linke Hand hielt er bereit, um sofort seinen Schrei unterdrücken zu können.

Wie erwartet, weckte das kühle Metall auf der Haut den Schlafenden auf. Er schrie jedoch nicht, sondern starrte Walsh stumm in die Augen.

„Kein Wort oder ich puste dich um“, zischte der.

Kilic schwieg, seine Augen waren weit aufgerissen und Schweiß glänzte auf seiner Stirn, das war sogar in dem fahlen Licht, das durch das Fenster fiel, leicht zu erkennen.

„Wenn du meine Fragen beantwortest, lasse ich dich am Leben, hast du verstanden?“

„Was wollen Sie von mir?“, fragte Kilic.

Kaum hatte er den Satz beendet, schlug Walsh ihm den Griff der Waffe gegen die Stirn. Kilic wollte aufschreien, doch Walsh drückte ihm mit der Linken den Mund zu, sodass der Schrei in seiner Hand erstarb.

„Ich stelle die Fragen“, sagte Walsh scharf. „Wenn du noch einmal ohne meine Erlaubnis etwas sagst, puste ich dich um. Nicke mit dem Kopf, wenn du das begriffen hast.“

Kilic nickte hastig.

„Wer hat dich beauftragt?“, fragte Walsh.

„Ich verstehe nicht ...“, antwortete Kilic, aber bevor er den Satz zu Ende bringen konnte, schlug Walsh erneut zu. Blut rann aus der Wunde und wie zuvor hielt er Kilic den Mund zu, damit dieser nicht schrie.

„Du hast anscheinend die Spielregeln nicht verstanden. Jede Lüge wird bestraft. Ich rate dir, ab jetzt die Wahrheit zu sagen. Wer hat dich beauftragt?“ Doch ehe er eine Antwort erhielt, wurde die Tür geöffnet. „Kein Wort, sonst erschieße ich dich“, flüsterte Walsh und versteckte sich unter dem Bett. Er ging davon aus, dass die Krankenschwester ihre routinemäßige Runde machte.

Was er tun würde, wenn Kilic ihn verriet, wusste er in diesem Moment nicht. Vielleicht würde er aus seinem Versteck springen, die Frau bewusstlos schlagen und sich Kilic erneut vorknöpfen. Dennoch hoffte er, dass es nicht so weit käme und Kilics Angst um sein Leben ihn zur Vernunft mahnte.

Wenn er dich verpfeift, ist er schuldig, dachte Walsh, während die Schritte näher kamen. *Und wenn er dich nicht verpfeift, ist er dann unschuldig?,* meldete sich ein anderer Gedanke.

Fast glaubte er, jetzt den Atem der Schwester über sich zu spüren, doch irgendetwas stimmte hier nicht. Die Beine, die er unscharf unter dem Bett wahrnahm, konnten unmöglich die einer Krankenschwester sein. Die Nachtschwester hatte zwar ein paar Kilo zu viel auf den Rippen, aber das hier waren ohne Frage Männerbeine.

Und dann ging alles ganz schnell. Walsh hörte zwei kurze dumpfe Geräusche, darauf Schritte, die ihm signalisierten, dass die Person sich entfernte. Als er das Zuklappen der Tür hörte, wusste er, dass die Person nicht mehr im Zimmer war.

Hastig kroch er unter dem Bett hervor und erhob sich, um nach Kilic zu schauen. Die Blutlache auf Kopfhöhe sagte alles. Der Täter hatte offensichtlich einen Schalldämpfer benutzt.

Walsh zögerte keine Sekunde und jagte aus dem Zimmer. Er musste den Mörder finden. Als er Richtung Treppenausgang hetzte, sah er aus dem Augenwinkel, dass die Krankenschwester reglos auf dem Boden des Stationszimmers lag.

Ein Profi! Walsh erreichte das Treppenhaus und sprang, mehrere Stufen auf einmal nehmend, die Treppe hinunter.

Am Ausgang sah er einen Mann davonlaufen. Walsh erhöhte das Tempo und lief ihm nach. In kurzer Entfernung sah er einen Wagen, der so parkte, als wartete er nur darauf, loszufahren.

Das Fluchtauto!

Walsh rannte schneller, er durfte den Mann nicht entwischen lassen, doch wie es schien, hatte der Fahrer des Fluchtwagens ihn gesehen. Er stieg aus und feuerte auf ihn.

Walsh konnte sich gerade noch zu Boden werfen. Am Windhauch spürte er, dass die Kugel ihn nur um wenige Zentimeter verfehlt hatte.

Der Mann schoss erneut, Walsh drehte sich zur Seite, stand blitzschnell auf und lief auf einen Wagen zu, der in kurzer Entfernung parkte. Dann sprang er mit einem gewagten Hechtsprung dahinter und hörte wieder Schüsse. Die Kugeln rauschten an ihm vorbei, trafen ihn aber nicht.

Hinter dem Auto fühlte er sich wie ein Blinder, da es so ungünstig stand und ihm keine freie Sicht auf den Gegner erlaubte. Er nahm die Fliege aus der Tasche und schickte sie zu dem Wagen.

Auf dem Bildschirm seines Handys sah er, dass die Männer wild gestikulierten. Walsh wusste, was das bedeutete: Sie wollten ihn einkreisen.

Jetzt näherten sie sich. Da Walsh auf seinem Handy genau erkennen konnte, von wo sie angreifen würden, entschied er, abzuwarten, bis der Erste ihm am nächsten war. Er musste nur einen erschießen, den anderen brauchte er lebend, denn er wollte wissen, wer ihr Auftraggeber war.

Einer der Männer verschanzte sich hinter einem Fahrzeug, im selben Augenblick verließ Walsh seine Deckung und schoss. Keine Sekunde später fiel der Mann von einem lauten Schrei begleitet zu Boden und regte sich nicht mehr. Walsh wusste, dass er ihn tödlich getroffen hatte.

„Ich bringe dich um, du Schwein“, hörte er den Zweiten brüllen.

„Komm und hol mich“, rief Walsh, der sich wieder hinter dem Auto versteckt hatte.

Schnell nahm er sein Handy, um zu schauen, von wo sich der Mann nähern würde, aber dieser hatte sich schon hinter einem anderen Wagen verkrochen. Anscheinend war seine Drohung nichts als heiße Luft gewesen, also würde Walsh seine Deckung verlassen müssen. Ein Risiko, das er eingehen würde, schließlich wusste er, dass ihm nur ein kleines Zeitfenster blieb. In Kürze würde man im Krankenhaus wissen, dass ein Patient und eine Krankenschwester ermordet worden waren, und die Polizei rufen. Dann würde es von denen hier nur so wimmeln.

Walsh bewegte sich hinter dem Auto hervor, da vernahm er auch schon einen Schuss, der ihn glücklicherweise verfehlte. Er rannte los und suchte Deckung hinter einem anderen parkenden Fahrzeug. Der Mann schien das geahnt zu haben und feuerte erneut auf ihn, dabei verließ er ebenfalls seine Deckung. Walsh zögerte keine Sekunde und schoss.

„Scheiße“, hörte er einen schmerzverzerrten Schrei, er hatte ihn getroffen. Vermutlich am Bein, darauf hatte er gezielt.

Wieder nahm er sein Handy und schaute mithilfe der Drohne, wo sich der Mann befand. Er hatte sich hinter einen Wagen gerettet und hielt sich den Oberschenkel, er blutete stark.

Walsh musste diesen Vorteil nutzen. Er sprang aus seinem Versteck und da der Mann mehr mit der Wunde als mit Walsh beschäftigt zu sein schien, fiel kein weiterer Schuss. Unbehelligt konnte er Deckung hinter einem Wagen finden, der näher bei dem Mann stand.

In diesem Moment ertönte ein Schuss, offensichtlich ahnte der Mann, dass er einen Fehler begangen hatte.

„Wer bist du?“, fragte er laut mit schmerzverzerrter Stimme. Er klang angestrengt, was Walsh zu dem Schluss kommen ließ, dass die Schusswunde schwerer war, als er angenommen hatte.

„Du weißt genau, wer ich bin“, rief Walsh. „Wer hat euch den Auftrag gegeben, Kilic zu ermorden?“

„Was geht dich das an?“

„Musstet ihr die Krankenschwester töten?“

„Ich habe niemanden getötet.“

Eine billige Ausrede, die Walsh nur noch wütender machte. „Wenn dir dein Leben was bedeutet, sag mir, wer euch den Auftrag erteilt hat, dann lasse ich dich gehen.“

„Das glaubst du doch selbst nicht", reagierte der Mann mit einem höhnischen Lachen.

„Ich verspreche es dir. Ich stehe zu meinem Wort."

„Einer von uns wird gleich sterben und das bin nicht ich. Du hast echt keine Ahnung, auf was du dich eingelassen hast."

„Ich weiß exakt, worauf ich mich eingelassen habe. Ich kenne Leute wie dich und deinen Freund. Ihr tötet für Geld, ihr kennt keine Loyalität und ihr kennt kein Gewissen."

Der Mann lachte auf. „Genau, deswegen wirst du sterben, weil dir dein Gewissen im Weg steht."

„Du hättest mich aussprechen lassen sollen", blieb Walsh kühl. „Auch ich habe kein Gewissen und ich werde dich töten, wenn du mir nicht sagst, wer euch beauftragt hat."

Erneut war ein Lachen zu vernehmen, das aber unvermittelt abbrach, da die Wunde ihn wohl stärker beeinträchtigte, als er zeigen wollte. „Was glaubst du, wer du bist? Rambo?"

„Du wirst dir sehr bald wünschen, dass ich Rambo wäre." Kaum hatte er den Satz ausgesprochen, verließ Walsh seine Deckung und eilte auf den Wagen zu, hinter dem sich der Mann versteckt hielt. Noch im Laufen schoss er, um sich selbst zu schützen.

Die Rechnung ging leider nicht auf, der Mann feuerte ebenfalls auf ihn und wieder spürte Walsh, dass ihn eine Kugel nur um Haaresbreite verfehlte.

Endlich stand er Auge in Auge mit dem Mann, der bereits auf ihn zielte und den Finger am Abzug bewegte, doch der ehemalige Geheimagent war schneller. Sein Schuss traf die Hand des Gegners, er ließ die Waffe fallen.

Sie landete auf dem Boden, Walsh kickte sie mit einem schnellen Fußtritt weg. Der andere sprang derweil auf, durch die Wunden war er jedoch deutlich gehandicapt. Walsh riss ihn zu Boden und setzte sich auf seinen Oberkörper. Immer wieder schlug er auf das Gesicht des Mannes ein.

„Ich sagte dir doch, dass du dir wünschen würdest, ich wäre Rambo“, knurrte Walsh und hieb so lange auf den Mann ein, bis sich dieser nicht mehr bewegte. Er blieb auf dem reglosen Mann sitzen, holte sein Handy heraus und ließ die Fliege zu sich zurückkommen. Zusammen mit dem Handy steckte er sie ein, nahm seine Waffe und zog den Mann hoch, der langsam wieder zu sich kam, aber noch sehr benommen wirkte.

„Nur eine Dummheit und ich knall dich ab“, sagte Walsh, während er mit ihm zu seinem Wagen ging. Dort angekommen, öffnete er den Kofferraum und schubste den Mann hinein. Dann schlug er ihm mit der Faust auf den Kopf, schloss den Kofferraum über dem Bewusstlosen und fuhr los.

Als er auf der Straße war, hörte er von Weitem Sirenen.

Walsh fuhr auf die Autobahn A57. Sein Ziel war das Naturschutzgebiet Knechtsteden. Nur wenig später verließ er die Autobahn und folgte der Landstraße, rechts und links waren die ersten Wälder zu sehen. Über einen schmalen Weg fuhr er tief in den Wald hinein, schließlich stoppte er und stieg aus. Mit der Waffe in der Hand öffnete er den Kofferraum. Wie es schien, war der Mann noch immer ohnmächtig. Doch in dem Moment, in dem sich Walsh zu ihm beugte, um nach ihm zu greifen, rammte der

Mann seinen Kopf gegen den Kopf von Walsh. Er taumelte kurz, ging jedoch nicht zu Boden.

Dennoch ärgerte er sich, weil er den Angriff nicht hatte kommen sehen und ihm die Waffe fast aus der Hand gefallen wäre. Der Mann wollte scheinbar die Gelegenheit nutzen, um sich mühsam aus dem Kofferraum zu befreien und zu fliehen.

„Wo willst du hin?“, fuhr Walsh ihn an. „Stehenbleiben oder ich erschieße dich, du Stück Scheiße.“ Nur die Lichter des Wagens sorgten dafür, dass er überhaupt etwas sah, alles um sie war stockdunkel. Genau das hatte Walsh erreichen wollen. „Jetzt steigst du vorsichtig aus dem Kofferraum.“

„Ich kann nicht. Du hast mir ins Bein geschossen“, schimpfte der Mann.

„Das sah aber eben noch ganz anders aus“, entgegnete Walsh und richtete die Waffe auf den Kopf des Mannes.

Wie es schien, rechnete er sich trotz allem Chancen aus, zu überleben, denn er kämpfte sich mit einem lauten Schmerzensschrei aus dem Kofferraum.

Walsh wunderte diese Reaktion keineswegs, er hatte das schon zigmal beobachtet. Egal wie aussichtslos eine Situation war, der Mensch hing an seinem Leben. Es lag ihm einfach in den Genen, der Überlebenstrieb war der stärkste Trieb, noch vor dem Sexualtrieb. Nur so war es letztlich auch erklärbar, warum es Diktatoren immer wieder gelang, ganze Völker zu unterdrücken: Weil alle Angst hatten, zu sterben. Würde es den Überlebenstrieb nicht geben und Millionen von Menschen sich auflehnen, welcher Diktator, welche Armee sollte sie stoppen?

Inzwischen hatte sich der Mann aus dem Kofferraum befreit und stand schwankend vor Walsh.

„Warum solltet ihr Kilic ermorden?“, fragte er. Sein Gegenüber war blass, fast kreidebleich. Ein Zeichen dafür, dass er viel Blut verloren hatte, und noch immer blutete er aus dem Oberschenkel. Seine Hand blutete ebenfalls, aber nur leicht, da sie ein Streifschuss getroffen hatte.

Wie es aussah, hielt allein das Adrenalin den Mann bei Bewusstsein oder er hatte einen unglaublich starken Willen.

„Was springt für mich raus, wenn ich auspacke?“, fragte der Mann.

„Ich lasse dich am Leben.“

Der andere schien abzuwägen. Dann antwortete er: „Die Gründe für meinen Auftrag interessieren mich nicht.“

„Du willst mir doch nicht sagen, dass ihr einfach jemanden ermordet, ohne zu wissen, für wen und weshalb?“ Walsh glaubte ihm kein Wort, er wollte sicherlich nur seinen Arsch retten.

„Ist aber die Wahrheit. Lukasz hat den Auftrag an Land gezogen. Wir sollten Kilic eliminieren. Dafür sollten wir jeder 50.000 Euro erhalten. Leicht verdientes Geld. Wer fragt da noch groß nach Gründen?“

Auftragskiller, schoss es Walsh durch den Kopf, das bestätigte alles, was er bereits geahnt hatte.

„Wann solltet ihr das Geld bekommen?“

„Morgen.“

„Wie lautet die Handynummer?“

„Welche Handynummer?“

„Tu nicht dämlicher, als du bist. Gib mir dein Handy.“

„Keine Chance, danach erschießt du mich eh.“

„Ich hab dir mein Wort gegeben."

Der Mann zögerte, nahm dann aber sein Handy und reichte es Walsh.

„Es ist gesperrt." Walsh hielt die Waffe direkt an die Stirn des Mannes.

„Entspann dich", antwortete der andere und nannte Walsh die PIN zum Entsperren.

„Welche Nummer habt ihr angerufen?", fragte Walsh.

„Das ist nur ein kleiner Fisch. Du weißt doch, wie das läuft. Es gibt Zwischenkontakte, Strohmänner, die kriegen alle was vom Kuchen ab."

„Welche Nummer?", erhob Walsh seine Stimme und drückte den Lauf der Waffe noch fester gegen die Stirn des Mannes.

„Andrej heißt unser Mittelsmann", keuchte der.

„Ich rufe Andrej jetzt an und du wirst ihm sagen, dass ihr den Auftrag erledigt habt. Du wirst ihm auch sagen, dass ihr mich ausgeschaltet habt, weil ich gerade im Krankenhaus war, und dass ihr das Geld heute wollt, weil es bei euch bald nur so vor Polizei wimmeln wird und ihr untertauchen müsst."

„Der wird sich wundern. Wir sind Profis. Wir kennen die Spielregeln, das funktioniert so nicht."

„Es wird klappen. Ich kenne Leute wie Andrej."

„Wer bist du? Ein Profikiller?"

„Ich bin weder Rambo noch ein Profikiller. Tu endlich, was ich sage, dann wirst du leben, anderenfalls stirbst du. So einfach ist das."

„Du bist ein komischer Deutscher. Dabei siehst du gar nicht aus wie ein Deutscher. Bestimmt CIA, ich rieche so was."

Walsh zögerte nicht und schlug mit dem Griff der Waffe gegen die Schläfe des Mannes. Der schrie auf und hielt sich die Hand an die Stirn. „Ich bring dich um, du Schwein", brüllte er.

„Das denke ich nicht", entgegnete Walsh ruhig. „Du willst nur nicht kapieren, dass ich die Spielregeln aufstelle. Du tust jetzt, was ich dir sage, ansonsten beende ich das alles hier ganz schnell."

„Entspann dich", knurrte der Mann, „ich versuche es."

Walsh wählte Andrejs Nummer und stellte das Handy auf Lautsprecher.

„Keine Dummheiten", drohte er noch, als das Freizeichen ertönte.

„Hallo, Robert. Ich hoffe, du hast gute Nachrichten."

„Sehr gute sogar", antwortete Robert. „Wir haben das Ziel eliminiert und noch einen mehr."

„Was meinst du?"

Robert warf Walsh einen Blick zu und sagte dann: „Dieser Mann, der mit dem Auto, den ihr auch tot sehen wollt, den haben wir erwischt."

„Du verarschst mich?"

„Nein, er wollte zu Kilic. Wir haben ihn auf dem Parkplatz überrascht."

„Sehr geil, da wird sich einer freuen."

„Wir brauchen deshalb jetzt das Geld."

„Warum? Wir haben morgen abgemacht."

„Ich weiß, aber es wimmelt überall von Polizei. Lukasz ist nervös. Wir müssen weg, schnell. Kannst du was organisieren?"

Keine Antwort.

Walsh war gespannt, ob Andrej die Kröte schluckte. Den Vorschlag, dass er etwas organisieren solle, fand Walsh gut, es gab dem Ganzen mehr Glaubwürdigkeit.

„Gut, kommt in einer Stunde zu dem verlassenen Güterpark. Du kennst den doch?"

„Ja, kenne ich. Wir werden da sein, Bruder."

„Gut." Damit beendete Andrej das Gespräch.

„Bist du zufrieden?", fragte Robert sichtlich gereizt, aber Walsh sah ihm an, dass der Blutverlust inzwischen stark an seinen Kräften zehrte.

„Sehr sogar", antwortete Walsh und drückte ab.

Kapitel 10

Als Brandt den Anruf entgegennahm, ahnte er bereits das Schlimmste.

„Was ist, Schatz?“, fragte seine Freundin Ylva, die vom Telefonklingeln geweckt worden war, obwohl Brandt sofort ins Wohnzimmer gehuscht war, damit sie weiterschlafen konnte.

„Ich muss leider los“, antwortete er zerknirscht.

„Wieso?“

„Kilic wurde ermordet.“

„Das war doch der schwer verletzte Zeuge, richtig?“

„Ja“, presste Brandt hervor. Er hatte Ylva kurz über den Fall aufgeklärt, da sie in den Nachrichten davon gehört hatte und mehr darüber wissen wollte.

„Sei bitte vorsichtig, wenn die Mafia dahintersteckt …“, flüsterte Ylva und schmiegte sich an ihn.

„Ich bin Kriminalpolizist“, unterbrach er sie. Er kannte die Risiken seines Jobs, schließlich übte er den Beruf seit vielen Jahren aus, und ehrlich gesagt hatte er keine Lust, mit Ylva über die Gefahren seines Berufes zu diskutieren.

Er drückte ihr einen Kuss auf die Lippen. „Schlaf. Bei mir wird es spät werden.“

Sie schaute ihn besorgt an.

Brandt zog sich an und fuhr direkt zur Uniklinik. Kaum hatte er geparkt, sah er auch schon Aydin aus dem Wagen steigen.

„Moin“, sagte Aydin, er wirkte sichtlich müde.

„Du meinst wohl eher gute Nacht.“

„Findest du es nicht merkwürdig, dass nur wenige Stunden nach unserem Gespräch mit Igor Rebrov der Zeuge Kilic ermordet wird?“, fragte Aydin.

Brandt nickte, genau dieser Gedanke hatte ihn während der Fahrt ebenfalls beschäftigt. Rebrov hatte wegen Kilic gelogen, das stand außer Frage. Schließlich war Kilic in dem Jugendtreff gewesen und hatte laut Fischer sogar Gelder von dort bezogen. Auf ihre wiederholte Nachfrage, ob er Kilic kenne, hatte Rebrov standhaft mit Nein geantwortet, jedoch zunehmend gereizt gewirkt.

Doch sie hatten nichts gegen ihn in der Hand, also hatten sie ihn ohne Ergebnis verlassen müssen und jetzt war Kilic tot. An so viele Zufälle glaubte Brandt nicht, aber wie sollten sie ihm etwas nachweisen? Der Einzige, der etwas dazu hätte sagen können, war tot.

Als sie den Flur der Intensivstation erreichten, sahen sie bereits einige Kollegen vor Ort, unter ihnen Rech.

„Sind Sie die verantwortlichen Ermittler?“, fragte ein Mann im weißen Kittel, der auf Brandt zusteuerte.

„Mein Kollege und ich sind mit den Ermittlungen betraut, worum geht es, Dr. Hölscher?“, fragte Brandt, der den Namen des Arztes rasch von seinem Kittel abgelesen hatte.

„Wir befinden uns auf einer Intensivstation. Wie lange wird das hier dauern? Die vielen Menschen …“

„Wir werden uns bemühen, zügig fertig zu werden“, kam Aydin Brandt zuvor.

„Was bedeutet das in Stunden?“ Der Arzt ließ nicht locker.

„So lange, wie es dauert“, reagierte Brandt deutlich unfreundlicher. „Es wurden zwei Personen ermordet und so, wie Sie Ihre Arbeit gründlich machen, tun wir das auch. Haben Sie etwas Ungewöhnliches gesehen?“

„Nein, ich war unten. Wenn Sie mich nicht brauchen, würde ich gerne zurück in die Notaufnahme.“

„Spricht nichts dagegen“, antwortete Brandt und der Mann entfernte sich. Gemeinsam mit Aydin trat er zu Rech.

„Solltest du mich fragen wollen, ob ich schon weiß, was hier geschehen ist, bringe ich dich um. Um diese Zeit ist mir nicht nach dummen Sprüchen“, begrüßte sie der Leiter der Spurensicherung.

„Entspann dich. Ich glaube, keiner ist jetzt gerne hier. Aber du wirst doch irgendwas für mich haben?“

„Zwei Leichen, wenn dir das noch immer nicht reicht“, blaffte Rech. „Ganz ehrlich, Jungs. Das hier stinkt gewaltig. Die Opfer wurden aus nächster Nähe erschossen, ein gezielter Kopfschuss. Das waren keine Amateure.“

„Was ist mit den Kameraaufzeichnungen?“, fragte Aydin.

„Alles zu seiner Zeit. Fischer ist schon auf dem Weg. Und bitte, bitte Brandt, verwisch mir keine Spuren.“ Rech zeigte auf eine Kiste, in der Einmalhandschuhe und Überzieher für die Schuhe lagen.

„Ich doch nicht“, versuchte Brandt die Stimmung etwas zu lockern und griff in die Kiste, Aydin tat es ihm nach, dann betraten sie das Stationszimmer, wo bereits weitere Kollegen im Gange waren. Brandt näherte sich der Leiche und bückte sich. Rech hatte nicht übertrieben, ein gezielter Kopfschuss.

Danach gingen sie in das Krankenzimmer und schauten sich dort um. Auch hier das gleiche Bild, ein gezielter Kopfschuss.

„Das war ein Profi. Hier finden wir keine Spuren", sagte Aydin.

„Jeder macht Fehler." Brandt wollte diese Antwort nicht akzeptieren, denn das hieße am Ende, dass die Polizei im Kampf gegen das organisierte Verbrechen keine Chance hatte. Glücklicherweise war dem nicht so.

Brandt musste an Walsh denken und kurz, nur ganz kurz, huschte ein Gedanke durch seinen Kopf, den er jedoch sofort wieder verwarf: *Was, wenn Walsh der Mörder ist?*

Den Mord an Kilic hätte er ihm zugetraut, aber mit Sicherheit nicht den an der Krankenschwester. Walsh machte nicht den Eindruck, als würde er Unschuldige erschießen. Nur, wie sicher konnte er sein, dass Kilic mit dem Ganzen überhaupt etwas zu tun hatte?

Weil er Geld von Rebrov erhalten hat!, dachte Brandt und verzog angestrengt das Gesicht.

„Ich finde das alles irgendwie merkwürdig. Kilic bekommt Geld von dem gemeinnützigen Verein und wird kurz darauf tot aufgefunden. Wenn Kilic Rebrovs Laufbursche war, lässt er ihn doch nicht erschießen", teilte Aydin seine Gedanken mit Brandt.

„Aus diesem Grund bin ich ja da. Mit Glauben und Annahmen kann man nur schwer gegen das organisierte Verbrechen bestehen. Wie gut, dass die Kölner Polizei den besten Fallanalytiker Deutschlands hat."

Brandt erkannte die Stimme sofort und als er sich umdrehte, wusste er, dass er recht hatte. Kramer stand direkt hinter ihm. Er wirkte gut gelaunt, jedenfalls sah man ihm nicht an, dass er gerade aus dem Schlaf gerissen worden war, wie den anderen Kollegen.

Ohne auf Kramers Bemerkung einzugehen, verließ Brandt das Zimmer. Aydin folgte ihm. Dabei wären sie fast in Bender gelaufen.

„Ich möchte, dass der andere Schwerverletzte bewacht wird“, sagte sie an Brandt gerichtet. Eine Begrüßung schien sie sich zu sparen. „Die Presse wird uns hierfür zerreißen.“

„Wir glauben inzwischen, dass Kilic vielleicht doch nicht so unschuldig war.“

„Fischer hat etwas in der Richtung angedeutet. Wart ihr bei Rebrov?“

„Ja, aber wie erwartet, hat er alles ignoriert. Er kennt Kilic angeblich nicht, was ich ihm nicht abnehme. Mehr als wahrscheinlich, dass Kilic direkt in den Anschlag verwickelt war.“

„Das verschafft uns Luft“, rutschte es Bender erleichtert heraus. Brandt verstand, was sie damit meinte. Wenn Kilic kein unschuldiger Zeuge war, würde die Presse möglicherweise nicht ganz so hart mit ihnen ins Gericht gehen.

Dabei teilte Brandt die Sorgen seiner Chefin nicht einmal. Wer hätte schon ahnen können, dass die Sache solche Ausmaße annehmen würde? Walsh hatte das Opfer sein sollen, dass sie inzwischen vier Tote zu beklagen hatten, war sicherlich auch von den Hintermännern des Anschlages nicht beabsichtigt. Schließlich wusste Brandt, wie das organisierte Verbrechen arbeitete. Still und ohne großes Aufsehen.

„Ihr solltet euch morgen früh nach unserer Besprechung direkt diesen Verein anschauen. Ich will wissen, wer sich da aufhält. Zur Not lasse ich über den Staatsanwalt eine

Durchsuchung erwirken." Bender unterbrach sich kurz, da Fischer zu ihnen kam. „Fischer, ich muss bis morgen früh alles über die finanziellen und gesellschaftlichen Verflechtungen des Vereins wissen."

„Das habe ich fast geahnt. Bin schon dran."

„Sag mir bitte Bescheid, sobald du etwas Verwertbares aus den Kameraaufzeichnungen des Krankenhauses hast."

„Mach ich", antwortete Fischer und entfernte sich von der Gruppe. Benders Handy klingelte, sie nahm den Anruf an. „Das kann doch nicht wahr sein", schimpfte sie. „Die Kollegen Brandt und Aydin sind in fünf Minuten da."

„Wo?", fragte Brandt.

„Auf dem Parkplatz. Kollegen haben eine weitere Leiche entdeckt."

„Mist", fluchte er. Zusammen mit Aydin machte er sich sofort auf den Weg zum nächsten Tatort.

Inzwischen pochte Brandts Kopf und er wusste, dass er dringend einen Kaffee benötigte. Leider war dafür nun wirklich keine Zeit.

Schon von Weitem sahen sie einige Kollegen von der Streife und der Spurensicherung, die bereits bei der Leiche arbeiteten.

Brandt und Aydin traten dazu.

„Kein Klinikpersonal", sagte Aydin und Brandt konnte deutliche Erleichterung in seiner Stimme hören. Auch er war geradezu froh, da der Tote nicht den Eindruck erweckte, als wäre er zufällig in die Schusslinie geraten.

„Glaubst du, das war der Mörder?", fragte Aydin. „Ob er erschossen wurde, damit er nichts verraten konnte?"

„Das kann ich mir kaum vorstellen. Mit Sicherheit hat er was mit den beiden Toten in der Klinik zu tun." Brandts Blick fiel auf die Waffe, die in der Nähe der Leiche lag. Es war eine Waffe mit Schalldämpfer. „Vielleicht war er der Schütze, aber hier fand ein Kampf statt." Brandt stand auf und begutachtete den Boden. Da die Kollegen bereits Lampen aufgestellt hatten und auch die Parkplatzbeleuchtung aktiv war, konnte man alles gut erkennen. „Blutspuren", stellte Brandt fest. „Der Angreifer war nicht alleine. Die Blutspuren hier verlaufen in eine andere Richtung. Sie waren zu zweit und wurden angegriffen. Den einen hat es erwischt, der andere konnte möglicherweise fliehen."

„Ich denke nicht", erwiderte Aydin, der zu einem der parkenden Autos gegangen war. „Die Motorhaube ist noch warm."

„Was ist dann mit dem zweiten Mörder passiert?", überlegte Brandt laut.

„Peter Walsh."

„Walsh?"

„Ja, was, wenn er die Mörder überrascht und überwältigt hat? Vielleicht hat er den anderen angeschossen und gefangen genommen, um an die Hintermänner zu gelangen."

Brandt antwortete nicht, da er nicht so recht wusste, ob er diesem Gedankengang wirklich folgen wollte. Ein Möchtegernheld auf Rachefeldzug hatte ihm gerade noch gefehlt. Mit seinen behandschuhten Fingern griff er in die Hosentasche des Toten und fand seine Vermutung bestätigt. Er zog ein Handy heraus und drückte auf eine

Taste. Der Bildschirm war zwar gesperrt, aber als er sich aufhellte, sah Brandt eine WhatsApp-Nachricht.

„Was ist?“, fragte Aydin, dem Brandts erstarrter Gesichtsausdruck offensichtlich nicht entgangen war.

Kapitel 11

Walsh stand zu seinem Wort, immer. Nur nicht bei Menschen wie Robert, sie hatten es seiner Auffassung nach nicht verdient, zu leben, daher hatte er auch keine Skrupel, einfach abzudrücken. Es gab für ihn keinen einzigen Grund, warum er Robert hätte am Leben lassen sollen. So war wenigstens sichergestellt, dass dieser Mann nie wieder unschuldige Menschen ermorden würde.

Überpünktlich war Walsh an der verabredeten Stelle. Er parkte in sicherer Entfernung, da er weder auffallen noch in eine Falle laufen wollte. Man konnte nie sicher genug gehen. Schließlich konnte er nicht wissen, ob Robert nicht durch das eine oder andere unverfängliche Wort am Telefon indirekt verraten hatte, dass Walsh dabei wäre. Robert war ein Profi, als solcher spielte er nun einmal mit dem Feuer.

Er nahm ein paar Sachen aus dem Auto und machte sich auf den Weg. Um keine Spuren zu hinterlassen, trug er seit Beginn seiner Aktion Handschuhe. In Sichtweite zu dem vereinbarten Treffpunkt versteckte er sich und wartete. Wenig später kam ein Wagen angefahren und hielt am Treffpunkt an. Walsh nahm ein Nachtsichtgerät aus der kleinen Tasche, um sich zu vergewissern, wie viele Personen in dem Fahrzeug saßen. Es war nur ein Mann darin zu sehen, was ihn verwunderte. Er suchte die Umgebung ab, konnte jedoch keine weiteren Personen finden. Kurz überlegte er, ob er seine Fliegendrohne nutzen sollte, um weiträumiger zu schauen, beließ es aber bei dem Gedanken, da er nicht glaubte, dass er mit dem Nachtsichtgerät etwas übersehen hatte.

Er wartete noch einen Augenblick. Inzwischen war es fünf Minuten nach der verabredeten Zeit. Erst jetzt verließ er seine Deckung und ging Richtung Wagen. Er hatte die Kleidung von Robert angezogen, damit Andrej nicht sofort bemerkte, dass da nicht Robert auf ihn zukam, sein Käppi hatte er tief ins Gesicht gezogen und da es dunkel war, war er zuversichtlich, dass seine Tarnung nicht so schnell auffliegen würde. Dennoch hielt er die entsicherte Waffe in der rechten Hand hinter dem Rücken versteckt. Nur noch wenige Schritte trennten ihn und Andrej, als dieser plötzlich aus dem Wagen stieg.

„Du bist zu spät", rief Andrej verärgert.

Walsh antwortete nicht, er ging weiter auf ihn zu.

„Wo ist Lukasz?"

Noch immer schwieg Walsh und näherte sich Andrej.

„Ein Schritt und ich puste Sie um", sagte er dann und richtete die Waffe auf den verdutzten Andrej.

„Was soll das werden? Wo ist Robert?"

„Sie halten am besten die Schnauze. Ich stelle hier die Fragen. Wenn Sie an Ihrem Leben hängen, antworten Sie nur darauf."

„Sie sind dieser Topagent?!" Andrej ließ ein kurzes, abfälliges Lachen hören.

„Wer ist Ihr Auftraggeber?"

„Haben Sie Robert und Lukasz ermordet?"

„Sie haben nur das bekommen, was sie verdient haben. Anscheinend haben Sie die Spielregeln noch nicht begriffen."

„Sie wissen nicht, worauf Sie sich hier einlassen. Das wird man Ihnen nicht verzeihen."

Walsh antwortete nicht, er schoss. Andrej zuckte zusammen, doch er war unverletzt. Walsh hatte bewusst daneben geschossen.

„Die Nächste trifft."

„Machen Sie keine Dummheiten. Im Kofferraum sind 100.000 Euro. Nehmen Sie das Geld und verschwinden Sie."

„Glauben Sie wirklich, dass ich an Geld interessiert bin?"

„Jeder ist an Geld interessiert. Machen Sie mir doch nichts vor", reagierte Andrej ungläubig. Walsh zeigte sich unbeeindruckt, er hatte jetzt einen guten Blick auf sein Gegenüber. Andrej war ihm in allen Belangen körperlich unterlegen, einen Kopf kleiner und korpulent.

„Erschießen Sie mich, das werden Sie eh tun, sobald Sie die Informationen haben."

Diese Direktheit hatte Walsh nicht erwartet. „Wenn Sie mir helfen, die Hintermänner zu finden, lasse ich Sie vielleicht am Leben", war seine ehrliche Antwort.

„Vielleicht ist immerhin eine Option. Ich glaube allerdings kaum, dass ich viel Licht ins Dunkel bringen kann. Ich bin nur Vermittler. Ich könnte auch für Sie arbeiten. Sie wissen doch, wie das funktioniert."

Natürlich wusste Walsh das und er kannte Männer wie Andrej, sie vermittelten Kontakte, gaben Befehle und Nachrichten weiter. Was sie taten und für wen, interessierte sie nicht. Aber sie waren bestens vernetzt. Walsh hatte zu seiner aktiven Zeit bei der Agency oft mit Männern wie Andrej zusammengearbeitet und obwohl er ihn nicht kannte, war er geneigt, ihm zu glauben.

„An wen berichten Sie?", fragte er dann.

„An einen Araber."

„Wie heißt er?“

„Ali Haddadi, so hat er sich mir jedenfalls vorgestellt. Er ist größer als Sie, hat aber eher meinen Körperumfang.“ Zum ersten Mal huschte ein Schmunzeln über seine Lippen. Er wirkte etwas entspannter.

„Wo finde ich diesen Araber?“

„In Kalk. Ihm gehört eine kleine Shishabar, die dient aber nur zur Tarnung.“ Andrej nannte ihm die genaue Anschrift.

„Warum will man mich tot sehen?“

„Woher soll ich das wissen? Sie müssen irgendwelche mächtigen Männer sehr verärgert haben. Weshalb sonst sollte man so viel Aufwand treiben und Sie jagen?“

„Ich lasse Sie am Leben. Aber wenn Sie den Araber warnen, werde ich Sie finden und umbringen. Sie haben mein Wort darauf.“

„Ich weiß“, sagte Andrej. Walsh nickte und ging zurück zu seinem Auto.

Er war nicht sicher, ob es klug gewesen war, ihn am Leben zu lassen, doch irgendetwas sagte ihm, dass es ein Fehler gewesen wäre, ihn zu töten.

„Du bist keine eiskalte Killermaschine mehr. Du wirst alt und gutmütig“, sagte er zu sich selbst, als er den Motor startete.

Als Nächstes fuhr er zu Joes Wohnung. Kaum war er dort, nahm er den Laptop und loggte sich ein, um herauszufinden, ob es neue Informationen zu dem Anschlag gab.

„Nichts“, murmelte er enttäuscht, nachdem er die Datenbanken der Geheimdienste durchgesehen hatte. Dann hackte er sich mit dem Programm in die Datenbank der Kölner Kriminalpolizei, doch auch dort fand er nichts Interessantes.

„Was ist das?“, sagte er, als er bemerkte, dass er einige Ordner nicht öffnen konnte. „Verdammt!“

Joe fehlte einfach, für ihn wäre es ein Leichtes gewesen, die Firewall zu umgehen. Gut möglich, dass die Kölner Polizei ein Update gefahren hatte, um irgendwelche Sicherheitslöcher zu schließen. Nur wusste Walsh nicht, wie er dieses Update unterlaufen konnte. Sich damit jetzt auseinandersetzen konnte er nicht, dafür fehlte schlicht die Zeit.

Also gab er in die Suchmaske:

Ali Haddadi

ein. Es erschienen einige Ergebnisse. Er scrollte durch die Liste, bis er an einer Stelle hängen blieb.

„Das kann nicht sein“, entfuhr es ihm. Gleichzeitig klingelte es an der Wohnungstür, sodass er seinen Gedanken nicht mehr verfolgen konnte.

Kapitel 12

„Was ist los?“, wiederholte Aydin.

„Eine weitere Leiche“, antwortete Brandt mit gepresster Stimme.

„Ist nicht dein Ernst?“

„Doch, hier.“ Er reichte Aydin das Handy, auf dem Display konnte man trotz der Bildschirmsperre die WhatsApp-Nachricht lesen.

„Wieso schickt der Mörder ihm diese Nachricht? Der Mann ist doch tot.“

„Weil sie für uns bestimmt ist.“ Brandt wandte sich einem Beamten zu. „Wenn Bender kommt, sag ihr bitte, dass wir zu einem weiteren Tatort fahren.“

„Mach ich. Das wird eine lange Nacht.“

„Ich fürchte auch.“

Brandt und Aydin eilten zu ihrem Wagen. Auf der Fahrt zum Naturschutzgebiet Knechtsteden rief Aydin die Zentrale an und informierte sie über ihr Ziel.

„Die nächste rechts“, sagte er dann.

Die Straßen waren leer, doch die Nacht, so ruhig sie auch wirkte, verhieß Unheil. Brandt parkte, nahm eine Taschenlampe aus dem Kofferraum und schritt voran.

„In der Stadt sieht man gar nicht, wie viele Sterne da oben sind“, bemerkte Aydin und schaute in den Himmel. „Glaubst du, es gibt Leben da oben?“

„Warum sollte es das nicht? Nur der Mensch kann so naiv sein zu glauben, er wäre die Krone der Schöpfung. Wenn ich mich nicht irre, sind da Trilliarden von Sternen. Warum also sollte es ausgerechnet nur auf der Erde intelligentes Leben geben?“

„Ich glaube auch, dass da noch mehr ist. Aber weder du noch ich werden wohl jemals in Kontakt mit Außerirdischen kommen."

„Sei froh."

„Warum? Wäre doch cool, wir könnten viel von ihnen lernen."

„Wach auf, du Träumer. Welches Interesse sollten hoch entwickelte Wesen an uns Menschen haben? Wir müssen auf sie wie Wilde wirken. Wenn die auch nur annähernd ticken wie wir, werden sie uns jagen und auslöschen, so wie wir es mit den Ureinwohnern während der Kolonialisierung gemacht haben."

„Das glaube ich nicht. Die werden nicht so gestört sein wie wir Menschen."

Brandt schüttelte nur den Kopf und schaute nach vorn, wo der Lichtstrahl seiner Taschenlampe etwas erfasst hatte.

„Das sieht mir ganz nach dem Komplizen aus", sagte er, als er neben der Leiche stand.

„Wieso hat man ihn in Unterwäsche hier liegen lassen?", fragte Aydin.

„Keine Ahnung, vielleicht findet die Spurensicherung ein paar Fingerabdrücke." Brandt wusste, wie schwach diese Hoffnung war. Wer immer das getan hatte, war sicherlich Profi genug, um keine Fehler zu begehen.

„Jede Wette, das war Peter Walsh."

„Und wenn? Wir können ihm nichts nachweisen." Brandt ging ebenso davon aus, alles andere ergab keinen Sinn. Hätten die Auftraggeber beide Attentäter unschädlich machen wollen, hätten sie sie zusammen erschossen. Und erst recht hätten sie den Mann nicht in Unterwäsche zurückgelassen.

„Walsh sucht die Täter. Der zieht das Ganze eiskalt ab."

„Man könnte glatt meinen, dass du das cool findest, du klingst ja fast schwärmerisch."

„Quatsch, aber mal ehrlich, für so was muss man schon Eier haben", beharrte Aydin.

„Was? Wo kommen wir denn hin, wenn jeder auf persönlichen Rachefeldzug geht? Dafür ist die Polizei da. Will mal sehen, ob du noch so von ihm redest, wenn Unschuldige ums Leben kommen."

„Entspann dich. Ich bewundere ihn nicht."

Brandt schüttelte nur den Kopf. „Walsh ist ein eiskalter Mörder."

„So kenne ich dich gar nicht. Sonst bist du doch auf seiner Seite. Immerhin hat er zwei Auftragskiller unschädlich gemacht."

„Trotzdem ist er ein Mörder." Brandt wusste, worauf Aydin anspielte, eigentlich war Aydin derjenige, der es mit den Gesetzen sehr genau nahm. Brandt bewegte sich schon mal in der Grauzone, um die Ermittlungen voranzutreiben.

„Wir wissen noch gar nicht, ob er es getan hat."

„Wer sonst?"

„Dann sollten wir ihn verhaften."

„Scherzkeks", blaffte Brandt, da er das Gefühl hatte, dass Aydin ihn nicht ernst nahm. Ohne Beweise hatten sie nichts gegen Walsh in der Hand, was hätte eine Festnahme also gebracht?

Mehrere Fahrzeuge kamen auf sie zugesteuert und parkten neben ihrem Dienstwagen, einige Personen kamen auf sie zu.

„Eine Leiche ohne Kleidung“, bemerkte Rech trocken. Er wirkte noch immer schlecht gelaunt.

„Wir gehen davon aus, dass es der Komplize von dem Mann auf dem Klinikparkplatz ist“, antwortete Aydin.

„Habt ihr sein Handy gefunden?“

„Wir haben die Leiche nicht angerührt, wir wollten ja keine Spuren verwischen“, konterte Brandt. Rechs kritischer Blick war Antwort genug.

„Das muss aufhören“, hörten sie Bender motzen, sie kam mit Kramer auf sie zu. Brandt hatte aus dem Augenwinkel gesehen, dass sie sich zuvor mit zwei Kollegen unterhalten hatte.

„Wir denken, dass er ebenfalls ...“, setzte Aydin gerade an, doch Bender unterbrach ihn scharf.

„Das ist mir egal. Ich will keinen Cowboy auf Rachefeldzug in meiner Stadt. Ihr leitet die Ermittlungen und es liegt in eurem Verantwortungsbereich, dass sich solche Dinge nicht wiederholen. Ich möchte nicht die Schlagzeile lesen, dass die Kölner Polizei sich von der organisierten Kriminalität vorführen lässt.“

„Wir vermuten Peter Walsh hinter der Aktion“, schien Aydin zu ihr durchdringen zu wollen.

„Was macht ihr dann noch hier?“

Aydin wollte wieder etwas erwidern, aber Brandt hielt ihn am Arm fest und zog ihn von Bender weg. „Willst du Kramer eine Steilvorlage geben?“, zischte er seinem Kollegen zu.

Kramer hatte dem Schlagabtausch interessiert gelauscht und Brandt sah ihm an, dass er nur darauf wartete, seinen Senf dazuzugeben. Diese Genugtuung gönnte er ihm jedoch nicht.

„Was machen wir jetzt?“

„Du stehst echt auf der Leitung. Fischer müsste doch die Anschrift von Walsh haben. Wir fahren hin und sehen mal, ob er ein Alibi hat.“

Aydin nahm sein Handy und wählte Fischers Nummer. Wie vorausgesagt, hatte er bereits die Anschrift und schickte sie ihnen per E-Mail.

Leider trafen sie niemanden dort an.

„Ausgeflogen?“, fragte Aydin.

„Da ist was faul. Wo wohnt dieser Joe?“

„Wie es scheint, hat Fischer mitgedacht. Er wohnt am Friesenplatz. Aber warum sollte er da sein?“

„Nur so ein Gefühl oder hast du eine bessere Idee?“

Da Aydin nichts darauf erwiderte, fuhr Brandt Richtung Friesenplatz.

Gerade als sie vor der großen Hauseingangstür standen und Brandt die Klingel betätigen wollte, wurde die Haustür geöffnet.

Brandt und Aydin schlüpften ins Treppenhaus. Laut Klingelanlage sollte Joe in der obersten Etage wohnen.

Brandt drückte auf die Klingel. Er wusste nicht warum, doch instinktiv fuhr seine rechte Hand zur Waffe. Er hoffte, dass er sie nicht würde benutzen müssen.

Keine Reaktion.

Brandt klingelte ein weiteres Mal, mit dem gleichen Resultat.

„Der wird ja wohl kaum so blöd sein und hier pennen, wenn er Dreck am Stecken hat. So dämlich ist der nicht“, ließ sich Aydin vernehmen.

„Wer ist nicht so dämlich?“, hörte Brandt jemanden fragen und als er sich umdrehte, sah er, dass Walsh in diesem Moment die Tür geöffnet hatte.

Aydin wurde augenblicklich rot.

„Verzeihen Sie die Störung, aber wir haben noch ein paar Fragen. Dürfen wir eintreten?“, fragte Brandt, der glaubte, für den Bruchteil einer Sekunde so etwas wie Überraschung in Walshs Augen gesehen zu haben.

„Was für Fragen wären das denn bitte?“, erkundigte er sich. Er wollte die beiden augenscheinlich auf dem Flur abspeisen.

„Wollen Sie uns nicht reinlassen? Es muss ja nicht jeder mitbekommen.“

„Um diese Uhrzeit wird sicherlich niemand etwas mitbekommen.“

„Wieso dürfen wir nicht in die Wohnung? Haben Sie etwas zu verbergen?“, zeigte sich Brandt unbeeindruckt.

Walsh antwortete nicht, sondern öffnete die Tür ganz und ließ die beiden Beamten eintreten.

„Gibt es Neuigkeiten?“

Brandt glaubte nicht, dass sich Walsh wirklich für Neuigkeiten interessierte, daher gab er nur zurück: „Haben wir Sie aus dem Schlaf gerissen?“

Walsh stand in Boxershorts und ärmellosem Unterhemd, das seine Muskeln in voller Größe zeigte, vor ihnen. Hatte er schon in normaler Bekleidung durchtrainiert gewirkt, konnte Brandt nun deutlich sehen, wie muskulös er tatsächlich war. Zahlreiche Adern zeichneten sich auf seinen Armen und seinem Oberkörper ab, was darauf schließen ließ, dass er nicht nur sehr viel trainierte, sondern auch diszipliniert aß. Nicht umsonst hieß es, dass die Ernährung siebzig Prozent des Muskelaufbaus ausmachte. Zudem zierten einige Narben seinen Oberkörper, soweit man das durch das Unterhemd erkennen konnte.

Was Brandt aber besonders auffiel, war, dass er nicht den Eindruck machte, als wäre er gerade aus dem Bett geholt worden. Seine Augen wirkten aufmerksam wie die eines Adlers.

„Hat sich etwas bei den Ermittlungen getan? Haben Sie eine Spur?“, wiederholte Walsh seine Frage und schien Brandts Bemerkung einfach zu ignorieren. Brandt ließ seinen Blick rasch durch das Penthouse schweifen.

„Die Geschäfte müssen ja gut laufen“, sagte er und ignorierte ebenfalls absichtlich Walshs Frage.

„Was hat das mit den Ermittlungen zu tun?“ Sein Tonfall wurde ungemütlich. „Mein bester Freund liegt auf der Intensivstation und Ihnen fällt nichts Besseres ein, als mich nach unserem Verdienst zu fragen? Ist das Ihr Ernst?“

„War nur eine Feststellung“, entgegnete Brandt, der das natürlich nicht ohne Hintergedanken gesagt hatte. Er wollte Walsh provozieren in der Hoffnung, dass er einen Fehler beging und sich verriet.

„Dann stellen Sie mir bitte sinnvolle Fragen und vergeuden Sie nicht Ihre Zeit. Draußen läuft ein Mörder frei herum und Sie kommen mit solch kindischen Äußerungen. Sind Sie überhaupt kompetent genug für diesen Fall?“

„Sind Sie es denn? Sind Sie kompetent genug, um sich auf eigene Faust mit der Mafia anzulegen? Wir wissen um Ihre Vergangenheit."

„Sie wissen einen Scheiß über mich. Wenn Sie wüssten, wer ich bin, würden Sie nicht mitten in der Nacht an meiner Tür klingeln." Walsh ließ sich scheinbar kein bisschen aus der Ruhe bringen, was Brandt langsam nervte. Diese arrogante, selbstherrliche Art seines Gegenübers ging ihm mächtig gegen den Strich.

„Wir haben die beiden Leichen entdeckt", ergriff nun Aydin das Wort.

„Was für Leichen?" Walsh wirkte nach wie vor unbeeindruckt.

„Von den Auftragskillern. Sie haben den Zeugen Kilic und eine Krankenschwester erschossen", erklärte Aydin, dessen Blicke immer wieder zu Walshs muskulösen Armen wanderten.

Der führt dich vor, du Dummkopf, wäre es Brandt fast herausgerutscht.

„Finden Sie es nicht komisch, dass zwei Auftragskiller erschossen werden, von einem Geist?", setzte Brandt nach und bevor Walsh antworten konnte, fügte er noch hinzu: „Ich zum Beispiel glaube nicht an Geister. Deshalb stellt sich mir die Frage, wer ein Interesse daran haben könnte, diese Männer tot zu sehen."

„Was fragen Sie mich?"

„Sie waren doch beim Militär. Ich dachte, Sie hätten vielleicht eine Antwort darauf. Sie sind sicher Manns genug, um dazu zu stehen, wenn Sie sich mit den bösen Jungs anlegen, oder?", stocherte Brandt weiter. Er musste ihn aus der Reserve locken.

Walsh antwortete nicht, schließlich sagte er: „Mich interessieren diese Mörder nicht und wenn Sie mich fragen, haben sie es verdient zu sterben. Sie werden niemandem mehr Leid zufügen. Mich interessiert nur, dass mein bester Freund überlebt." Er starrte Brandt regelrecht an, während er das sagte.

„Keine Sorge. Kollegen von der Streife werden vor seiner Zimmertür Wache schieben", antwortete Aydin beinahe mitfühlend, so kam es Brandt jedenfalls vor.

„Das müssen sie nicht. Joe dürfte bereits verlegt worden sein."

„Von wem? Auf wessen Anweisung?", hakte Brandt nach. Er hielt es für mehr als einen komischen Zufall, dass Joe gerade jetzt verlegt wurde.

„Er hat nach wie vor beste Kontakte zum US-Militär. Im Übrigen wüsste ich nicht, warum ich Ihnen überhaupt Auskunft darüber erteilen sollte. Joe ist ein Opfer, kein Täter." Walshs Stimme klang fest und bestimmt.

„Wo waren Sie in den letzten drei Stunden?", fragte Brandt.

„Ich sagte doch, dass Sie mich aus dem Schlaf gerissen haben."

„Kann das jemand bezeugen?", setzte Brandt nach. Noch immer senkte keiner von beiden den Blick.

„Nein."

Brandt zögerte keine Sekunde. Er griff zur Waffe und richtete sie auf Walsh. „Sie sind verhaftet, wegen des Verdachts des zweifachen Mordes."

Kapitel 13

9. September

Dieser Brandt nervte. Statt sich um die Auftraggeber der beiden Auftragskiller zu kümmern, hatte er Walsh verhaftet und ihn mit unzähligen Fragen aus der Reserve zu locken versucht.

Für die Befragung der Kölner Polizei hatte er jedoch nur ein müdes Lächeln übrig. Zu seiner Zeit bei der Agency war er nicht nur einmal in Gefangenschaft geraten und verhört worden, und das nicht nur mit Worten, sondern mit grausamer Folter. Nie hatte er auch nur ein Detail über seine Missionen ausgeplaudert. Das war mit ein Grund, warum die Agency noch immer scharf auf seine Dienste war. Oft wurde er von den anderen Agenten „der Mann ohne Gefühle und Schmerz" genannt.

Eine Zeit lang hatte er das selbst geglaubt, aber seine Reise nach China, wo er für eine Weile in einem Tempel gelebt hatte, und seine Tochter hatten bewiesen, dass er keine eiskalte Tötungsmaschine war.

Im Job allerdings musste er hart sein, nur so konnte er erfolgreich sein.

Am frühen Morgen nach dem Verhör hatte Brandt daher auch zu ihm gesagt: „Sie können gehen."

„Ich bin nicht Ihr Feind. Wir sind auf der gleichen Seite", hatte Walsh geantwortet, als er die Zelle verließ.

„Dann lassen Sie uns unsere Arbeit machen, bevor weitere unschuldige Menschen sterben."

„Erzählen Sie das der Krankenschwester, die sterben musste, weil Sie Ihre Arbeit getan haben", hatte Walsh entgegnet. Er hatte Brandt angesehen, dass er etwas hatte erwidern wollen, doch sein junger Kollege, dieser Aydin, hatte ihn gebremst.

Natürlich verstand er den Idealisten Brandt, aber wie konnte der tatsächlich hoffen, dass Walsh die Hände in den Schoß legen und darauf warten würde, dass die Kölner Polizei die Hintermänner fasste? Er würde nicht zulassen, dass man ihn ein zweites Mal verhaftete. Diesmal hatte er jedoch ihr Spiel mitgespielt, da er nicht riskieren wollte, dass man auch ihn in die Ermittlungen mit einbezog.

Nach seiner Entlassung aus dem Präsidium fuhr Walsh mit dem Taxi zurück in Joes Wohnung. Er brauchte ein paar Sachen. Gefrühstückt hatte er in Untersuchungshaft.

„Mach dir nichts vor. Brandt wird nicht locker lassen", sagte er zu sich selbst, als er die Wohnung betrat.

Er nahm den Laptop und loggte sich ein. Dann öffnete er das hochsichere E-Mail-Programm und war erleichtert, als er die Nachricht seines Schwiegervaters las, dass sie auf dem Weg nach Florida seien. Jetzt würde er nur noch in Erfahrung bringen müssen, ob Bob Wort gehalten hatte, was Joe anging.

Er nahm das Handy, das Bob ihm gegeben hatte, und rief die einzige Nummer an, die auf dem Handy gespeichert war. Das Handy hatte er bewusst die ganze Zeit über in Joes Wohnung gelassen, weil er wusste, dass man ihn damit jederzeit tracken konnte und verfolgen, wo er war. Auch wenn er Bob zugesagt hatte, für ihn zu arbeiten, hieß das nicht, dass er wirklich alles tun würde, was die Agency verlangte.

Der Anruf dauerte keine Minute. Walsh wurde gebeten, nach Griesheim zu kommen. Es war ein unscheinbarer Ort in der Nähe von Darmstadt, wo der Dagger-Komplex lag, ein Stützpunkt der militärischen Nachrichtendienste der USA. Er kannte den Ort aus seiner früheren Agentenzeit nur allzu gut, häufig war er zu Trainingszwecken und zum Informationsaustausch dort gewesen. Die Agency hatte hier eigene Räumlichkeiten, ebenso in Wiesbaden, wo sich das Hauptquartier der US-Heeresführung in Europa befand.

„Schön, Sie zu sehen", begrüßte ihn Tim, der technische Direktor der Agency. Walsh hatte ihn bei einem seiner letzten Aufträge kennengelernt. Tim war so ganz anders als Bob, er schien zur neuen Generation in der Agency zu gehören.

Zu seinem schwarzen Anzug trug er nie eine Krawatte und wirkte dadurch viel entspannter. Walsh schätzte ihn auf um die dreißig. Er war deutlich kleiner als er und die Brille in seinem runden Gesicht ließ ihn in gewisser Weise intellektuell wirken.

„Warum wurde ich gerufen?", fragte Walsh, der keine Zeit für sinnlosen Small Talk hatte, obwohl er Tim mochte.

„Das kann ich Ihnen nicht beantworten. Folgen Sie mir bitte einfach."

„Wieso habe ich bloß keine andere Antwort erwartet", presste Walsh hervor.

„Kann es sein, dass ich einiges an technischem Equipment vermisse? Ich erinnere mich daran, dass ich Ihnen bei der letzten Mission Kontaktlinsen und eine Minidrohne in Form einer Fliege mitgegeben habe."

„Das stand doch in Joes Abschlussbericht, sie wurden im Einsatz beschädigt“, blieb Walsh gelassen. Er wusste, dass Tim nur testen wollte, ob er sich verraten würde, aber diesen Gefallen tat er ihm nicht. „Wissen Sie, ob Joe in ein Militärkrankenhaus gebracht wurde?“

„Keine Sorge, Ihr Freund ist in Sicherheit. Es tut mir sehr leid, was geschehen ist. Ich hoffe, dass er durchkommt und dass Sie die Mistkerle schnappen.“

„Wo liegt er?“

„Soviel ich weiß in Wiesbaden.“ Sie gingen einen Flur entlang und blieben vor einer Tür stehen. „Sie werden erwartet. Ich denke, dass wir uns danach wiedersehen.“

Walsh nickte nur und betrat den Raum. Der Zigarettenrauch, der ihm in die Nase stieg, verriet ihm sofort, wer dort auf ihn wartete. Als er den Mann sah, war er dennoch überrascht.

„Sie?“, rutschte es ihm daher heraus.

„Setzen Sie sich bitte“, antwortete der Mann, ohne von seinem Platz aufzustehen und Walsh die Hand zu geben. Stattdessen nahm er einen Zug von seiner Zigarette.

Walsh nahm ihm gegenüber Platz. Wie so oft, wenn er diesen Mann traf, war der Raum nicht ganz ausgeleuchtet. Es steckte mit Sicherheit eine Taktik dahinter, denn bis heute kannte er seinen Namen nicht. Von Bob wusste er, dass der Mann sehr einflussreich war und zu denen gehörte, die die Agency aufgebaut oder sogar gegründet hatten. Walsh schätzte ihn auf Ende fünfzig, aber er hätte auch älter sein können. Tiefe Falten durchzogen sein Gesicht, das augenscheinlich nie gelernt hatte, zu lachen, es wirkte bestimmt und kühl. Er war etwas kleiner als Walsh, seine kurzen grauen Haare hatte er zu einem strengen Scheitel gekämmt, unablässig rauchte er Zigaretten.

„Haben Sie mich gerufen?“, fragte Walsh.

„Eine andere Frage interessiert Sie doch viel mehr.“

„Ja, warum sind Sie hier?“

Für Walsh ergab das alles keinen Sinn. Noch immer glaubte er, dass Hakim auf einem Rachefeldzug war und Walsh tot sehen wollte. Das Ganze hatte also weder etwas mit der Agency noch mit der nationalen Sicherheit zu tun.

„Wir leben in einer hochexplosiven Zeit. Der kleine dicke Verrückte reizt unseren großen dicken Verrückten bis aufs Äußerste. Wir müssen befürchten, dass einer von ihnen die Nerven verliert und den roten Knopf drückt.“

„Und was hat das mit mir zu tun?“

Der Mann zog an seiner Zigarette und warf Walsh einen hochmütigen Blick zu. Es sollte ihm wohl zeigen, dass der andere hoch über ihm thronte und Walsh gegen ihn nur ein kleiner Junge war, der das Spiel der Könige nicht verstand.

Doch Walsh hatte sich nie für Politik und diese Spielchen interessiert. Er war jemand, der seinem Feind am liebsten direkt in die Augen schaute.

„Es geht um das Gleichgewicht. Das Weltgefüge ist fragil und wenn etwas ins Ungleichgewicht gerät, riskieren wir, dass der Schaden unvorhersehbar wird. Wie bei Dominosteinchen. Sie sind eines dieser Dominosteinchen.“

„Ich verstehe noch immer nicht, worauf Sie hinauswollen“, reagierte Walsh zunehmend gereizt. Die wenigen Treffen mit diesem Mann waren bis jetzt jedes Mal ähnlich verlaufen: Der Raucher hatte nebulöse Andeutungen gemacht, ohne auf den Punkt zu kommen. Walsh wurde nicht aus ihm schlau und er fragte sich, warum der andere sich überhaupt zu jemandem wie ihm herabließ. Schließlich verfügte er augenscheinlich über so viel Macht, wie sie sich Walsh nie zu haben wünschte.

„Ich bin erfreut, dass Sie wieder ein Teil unserer Familie sind ...“

„Nur für diesen Einsatz. Bis ich die Attentäter gefunden habe“, unterbrach Walsh. Der Mann zeigte keine Regung, gelassen zündete er sich eine neue Zigarette an.

Wie kann man nur so viel rauchen?, dachte Walsh.

„Manch einer möchte sein Schicksal einfach nicht akzeptieren.“

„Was hat das mit Schicksal zu tun? Ein durchgeknallter Araber hat meinen Wagen in die Luft gejagt.“

„Ich verstehe Ihre Wut. Haben Sie nicht auch Ihre Eltern durch eine Autobombe verloren?“

„Was hat das mit dem Araber zu tun?“, wurde Walsh wütend.

„Mehr als Sie glauben mögen. Es zeigt, wie verwundbar Sie sind. Sie können Ihre Liebsten nicht schützen, die Agency schon.“

Langsam ging Walsh ein Licht auf.

„Wenn ich für die Agency arbeite, beschützen Sie meine Familie?“

Der Mann nickte nur.

„Und wo war das US-Militär, wo war die Agency, wo waren Sie, als meine Eltern ums Leben kamen? Ich war Ihr loyalster und bester Agent. Wieso konnten Sie meine Eltern nicht beschützen? Mein Vater war ein absolut vertrauenswürdiger und treuer Militärangehöriger“, blaffte Walsh und biss sich auf die Lippen, um nicht die Fassung zu verlieren.

„Ihre Emotionen machen Sie schwach. Sie sind Ihr Damoklesschwert.“ Der Mann zog diesmal etwas länger an seiner Zigarette, ließ sein Gegenüber jedoch nicht aus den Augen. Walsh wäre am liebsten aufgestanden und einfach gegangen.

„Was wollen Sie von mir?“, fragte er stattdessen. Es war Zeit, dem Ganzen ein Ende zu setzen.

„Verbindlichkeit.“

„Verbindlichkeit?“

„Wir sind Ihre Familie.“

„Ich habe eine Familie“, entgegnete Walsh.

Der Raucher antwortete nicht sofort, er rang sich ein Lächeln ab und atmete hörbar ein und aus. „Wir sind für Sie da. Obwohl Sie kein US-Militärangehöriger mehr sind, stehen wir Ihnen zur Seite bei der Suche nach den Tätern …“

„Soweit ich mich erinnere, sind Sie auf mich zugekommen. Ich habe nicht um Ihre Hilfe gebeten“, erwiderte Walsh. Inzwischen bereute er fast, dass er überhaupt auf das Angebot von Bob eingegangen war. Bisher hatte er die Hilfe der Agency nicht in Anspruch genommen. Würde er sie wirklich benötigen?

„Trotzdem haben Sie eingewilligt. Die Welt steht vor dramatischen Veränderungen, von denen die Bevölkerung nichts weiß. Wir müssen uns jetzt positionieren, genau dafür brauchen wir Sie.“

„Ich kann nicht zurück. Das habe ich meiner Frau versprochen.“

„Und doch sind Sie hier. Es steckt einfach in Ihnen. Sie werden den Soldaten in sich nie ablegen können, dieses Feuer brennt unaufhörlich in Ihnen, aus diesem Grund brauchen wir Sie. Zudem sind Sie und Ihre Familie bei uns sicher. Oder kümmern wir uns etwa nicht um Ihren Freund Joe?“

„Wo ist er? Wie geht es ihm?“ In all seiner Wut hatte Walsh seinen besten Freund für einen Augenblick vergessen.

„Er bekommt die bestmögliche medizinische Versorgung, die es gibt.“

„Wie geht es ihm? Wird er überleben?“

„Ich bin kein Mediziner. Aber Sie sollten Vertrauen in unsere Ärzte haben.“

Walsh stand auf. Er wusste nicht, was es noch zu besprechen gäbe. Das Ganze war reine Zeitverschwendung.

„Sie könnten die Speerspitze einer neuen Generation sein, wenn Sie mehr auf Ihren Verstand hören würden“, ließ sich der Raucher erneut vernehmen.

„Ich will die Täter finden, danach sehen Sie mich nie wieder.“

Statt zu antworten, schmunzelte der Mann. „Wir werden uns wiedersehen, das ist sicher.“

Draußen wartete bereits Tim.

„Das Gespräch hätte ich mir schenken können“, knurrte Walsh.

„Sie wissen, wer er ist? Er empfängt nicht jeden und erst recht macht er sich kaum die Mühe, extra für einen ehemaligen Agenten aus Washington nach Deutschland zu reisen.“

„Was wissen Sie über die neue Generation von Agenten?“, fragte Walsh, ohne auf Tims Einwand einzugehen. Vielleicht bekam er aus ihm Informationen heraus, die der Raucher ihm vorenthalten hatte.

„Hat er das Ihnen gegenüber angesprochen?“

„Ja, er will mich in diesem Team.“

„Das ist eine große Ehre. Wie Sie wissen, forschen das US-Militär und die US-Regierung massiv an künstlicher Intelligenz und humaner Robotertechnologie.“

„Baptist“, rutschte es Walsh heraus. Er hatte bei einem seiner vorherigen Aufträge mit einem Mann namens Baptist eine Ausbildung für eine Spezialeinheit absolviert und dort erfahren, dass Baptist nach schweren Verletzungen für viel Geld und mit viel Technologie quasi wieder zum Leben erweckt worden war.

„Genau. Er ist Teil dieses Teams. Sie wären damit das einzige zu hundert Prozent humane Mitglied dieser Truppe.“

„Cybersoldaten?“ Walsh bekam bei dem Gedanken ein mulmiges Gefühl. War das wirklich die Zukunft? Würden die Menschen nach und nach durch Roboter abgelöst, die wie Soldaten und Agenten agierten? War die künstliche Intelligenz bereits so weit?

Er musste an einen Artikel über den Tesla-Gründer Elon Musk denken. Er warnte eindringlich vor der künstlichen Intelligenz und glaubte sogar, dass sie den dritten Weltkrieg auslösen könnte. So weit wollte Walsh nicht gehen, doch einige der Sorgen teilte er schon. Was zum Beispiel, wenn die künstliche Intelligenz irgendwann selbst Entscheidungen träfe – wer würde dann noch die Menschen brauchen, die im Vergleich zu ihr sehr dumm waren? Den Glauben, man könnte der künstlichen Intelligenz einfach den Stecker ziehen, hielt Walsh für naiv.

Allerdings mochte er Baptist. Immer wieder hatte er sich gefragt, was wohl aus ihm geworden war. Dieser Mann, den eine Melancholie umgab, die selbst Walsh das Herz schwer machte. Doch er war nicht Baptist. Er hatte eine Familie, die auf ihn wartete und ihn liebte. Baptists Familie dagegen war brutal ermordet worden, er hatte nichts mehr zu verlieren.

„Was wissen Sie über Dr. Hakim Al-Faray?“, fragte er nun. Er wollte schleunigst los, er hatte genug Zeit hier vergeudet.

„Nicht viel. Er ist wie ein Geist. Wir nehmen an, dass er eine Position beim arabischen Geheimdienst innehat.“

„Warum hat er dann osteuropäische Killer auf den Zeugen und mich gehetzt?“

„Dazu können wir nichts sagen. Da es sich um einen Anschlag in Deutschland handelt und wir keinen terroristischen Hintergrund vermuten …“

„Verdammt. Ich dachte, Sie wären nicht wie der Raucher. Bei dem Anschlag wurde ein amerikanischer Staatsbürger schwer verletzt. Erzählen Sie mir doch keinen Mist“, wurde Walsh laut.

Statt zu antworten, machte Tim nur eine kurze Bewegung mit dem Kopf und Walsh verstand. Er folgte ihm in ein Büro.

„Was ist hier los?“

„Sie haben in ein Wespennest gestochen.“

Walsh wurde aus dieser Andeutung nicht schlau.

„Es gibt Kräfte innerhalb der Agency, die es nicht gutheißen, dass Sie in dem Fall eigenmächtig ermitteln. Sie haben es allein Bob und diesem Raucher zu verdanken, dass man Sie gewähren lässt.“

„Mein Freund liegt im Koma. Was glauben Sie, wie egal mir das ist, was einige alte Säcke in Anzügen denken? Von was für einem Wespennest sprechen Sie überhaupt?“

Tim schien abzuwägen, ob er Walsh an seinem Wissen teilhaben lassen sollte.

„Sie hätten die Männer nicht erschießen dürfen.“

„Die haben versucht, mich zu töten.“

„Dadurch haben Sie alles verschlimmert.“

„Warum?“

„Die beiden waren Agenten des russischen Geheimdienstes.“

„FSB? Was haben die damit zu tun?“

„Vermutlich nichts. Gut möglich, dass sie nebenbei noch etwas dazuverdienen wollten. Trotzdem macht es die Sache kompliziert. Das Verhältnis zu den Russen ist seit Obama sehr schwierig.“

„Mich interessieren diese politischen Querelen nicht. Ich will Hakim.“

„Es hat unsere Spielräume enorm eingeschränkt.“

„Was wissen Sie über Ömer Kilic? Weshalb wollten die Killer ihn töten?“

„Vielleicht hat er etwas gesehen und sollte deswegen kaltgestellt werden.“

Das glaube ich nicht. Er ist mir schon vor dem Anschlag gefolgt, hätte Walsh fast erwidert, stattdessen sagte er: „Hakim hätte doch einen seiner Jungs schicken können. Warum die Russen?“

„Das sollten Sie am besten wissen. Ablenkung. Er möchte alles, was auf ihn hindeuten könnte, umgehen. Trotzdem hat er es bewusst oder unbewusst geschafft, dass wir in einem Dilemma stecken.“

„Wie meinen Sie das?“

„Durch Ihre unüberlegte Handlung, die beiden zu erschießen, haben wir jede Menge Scherben. Das müssen wir den Russen erklären.“

„Das ist nicht mein Problem. Sie hatten es verdient, zu sterben“, schimpfte Walsh.

„Ich bin nicht Ihr Feind. Ich will Ihnen helfen und ich glaube, Sie brauchen uns.“

„Warum?“

„Ich sage nur: Pässe. Soweit ich informiert bin, wurde Hakim zuletzt in Peking gesichtet.“

„In Peking? Sie machen Witze.“

„Ganz und gar nicht. Kommen Sie mit. Ich habe etwas für Sie vorbereitet.“

Durch eine zweite Tür erreichten Sie einen anderen, viel größeren Raum. Walsh kannte ihn. Hier hatte Tim jede Menge technisches Spielzeug herumliegen, das Agenten brauchten.

Tim trat an einen Tisch und griff nach einem schwarzen Koffer.

„Für Sie.“

Walsh öffnete ihn und fand neben technischem Equipment auch einige Ausweise.

„Mit denen können Sie unter falscher Identität in jedes Land der Welt einreisen.“

Walsh nickte, dachte sich jedoch seinen Teil, denn er wusste, dass diese perfekt gefälschten Ausweise der Agency gleichzeitig dazu dienten, ihn zu tracken. Sie würden jederzeit wissen, wo er sich gerade aufhielt. Joe hätte ihm Pässe besorgen können, die der Agency nicht erlaubt hätten, seinen Standort zu verfolgen, überlegte Walsh grimmig.

„Was ist das?“

„Mein neuestes Baby. Das können Sie im Handgepäck mitnehmen. Sieht aus wie ein Mundspray, aber wenn Sie es auf jemanden richten, verliert die Person für wenige Minuten das Bewusstsein. Das hier dürfte Ihnen auch gefallen. Ein Stahlbetonkiller.“

„Das kleine Ding?“ Walsh schaute es sich genauer an. Es sah aus wie ein kleines Fernrohr.

„Genau das. Wir haben es geschafft, die Wirkung der Geschosse um ein Vielfaches zu erhöhen.“

Tim erklärte ihm noch die anderen Sachen, die in dem Koffer waren, dann klappte Walsh den Deckel zu.

„Danke.“

„Danken Sie Bob. Er hält große Stücke auf Sie.“

Walsh nickte nur und verließ mit Tim den Raum und schließlich das Gebäude.

„Bitte versuchen Sie, keinen diplomatischen Streit auszulösen.“

„Ich will nur Hakim.“ Walsh gab ihm die Hand zum Abschied und fuhr zurück nach Köln.

Auf der Fahrt schossen ihm viele Fragen durch den Kopf. Er wollte Tim glauben, aber konnte er das wirklich? War Hakim so einflussreich, dass er russische Agenten für sich arbeiten lassen konnte?

Und warum wollten sie den Zeugen töten?

Walsh konnte und wollte nicht glauben, dass Kilic ein einfacher Zeuge war. Er hatte mit dem Anschlag direkt etwas zu tun gehabt, doch leider war er ermordet worden, bevor er etwas hatte ausplaudern können. Blieb nur Ali

Haddadi, der Shishalounge-Besitzer, Walsh hoffte, dass er neue Informationen für ihn hatte. Gleichzeitig juckte es ihn in den Fingern, zum Frankfurter Flughafen zu fahren, um nach Peking zu fliegen.

„Nein, das macht keinen Sinn. Wo soll Hakim in Peking sein? Vielleicht hat die Agency diese Fährte absichtlich gelegt in der Hoffnung, dass ich sofort hinfliege, weil sie mich für eine Weile außer Gefecht setzen wollen, damit sich die Wogen beim FSB glätten“, überlegte er laut. „Du kannst niemandem vertrauen.“

Er fuhr von der Autobahn ab und steuerte Richtung Kalk. Die Shishalounge lag auf der Kalk-Mülheimer Straße. In den letzten Jahren waren diese Bars wie Pilze aus dem Boden geschossen und zu Walshs Verwunderung erfreuten sie sich großer Beliebtheit. Dabei war Shisharauchen viel schädlicher als Zigaretterauchen. Aber anscheinend mochten es die Menschen, ihre Gesundheit zu gefährden.

Er parkte in der Nähe der Shishalounge, die restlichen Meter würde er zu Fuß gehen. Als er an einem Internetcafé vorbeikam, hatte er plötzlich eine Idee.

Er betrat das Café und fragte nach einem freien Platz. Da nur ein Computer besetzt war, hatte er freie Auswahl.

Er setzte sich an einen PC, öffnete Google und meldete sich bei einem Anbieter kostenloser E-Mail-Adressen an. Dann holte er eine Visitenkarte aus der Tasche und schrieb eine E-Mail.

Kapitel 14

„Was habt ihr euch eigentlich dabei gedacht, ihn zu verhaften?“, fragte Bender wütend.

„Du hattest es uns aufgetragen“, erwiderte Brandt sichtlich genervt.

„Habe ich das? Ich habe euch nur gesagt, dass ihr ihn aufsuchen sollt, aber doch nicht gleich verhaften. Auf welche Beweise habt ihr euch gestützt, um ihn in Untersuchungshaft zu behalten?“ Bender schüttelte verärgert den Kopf, dann wanderte ihr Blick kurz zur Uhr. „Wir sehen uns in der Besprechung.“

„Die ist echt übel drauf“, kommentierte Aydin die Situation.

„Du hättest auch ruhig deinen Mund aufmachen können“, zischte Brandt und ging ebenfalls Richtung Besprechungsraum, allerdings mit Abstand zu Bender.

„Was hätte ich denn sagen sollen? Sonst willst du immer, dass ich meinen Mund halte.“

Brandt wusste, worauf sein jüngerer Kollege anspielte, ignorierte den Vorwurf jedoch, da er fürchtete, dass es zu einem Streit kommen würde. Den konnte er gerade gar nicht gebrauchen.

Als sie den Besprechungsraum betraten, waren die Kollegen bereits zugegen.

„Der Fall gleitet uns aus den Händen“, begann Bender das Meeting. „Gestern Nacht wurden vier weitere Personen ermordet. Das Präsidium ist mehr als besorgt, dass wir nicht fähig sind, professionell zu ermitteln geschweige denn den Fall überhaupt zu lösen.“ Ihr Blick wanderte zu Brandt, der schaute sofort weg. Aus dem

Augenwinkel sah er das Schmunzeln von Kramer, was ihn nur noch wütender machte.

„Ich will es kurz machen. Rech, einen knappen Statusbericht zu den Morden bitte."

„Wie ihr hoffentlich meinem Bericht entnehmen konntet, wurden gestern Nacht der Zeuge Ömer Kilic und die Krankenschwester Manuela Fröhlich aus nächster Nähe erschossen", begann Rech und schilderte die Ereignisse der vergangenen Nacht aus Sicht der Spurensicherung. „Auf dem Parkplatz der Uniklinik wurde eine männliche Leiche gefunden, zu deren Identität wir derzeit leider nichts sagen können, da der Mann keine Papiere bei sich hatte und die Polizeidatenbank nichts ausgespuckt hat. Fischer hat sich der Sache angenommen. Wir gehen davon aus, dass es sich bei der männlichen Leiche um den Mörder von Kilic und Fröhlich handelt."

Fischer nickte nur.

„Wissen wir denn mit Sicherheit, dass die Person der Mörder ist?", fragte Kramer.

„So gut wie. Die vorläufigen Ergebnisse lassen den Schluss zu, dass die beiden Personen in der Klinik mit der gefundenen Waffe erschossen wurden. Die Munition entspricht der bei dem Toten gefundenen Waffe, dazu mehr im Bericht. Das vierte Opfer haben wir im Waldnaturschutzgebiet Knechtsteden gefunden, nachdem eine WhatsApp-Nachricht auf dem Handy der ersten männlichen Leiche einging."

„Hat die Handyauswertung schon etwas ergeben?", fragte Brandt.

„Da ist auch Fischer dran", antwortete Rech. „Angaben zu den äußeren Merkmalen der beiden Leichen findet ihr im Bericht. Beide Männer wurden aus kurzer Distanz erschossen. Wir haben im Waldgebiet einige Schuh- und Reifenspuren entdecken können. Aufgrund der Wetterverhältnisse weiß ich leider nicht, wie verwertbar sie sind und vor allem, ob sie von dem Mörder oder von Spaziergängern stammen. Dennoch versuchen wir im Labor unser Bestes."

„Wir wissen doch längst, wer sie kaltgemacht hat. Und wenn ihr mich fragt, ich weine den beiden Killern keine Träne nach. Wir sollten diesem Walsh sogar danken. Diese Männer werden keine Unschuldigen mehr töten", sagte Schmoll. Ihre Augen funkelten.

„Solange wir es nicht beweisen können, ist es nur eine Annahme, verehrte Kollegin. Und wir bei der Polizei sollten mit Annahmen sehr vorsichtig sein und erst recht mit solchen Gedanken. Selbstjustiz hat in einem Rechtsstaat nichts zu suchen", erwiderte Kramer mit einem überheblichen Lächeln.

„Was hast du noch?", fragte Bender, um den kleinen Schlagabtausch zu beenden.

„Alles andere steht im Bericht."

„Fischer, was hast du für uns?"

„Ich fürchte, nicht viel mehr, als in meinem Bericht steht. In den Aufzeichnungen der Überwachungskameras, die an den Eingängen des Krankenhauses angebracht sind, konnte ich zwei Personen ausmachen, die das Gebäude heimlich betreten haben. Einer von ihnen ist mit Sicherheit der Mörder von Kilic und Fröhlich. Auch wenn man sein Gesicht nicht erkennt, konnten wir ihn anhand der Statur und Kleidung eindeutig identifizieren. Die zweite Person konnten wir leider nicht identifizieren, da sie ihr Gesicht von der Kamera weggedreht hält. Durch die unförmige schwarze Jacke ist es schwer, auf die Statur der zweiten Person zu schließen. Allerdings ist sie deutlich über einen Meter achtzig groß. Fotos findet ihr als Ausdruck auf dem Tisch."

Brandt warf einen Blick darauf. Man konnte kein Gesicht erkennen, trotzdem sah man, dass es sich um eine kräftige oder trainierte Person handelte. Ein Käppi verdeckte das Gesicht.

Alles in ihm sagte, dass es Walsh war, nur konnte er es nicht beweisen.

„Was ist mit den Kameras auf den Stationen?"

„Das ist leider ein Problem."

„Warum?", fragte Bender.

„Nun, die Sparmaßnahmen haben das Krankenhaus gezwungen, eine Investition in die komplette Überwachung zu verschieben. Die alte Kameraanlage auf den Stationen ist seit einem Jahr außer Betrieb, weil defekt. Die Kameras sind nur noch Dummies."

Brandt schüttelte den Kopf. Er konnte einfach nicht verstehen, warum der Staat immer am falschen Ende sparte. Seit Jahren wurde auch bei der Polizei gespart, Kollegen wurden gekündigt, Neueinstellungen verschoben, dabei wusste jeder, dass die Aufgaben und Herausforderungen, denen sich die Polizei gegenübersah, nicht weniger, sondern mehr wurden. Nicht anders war es im Gesundheitssystem.

„Was hat die Handyauswertung ergeben?"

„Weniger als erhofft. Bei den Verträgen handelt es sich um polnische Prepaid-Tarife. Wir haben von den polnischen Kollegen Hilfe erbeten, ob das allerdings von Erfolg gekrönt sein wird, kann ich nicht versprechen."

„Was ist mit der Auswertung der öffentlichen Kameras und der Handyvideos von den Zeugen des Anschlags?", fragte Brandt.

„Leider auch nicht viel. Das wird noch etwas Zeit in Anspruch nehmen. Ich bin gerade dabei, die Herkunft des Sprengstoffes zu finden. Vielleicht habe ich eine Spur."

„Was ist mit diesem Verein?", fragte Aydin.

„Der Verein scheint sauber zu sein. Er wird finanziell von Rebrov unterstützt und hat keine eigenen Einnahmen, viele der Angestellten arbeiten dort ehrenamtlich. Bisher konnte ich dank des BND herausfinden, dass Kilic größere Geldsummen erhalten hat, weil er finanziell am Ende war."

„Was ist mit Rebrov?", wollte Brandt wissen.

„Auch er scheint mehr oder weniger sauber zu sein. Ich habe jedenfalls nichts, was auf mafiose Strukturen schließen lässt. Vielleicht kann mein Kontakt beim BND ein paar Informationen zu ihm beisteuern."

„Dann sollten wir den Verein etwas genauer unter die Lupe nehmen", sagte Bender und warf Aydin und Brandt einen kurzen Blick zu. „Hast du noch was?"

„Nichts, was nicht im Bericht steht."

„Danke. Schmoll, hast du etwas?"

„Leider nein."

„Nur zur Information: Brandt und Aydin haben gestern Nacht Peter Walsh verhaftet. Da es aber keine Beweise gegen ihn gibt, wurde er heute Morgen wieder entlassen. Zukünftig möchte ich vor jeder Verhaftung informiert werden. Habe ich mich deutlich genug ausgedrückt?"

Kramers Grinsen war nicht zu übersehen. Er hob seine Brust und schien es richtig zu genießen, dass Brandt und Aydin einen Einlauf vor versammelter Mannschaft bekamen. Brandt tobte innerlich, blieb äußerlich jedoch völlig ruhig.

„Wir sehen uns dann morgen früh um neun zur nächsten Besprechung, es sei denn, die Ereignisse erfordern ein vorheriges persönliches Treffen.“ Mit diesen Worten stand Bender auf und signalisierte ihnen, dass die Sitzung beendet war.

Brandt und Aydin verließen als Letzte den Raum. Sie gingen zu ihrem Dienstwagen und Brandt fuhr in Richtung Dieselstraße, wo Rebrovs Verein seine Räumlichkeiten hatte.

„Irgendwann werde ich Kramer verprügeln“, versuchte Brandt sich den Frust von der Seele zu sprechen.

„Ich verstehe auch nicht, wie man sich so daran aufgeilen kann, wenn die Kollegen Beef bekommen.“

„Beef?“

„Wie nennst du das denn, was Bender mit uns gemacht hat?“

„Seit wann sagst du Beef? Habe ich von dir noch nie gehört. Wieso sagst du nicht einfach, dass sie uns bloßgestellt hat?“

„Keine Ahnung, ab und an sag ich das halt. Du musst deinen Frust jetzt nicht an mir auslassen.“

„Tu ich doch gar nicht“, versuchte Brandt zu beschwichtigen, dabei wusste er, dass Aydin recht hatte, zugeben konnte und wollte er das aber nicht.

Sie parkten den Wagen vor dem Verein und gingen in das Gebäude, die Räumlichkeiten lagen im ersten Stock.

Einige Jugendliche lungerten bereits vor dem Eingang und warfen den beiden Beamten einen kritischen Blick zu, als sie den Flur betraten.

Brandt vernahm laute Stimmen, wie es schien, stritten sich zwei Personen.

Mit schnellen Schritten eilte er in Richtung des Streites. Er glaubte, einzelne Worte zu verstehen, dann hörte er, wie jemand laut rief: „Ich will mein Geld, sonst …“

Kapitel 15

„Soll sich Brandt mit dem FSB rumschlagen“, murmelte Walsh, als er das Internetcafé verließ. Brandt und Aydin hatten ihm beim Verhör ihre Visitenkarten gegeben, an ihre E-Mail-Adressen hatte er eben seine Informationen weitergegeben. Da es sich um einen anonymen E-Mail-Account handelte, konnten sie ihn unmöglich zurückverfolgen.

Er betrat die Shishalounge und suchte sich einen Platz relativ weit hinten. Die Lounge ähnelte den vielen anderen, die es hier in Kalk und in ganz Köln gab. Da um diese Zeit kaum Besucher da waren, stank der Raum noch nicht nach Rauch, was Walsh sehr begrüßte.

„Hallo. Weißt du schon, was du willst?“, fragte ihn ein Mitarbeiter.

„Überrasch mich. Und kannst du mir bitte eine Flasche stilles Wasser bringen?“

„Welche Geschmacksrichtung magst du denn?“, erkundigte sich der junge Mitarbeiter. Er wirkte etwas unsicher.

„Apfel, Melone, irgendwas Fruchtiges. Hauptsache, ich komme ein bisschen runter.“

„Verstehe, Stress mit der Frau?“ Der Blick des Mannes wanderte zu Walshs Ehering.

„Mehr oder weniger“, antwortete er und ärgerte sich über sich selbst, hatte er den Ring doch ablegen wollen. „Bring mir einfach Apfel. Und das Wasser bitte nicht vergessen.“

„Gut.“ Der Mitarbeiter ging zum Tresen.

Walsh schaute sich in der Lounge um. Es waren fast ausschließlich Südländer anwesend, da er ebenfalls südländisch aussah, fiel er nicht auf.

Seinem Aussehen war es im Übrigen zu verdanken, dass er häufig Aufträge im Nahen Osten für die Agency angenommen hatte. Er hatte sich immer unter das Volk mischen können, ohne Verdacht zu erregen. Außerdem beherrschte er mehrere Sprachen fließend, darunter Türkisch und Arabisch, was in diesen Kreisen nicht verkehrt war.

Der Mitarbeiter brachte die Shisha und das Wasser. Walsh nahm einen Zug und ließ seinen Blick weiter durch den Raum wandern. Hinter dem Tresen standen zwei Männer, aber keiner hatte Ähnlichkeit mit diesem Ali Haddadi.

Was, wenn Haddadi anders aussieht oder Andrej ihn gewarnt hat?, meldete sich ein kritischer Gedanke.

Nein, das konnte nicht sein, so eine schlechte Menschenkenntnis hatte er nun auch nicht. Also übte er sich in Geduld. Immer wieder nahm er einen Zug von der Shisha und trank sein Wasser.

„Und, schmeckt es?“, fragte der Mitarbeiter.

„Ja.“

„Möchtest du noch was?“

„Gerade nicht. Nachher vielleicht.“

Der Mitarbeiter entfernte sich und bediente andere Gäste. Dann öffnete sich die Tür und drei Männer traten ein. Sie warfen Walsh einen kurzen Blick zu, einer grüßte freundlich.

Es war Ali!

Andrej hatte nicht gelogen. Ali war größer und korpulenter als Walsh und trug eine Glatze. Unter seinem Mantel lugte ein Hemd hervor. Er wirkte umgänglich und gepflegt, begrüßte einige der Gäste und man merkte, dass ihm dieser Small Talk sehr wichtig zu sein schien.

Er ging mit den drei Männern hinter den Tresen und verschwand in einem Nebenraum.

Am liebsten wäre Walsh einfach aufgestanden und hätte sich Ali geschnappt, um die Wahrheit aus ihm herauszuprügeln, doch er blieb ruhig sitzen, zog weiter an der Shisha und trank sein Wasser. Kurze Zeit später sah er, wie Ali mit zwei Männern die Treppe nach unten ging. Walsh fragte sich, was sich dort befand. Vielleicht waren die beiden Männer Angestellte und unten war das Lager.

„Und, möchtest du noch was?", erkundigte sich der Mitarbeiter.

„Bring mir bitte noch ein Wasser. Echt schöne Lounge, Bruder."

„Danke, *habibi*. Mein Bruder hat ein gutes Auge für Details", antwortete er.

„Dein Bruder? Gehört euch beiden der Laden?"

„Ja, meinem Bruder Ali, der eben reingekommen ist, gehört der Laden. Ich arbeite für ihn. Aber du weißt ja, Familie und so."

„Verstehe."

„Kommst du aus Köln?"

„Nein, aus Mannheim", log Walsh. Dass der junge Mann der Bruder war, kam ihm sehr gelegen, er wirkte ganz anders als Ali. Klein, schmächtig und smart. „Wie heißt du?"

„Roda."

„Bist du Libanese?"

„Ja, warum?"

„Hört man heraus. Ich habe einige Jahre im Libanon gelebt. Schönes Land."

„Schönstes Land der Welt. Warst du schon mal in Beirut?"

„Was für eine Frage, natürlich", versuchte Walsh, etwas Nähe vorzugaukeln. Er war tatsächlich nicht nur einmal in Beirut gewesen, allerdings immer im Auftrag der Agency. Nicht jeder Libanese würde gutheißen, was er dort getan hatte. Dinge, über die Walsh nicht gerne sprach. „Beirut ist eine der schönsten Städte der Welt."

„Es ist die schönste Stadt, *habibi*. Ich vermisse meine Heimat."

„Bist du nicht hier geboren?"

„Doch, aber wie kann dieses kalte Land meine Heimat sein? Die Menschen hier sind egoistisch, sie haben kein Herz und schauen auf uns wie auf Tiere."

„Nicht alle, Roda. Es gibt sehr viele gute Deutsche."

„Die Deutschen sind einfach Nazis."

„Wann warst du denn das letzte Mal in Beirut?", fragte Walsh, da er sich nicht auf eine derartige Diskussion einlassen wollte, schließlich dachte er ganz und gar nicht wie Roda.

Seine Mutter war Deutsche und er hatte Melanie hier kennengelernt. Seine Tochter hatte neben der US-Staatsbürgerschaft auch die deutsche. Wie konnte er da auf Deutschland schimpfen? Die Menschen machten es sich zu leicht, indem sie glaubten, dass sich durch Herumnörgeln irgendetwas ändern würde. Bevor man auf andere schimpfte, sollte man sich fragen, was im eigenen

Leben schieflief, und dann versuchen, den Karren selbst aus dem Dreck zu ziehen. Aber andere für die eigenen Fehler verantwortlich machen, war nun mal bequemer. Eine ehrliche und kritische Auseinandersetzung mit sich selbst war verdammt schwer.

„Ich war vor vier Jahren da."

„Wie lange?"

„Zwei Wochen, mit meinem Bruder."

Walsh hatte mit keiner anderen Antwort gerechnet. Roda kannte den Libanon nicht so, wie er wirklich war, sondern nur als Tourist. Wie beschwerlich das Leben dort war, konnte er gar nicht einschätzen, daher wusste er nicht, wie gut es ihm in Deutschland ging.

Wieder einmal dachte Walsh darüber nach, dass Integration keine Einbahnstraße war.

„Sehr schön. Ich vermisse Beirut."

„Glaub ich dir. Woher kommst du?"

„Aus Ankara. Ich heiße Can." Walsh reichte ihm die Hand.

„Hab ich mir fast gedacht, dass du Türke bist", antwortete Roda. „Du vermisst deine Heimat bestimmt auch, oder?"

„Klar. Unsere Gastfreundschaft findest du hier nicht. Ankara ist super. Warst du schon mal da?"

„Leider nicht. Aber mein bester Freund ist Türke, wir wollen nächstes Jahr nach Istanbul. Ich bewundere Erdogan. Er hat die Türkei wieder groß gemacht. So jemanden bräuchten wir auch im Libanon."

„*Inshallah*", antwortete Walsh und hielt die rechte Hand aufs Herz, was Roda offensichtlich schwer beeindruckte, denn seine Augen leuchteten auf.

Dass Walsh Erdogan für einen kranken Diktator hielt, behielt er in diesem Moment lieber für sich.

„*Inshallah*."

„Arbeitet dein Bruder gar nicht richtig mit hier?"

„Na ja, unter uns: Er macht gerne einen auf Chef."

Walsh lachte auf. „So sind ältere Brüder halt. Hilft er überhaupt nicht? Er ist doch gerade hier."

„Ja, um die Gäste zu begrüßen, jetzt ist er unten im VIP-Bereich und raucht Shisha mit seinen Freunden."

Walsh hörte jede Menge Frust in Rodas Stimme. Vielleicht war er auch neidisch, weil er lieber wie sein Bruder angeben wollte, anstatt zu arbeiten. Aber wie so oft in südländischen Familien konnten die Familienbande eine zweischneidige Angelegenheit sein.

Nicht selten arbeitete die Familie zusammen in einem Betrieb, allerdings kassierte nur der Vater oder, wie in diesem Fall, der ältere Bruder das Geld und hielt den Rest der Familie kurz.

„Du bist jung und scheinst ehrgeizig zu sein. Wenn du so weitermachst, hast du, *Inshallah*, bald deine eigene Shishalounge."

„*Inshallah*, *habibi*."

„Wo sind eigentlich die Toiletten?"

„Unten, einfach die Treppe runter."

„Danke", antwortete Walsh und stand auf, um hinunterzugehen. Natürlich musste er nicht zur Toilette, aber es kam ihm sehr gelegen, dass er nun einen Vorwand hatte, Richtung VIP-Lounge zu gehen.

In dem Kellergang konnte er auf der linken Seite einen Vorhang erkennen, der augenscheinlich den VIP-Bereich abtrennte. Kurz blieb er davor stehen und lauschte. Drei

Männerstimmen waren zu hören. Er folgte dem Gang und schaute sich um. Am Ende war eine Tür, sie war verschlossen. Da sie, im Gegensatz zu den anderen Türen, aus Metall war, nahm Walsh an, dass sie nach draußen führte. Vielleicht zu einer Tiefgarage. Eigentlich hatte er nun zurück zu dem Vorhang gehen wollen, doch ein Mann kam ihm entgegen, sodass er das Herren-WC betrat. Der Mann kam ihm nach. Walsh schloss sich in einer Kabine ein und wartete, bis er im Vorraum den Wasserhahn plätschern hörte. Warum es immer noch Männer gab, die sich nach dem Toilettenbesuch nicht die Hände wuschen, war ihm bis heute ein Rätsel. Wie könnten Männer so eklig sein?

Der Wasserstrahl verstummte, dann hörte er Papier rascheln und kurz darauf die Tür zuklappen. Leise trat er wieder auf den Gang und näherte sich dem VIP-Raum. Vor dem Vorhang blieb er stehen und lauschte.

Die gleichen Stimmen!

Walsh zögerte keine Sekunde und trat ein.

„Was machst du hier?“, fragte ihn der Mann, der neben Ali saß.

„Ich wollte mich nur umschauen“, antwortete Walsh ruhig. Seine Hand ruhte in der Jackentasche, in der seine Waffe steckte.

„Du kannst dich hier nicht umschauen. Das ist der VIP-Bereich. Hier geht es nur mit Reservierung.“

„Wusste ich nicht. Bin das erste Mal hier. Echt schöne Lounge.“

„Danke. Der VIP-Bereich ist erst heute Abend offen. Du kannst gerne oben einen Tisch reservieren“, sagte nun Ali.

Er wirkte deutlich entspannter als sein Kumpel, der Walsh gleich angefahren hatte.

„Ich denke nicht“, beendete Walsh das Spiel und trat einen Schritt auf die Gruppe zu. Gleichzeitig zog er die Waffe und richtete sie auf Ali. „Keine Dummheiten, sonst puste ich euch alle um.“

„Spinnst du?“, brüllte der junge Mann rechts von Ali. Er war genauso groß wie der Besitzer, aber sehr durchtrainiert.

„Ganz und gar nicht. Ihr interessiert mich auch nicht. Ich will nur mit Ali sprechen.“

„Warum?“ Die Männer schienen wenig beeindruckt davon, dass Walsh eine Waffe auf sie gerichtet hielt. Es sagte ihm, dass sie nicht das erste Mal eine Auseinandersetzung hatten.

„Ihr habt wirklich keine Ahnung, wer ich bin.“

„Und du hast keine Ahnung, wer wir sind. Wenn du dich mit uns anlegst, legst du dich mit vierhundert unserer Brüder an. Verpiss dich, bevor ich mich vergesse. Das ist hier kein Kindergarten.“

Walsh schüttelte nur den Kopf. Die Männer gehörten vermutlich irgendeiner Bikergruppe an, die weite Teile der Partyszene beherrschte. Doch sie konnten noch so cool sein und eine Menge Leute auf ihrer Seite haben, sie hatten keine Chance gegen ihn. Ruhig steckte er die Waffe weg.

„Endlich hast du begriffen. Ich will dich hier nie wieder sehen“, sagte Ali und seine Augen wurden schmal.

Aber Walsh dachte gar nicht daran, zu gehen. Mit einem schnellen Schwung des rechten Beins traf er den Riesen neben Ali mit dem Fuß an der Schläfe. Er ging sofort zu

Boden. Bevor der andere reagieren konnte, setzte Walsh ihn mit einem weiteren Tritt k. o.

Dann zog er erneut seine Waffe.

„Glaubst du noch immer, dass ich scherze? Mitkommen."

Ali schien verunsichert. Seine Freunde regten sich nicht. Diese Tatsache hatte offensichtlich mächtig Eindruck gemacht, sodass er antwortete: „Was willst du von mir?"

„Mitkommen! Ich wiederhole mich nicht."

Ali stand auf und Walsh trieb ihn vor sich her zur Tür am Ende des Flurs.

„Aufmachen", forderte er.

„Ich habe keinen Schlüssel."

Ohne zu zögern, schlug Walsh ihm mit dem Griff der Waffe gegen den Kopf.

„Bist du verrückt?", brüllte Ali und hielt sich die Hand an die schmerzende Stelle. „Ich mach dich fertig."

„Ich sage das kein zweites Mal. Und wenn du noch mal schreist wie ein Mädchen, erschieße ich dich. Jetzt öffne die verdammte Tür."

„Worum geht es dir? Um Geld?"

Diesmal drückte Walsh blitzschnell auf eine Stelle an Alis Schulter. „Du wirst es nicht wissen, aber der menschliche Körper ist von Triggerpunkten durchzogen und wenn man mit dem richtigen Griff einen dieser Punkte erwischt, ist man gelähmt wie du gerade."

„Ist ja gut. Lass diesen Kung-Fu-Scheiß. Ich mach die Tür auf", flehte Ali.

Walshs Gedanken gingen kurz nach China, zu dem Tempel, in dem er für eine Weile gelebt hatte und wo er einen alten Meister getroffen hatte, der ihm noch immer sehr viel bedeutete.

Er drückte erneut auf die Stelle an Alis Schulter. Jetzt konnte er sich wieder bewegen. Hastig nahm er einen Schlüsselbund aus der Tasche und öffnete die Tür.

Wie Walsh angenommen hatte, lag dahinter die Tiefgarage.

„Wo ist dein Auto?“, fragte er.

„Hör zu, du kannst mein Auto haben. Hier sind die Schlüssel.“

„Ein Ferrari? Verdient man so viel mit der Shishalounge oder machst du nebenbei krumme Geschäfte?“, zischte Walsh, wobei es alles andere als eine ernst gemeinte Frage war.

„Wir sind doch Brüder. Leute wie dich können wir gut gebrauchen“, schien Ali noch immer zu versuchen, Walsh auf seine Seite zu ziehen.

Walsh antwortete nicht, sondern schob Ali weiter zu dem Ferrari.

„Du fährst“, sagte er und achtete darauf, dass Ali keine Dummheiten machte, als er einstieg. Er selbst nahm gleichzeitig auf dem Beifahrersitz Platz.

„Wohin fahren wir?“

„Dahin, wo wir ungestört reden können.“

Ali startete den Motor und verließ die Tiefgarage. Walsh hielt ihm weiterhin die Waffe an den Kopf, damit er auf keine dummen Gedanken kam, während er ihn zu seinem Ziel navigierte.

„Ich weiß nicht, was das hier soll. Ich habe keinen Krieg mit niemandem. Die Fronten sind doch klar.“

„Welche Fronten?“

„Wir kontrollieren nur die Gebiete um Kalk und Mülheim und mischen uns nicht in die Angelegenheiten von anderen.“

„Du hast es noch immer nicht kapiert, oder? Es geht hier nicht um irgendwelche Revierkämpfe. Mich interessiert nicht, welcher Gruppe du angehörst und ebenso wenig, ob du deren Kopf bist.“

„Das sollte dich aber interessieren. Schon bald werden Mohamed und Ahmed die Jungs zusammentrommeln und dir gehörig den Arsch versohlen.“

Walsh schenkte Ali nur ein abfälliges Lächeln. Er konnte diese Möchtegernrambos, die Mitglied in solchen kriminellen Vereinigungen waren, nicht ernst nehmen. Sie waren in keiner Weise militärisch ausgebildet und konnten lediglich mit Waffen oder ihren testosterongepushten Körpern beeindrucken. Das mochte die zivile Bevölkerung einschüchtern, allerdings nicht jemanden wie ihn.

„Die nächste rechts“, sagte Walsh.

„Du machst einen großen Fehler, Bruder.“

„Ich bin nicht dein Bruder. Aber du solltest dich schämen. Statt ein gutes Vorbild für Roda zu sein, machst du einen auf Gangster. Haben dich deine Eltern so erzogen?“

„Lass meine Eltern aus dem Spiel.“

„Wusste ich’s doch. Und trotzdem tust du es. Du bringst große Schande über deine Familie. Glaubst, du wärst wer mit diesem ganzen Gangsterscheiß. Dabei bist du nur eine Witzfigur.“

„Leg die Waffe weg, dann zeig ich dir, ob ich eine Witzfigur bin. Ich mache seit zehn Jahren Thai-Boxen.“

Walsh lachte. „Und das macht dich zu einer großen Nummer?“

„Leg die Waffe weg, dann zeig ich's dir. Du hast meine Jungs hinterhältig überrascht."

„Da hinten kannst du anhalten", sagte Walsh ungerührt und zeigte auf einen Parkplatz, von dem er wusste, dass hier selten jemand vorbeikam. Er hatte sich dort schon öfter mit Informanten getroffen, wenn er Herrschaften mit einem besonders sensiblen Hintergrund zu beschützen hatte.

Ali stieg aus, Walsh ebenfalls.

„Was jetzt?"

„Jetzt kannst du mir zeigen, was für ein Held du bist", antwortete Walsh und legte seine Waffe auf den Boden.

„Du verarschst mich doch? Willst du mich nicht erschießen?"

„Wenn ich das gewollt hätte, wärst du längst tot. Zeig mir deine Thai-Box-Künste."

Ali machte einen Schritt auf Walsh zu. Sein Blick ging immer wieder zur Waffe auf dem Boden.

„Zeig mir, was für ein Hengst du bist."

„Ich mach dich kaputt", rief Ali und trat einen weiteren Schritt auf ihn zu. Walsh wusste, bevor Ali auch nur sein Bein anhob, was kommen würde. Sein Plan war leicht vorherzusehen.

Walsh machte einen Schritt zur Seite und schlug seinem Gegner mit der Faust auf die Schulter. Dieser schrie auf, ging aber noch nicht zu Boden. Er drehte sich blitzschnell um und versuchte, Walsh mit einem Faustschlag zu erwischen. Doch wieder war Walsh schneller, er duckte sich nach rechts und boxte Ali in den Bauch.

„Mehr hast du nicht drauf?", brüllte Walsh und wartete gar nicht erst ab, dass Ali einen erneuten Angriff startete.

Er vollzog eine Rechtsdrehung und trat gegen Alis Schulter. Von dem harten Tritt überrascht, fiel er wie ein nasser Sack zu Boden.

„Und jetzt reden wir", sagte Walsh, hob die Waffe auf und richtete sie auf ihn.

„Wer bist du?", fragte Ali. Er war sichtlich gezeichnet, seine Lippen bluteten, was wahrscheinlich dem Aufprall auf dem Boden zuzuschreiben war, denn Walsh hatte ihn nicht absichtlich im Gesicht getroffen.

„Ich bin dein Engel. Wenn du mir die Wahrheit sagst, wirst du leben, wenn nicht, bin ich dein Todesengel."

Ali hustete und spuckte Blut, dennoch versuchte er, wieder auf die Beine zu kommen.

„Was willst du von mir?"

„Was sagen dir die Namen Robert und Lukasz?"

„Kenne ich nicht."

Noch bevor Ali den Satz zu Ende gesprochen hatte, trat Walsh mit dem rechten Fuß gegen sein linkes Knie, Ali sackte mit einem Schrei auf die Knie.

„Was weißt du über die beiden Männer?", wiederholte Walsh seine Frage. Andrej, den Vermittler, wollte er vorerst nicht erwähnen.

„Keine Ahnung, ich kenne …"

Diesmal schlug Walsh mit der Faust gegen Alis rechte Wange. Dieser wollte den Schlag mit den Händen abwehren, doch Walsh war schneller. Er hörte, wie Knochen knirschten. Ali wankte, schrie und spuckte Blut aus, dabei fielen zwei Zähne zu Boden.

„Du allein entscheidest, wie das hier weitergeht. Ich werde dich töten, ohne mit der Wimper zu zucken. Dein erbärmliches Leben interessiert mich genauso wenig wie deine Gang. Ich habe schon aus weitaus geringeren Anlässen Menschen getötet, die dich zehnmal in die Tasche stecken würden. Die Spielregeln sind sehr einfach. Aber anscheinend bist du selbst dafür zu dämlich. Also, ich stelle die Fragen und du antwortest mit der Wahrheit, wenn nicht, musst du die Konsequenzen hinnehmen. Ist das klar?“

Walsh zog ihn hoch. Ali nickte nur.

„Gut, also noch mal von vorne. Sagen dir die Namen Lukasz und Robert etwas?“

„Ich kenne diese Namen nicht, ich schwöre bei Allah, Bruder“, bettelte Ali. Er konnte sich kaum mehr auf den Beinen halten.

Walsh wollte ihm einen weiteren Faustschlag verpassen, doch er überlegte es sich anders. Stattdessen nahm er sein Handy, öffnete ein Foto von Robert und zeigte es Ali.

„Kennst du diesen Mann?“

Alis Blick verriet ihn, trotzdem wartete Walsh ab, er wollte es von ihm hören. Schließlich würde das darüber entscheiden, ob er ihn am Leben lassen würde oder nicht.

„Ja, ich kenne ihn. Was hat er mit dir zu tun?“

„Er hat Ömer Kilic, einen Zeugen, auf dem Gewissen und er hat versucht, mich zu töten, aber das ist gründlich in die Hose gegangen. Hast du ihnen den Auftrag gegeben?“

„Das Einzige, was ich weiß, ist, dass die beiden irgendeinen Kanaken ausschalten sollten. Was das Ganze mit dir zu tun hat, weiß ich nicht.“

Walsh ließ Ali nicht aus den Augen. Er glaubte ihm.

„Und wer hat dir den Auftrag gegeben?“

„Was weiß ich. Jemand, der genug Geld geboten hat, damit dieser dreckige Junkie stirbt. Sprich mit Andrej, er hat die Killer aufgetrieben."

„Von wem stammte das Geld?"

Bevor Ali antworten konnte, hörte Walsh einen Schuss und Ali stürzte zu Boden.

Kapitel 16

„Du kriegst dein Geld. Mach jetzt keine Dummheiten", hörten Brandt und Aydin einen der Streitenden sagen, als sie den Raum betraten.

„Das will ich auch hoffen, sonst werde ich mal so richtig wütend und das wollt ihr bestimmt nicht", drohte der jüngere Mann. Es schien ihn nicht im Geringsten zu stören, dass eben zwei fremde Männer zu ihnen gestoßen waren.

Der andere, ein älterer Mann, wirkte hingegen plötzlich sehr distanziert. „Komm heute Abend. Alles gut", sagte er.

„Nichts ist gut. Ich will mein Geld", setzte der Jüngere noch einmal nach, dann verließ er ohne ein weiteres Wort wutentbrannt das Zimmer.

„Ein Hitzkopf. Drogen", schien der Ältere erklären zu wollen. „Wie kann ich Ihnen helfen?"

„Wir sind von der Kölner Kriminalpolizei", begann Brandt. „Wir möchten gerne mit einem Verantwortlichen sprechen."

„Da sind Sie bei mir richtig. Mein Name ist Vitali Yakolew. Was möchten Sie denn wissen?" Vitali wirkte sichtlich angespannt, was Brandt stutzig machte.

„Worüber hatten Sie Streit mit dem jungen Mann?", fragte er.

„Jegor ist ein Hitzkopf, vor allem wenn er sich einen Schuss gesetzt hat. Er macht gerade eine Methadontherapie. Dafür erhält er Geld von uns. Aber uns ist zu Ohren gekommen, dass er sich letzte Woche was gespritzt hat, deswegen hat er zwei Wochen kein Geld von uns bekommen. Jetzt dreht er durch. Ein armes Schwein. Mir tut es leid um diese jungen Menschen. Ihre Augen zeigen ihre ganze Hoffnungslosigkeit."

„Sind bei Ihnen nur Russen?"

„Wir sind zwar ein russischer Verein, der sich um vernachlässigte Russen, in erster Linie Russlanddeutsche, kümmert, aber jeder Jugendliche und junge Mensch, der Orientierung und Hilfe sucht, ist bei uns willkommen. Wir grenzen niemanden aus. Interessieren Sie sich für unsere ehrenamtliche Arbeit?"

„Wir würden gerne mit Ihnen über Ömer Kilic sprechen", ergriff nun Aydin das Wort.

„Ömer? Tragische Geschichte. Ein guter Junge, wirklich schrecklich. Ich hab es in der Zeitung gelesen. Ich kann einfach nicht verstehen, warum er sterben musste."

Brandt war sich nicht sicher, ob er ihm das abnehmen sollte, oder ob Vitali es nur zu gut verstand, ihnen etwas vorzugaukeln.

„Was hat Kilic bei Ihnen gemacht?"

„Ömer ist das Paradebeispiel dafür, dass man die Hoffnung niemals aufgeben darf. Er war drogensüchtig, als er zu uns kam. Lebte auf der Straße, aber er hatte diesen Willen, das habe ich gleich in seinen Augen gesehen. Also haben wir ihn in ein Methadonprogramm aufgenommen, natürlich unter der Aufsicht von Ärzten. Sein Wille hat ihm geholfen, von den Drogen wegzukommen und den anderen Jugendlichen ein Vorbild zu sein."

„Wann war das?"

„Dass er zu uns gekommen ist oder dass er clean ist?"

„Dass er zu ihnen kam."

„Das war vor fünf Jahren."

Walsh wusste nicht, ob es Zufall war, doch auch dieser Jegor war laut Vitali drogenabhängig.

„Hilft Ihr Verein bevorzugt jungen Menschen, die drogenabhängig sind?“, fragte Brandt, dabei ließ er Vitali nicht aus den Augen.

Der schien sich sichtlich unwohl zu fühlen und antwortete viel zu überhastet: „Nein, ganz und gar nicht. Die allermeisten sind einfach nur Kids ohne Perspektive, weil die Eltern geschieden oder kriminell sind oder keine Zeit für sie haben.“

„Und Sie geben diesen jungen Menschen eine Perspektive?“, fragte Brandt mehr ironisch. Er nahm diesem Mann seine Worte nicht ab.

„Mein Team leistet wunderbare Arbeit. Nicht wenige von den Kids haben heute einen Job und ein geregeltes Leben, mit Familie und Kindern.“

„Wussten Sie, dass Kilic verschuldet war?“

„Nein, woher? Wir sind keine Bank.“ Seine Stimme klang leicht gereizt.

„Aber sicherlich wussten Sie, dass er vom Verein Gelder bezogen hat?“, schaltete sich Aydin ein.

„Ja, ab und zu. Das lief alles korrekt. War mehr eine Aufwandsentschädigung.“

„Laut unseren Unterlagen hatte Kilic keinen Job. Demnach war er von Ihren Zahlungen abhängig, wie können Sie da sagen, er hätte sein Leben im Griff gehabt?“, hakte Brandt nach. Fischer hatte jedenfalls in den Unterlagen, die er ihm und Aydin geschickt hatte, nichts von einem Job erwähnt. Allerdings hatte er auch angemerkt, dass die komplette Recherche noch nicht abgeschlossen sei.

„Das kann nicht sein. Ömer hatte einen Job bei einem Sicherheitsdienst. Wenn er ihn gekündigt hat, ist das eine andere Sache. Wir sind keine Babysitter. Ehrlich gesagt weiß ich auch gar nicht, worauf Sie hinauswollen."

„Können Sie uns den Namen des Sicherheitsdienstes nennen?", fragte Brandt.

„Den kenne ich nicht", blaffte Vitali.

„Sicher?", blieb Brandt unbeeindruckt.

„Ihnen ist das sicherlich gerade nur nicht eingefallen, richtig?", schien Aydin ihm eine Brücke bauen zu wollen.

„Ich verstehe nicht, was das Ganze soll. Ömer wurde ermordet und Sie stellen mir Fragen, als würden Sie ihn wegen irgendetwas verdächtigen? Er war ein guter Junge. Ja, er hatte seine Schwierigkeiten, macht ihn das gleich zu einem schlechten Menschen?", regte sich Vitali auf.

„Beantworten Sie nur unsere Fragen. Wir können auch gehen, aber dann kommen wir mit einem großen Team wieder und werden jeden Stuhl und jedes Blatt in diesem Haus umdrehen. Ich kann mir kaum vorstellen, dass das in Ihrem und dem Sinne Ihres Gönners sein dürfte", stellte Brandt klar. Auf Spielchen wollte er sich nicht einlassen. Er war ohnehin schon viel zu nachsichtig mit ihm gewesen.

Vitali machte eine beruhigende Geste. „Die Kids hier haben ein schweres Leben, da brauche ich kein Polizeiaufgebot vor Ort, das könnte sie nur verschrecken. Ömer hat für CSS gearbeitet. Die haben ihren Sitz in Deutz."

„Warum nicht gleich so?", schnappte Brandt.

„Haben Sie weitere Fragen? Es warten noch einige Dinge auf mich, die erledigt werden müssen."

„Wir würden gerne wissen, welche Rolle Igor Rebrov hier spielt."

„Ohne ihn würde es das alles nicht geben. Herr Rebrov ist ein Mäzen, wie es sie heute leider kaum mehr gibt.“

„Ist er aktiv im Verein tätig?“

„Er hilft, wo er kann, und das ist mehr, als man von einem Mann wie Igor erwarten kann.“

„Und das heißt genau?“

„Das, was ich sage.“ Vitalis Augen funkelten gefährlich auf. Er schien genervt, was Brandt mehr als gelegen kam, so würde er vielleicht einen Fehler machen.

„Können Sie das konkretisieren? Ist er einmal die Woche hier oder mehrmals?“

„Er kommt, wann immer es ihm seine Zeit erlaubt. Ich dachte, es geht Ihnen um Ömer.“

„Wie war der Kontakt zwischen Igor und Ömer?“

„Herzlich. Igor mochte ihn sehr, er war ein gutes Aushängeschild. Außerdem ein wunderbares Beispiel dafür, dass wir auch nichtrussischen Jugendlichen eine Perspektive bieten.“

Vitali konnte nicht wissen, welchen Bärendienst er seinem Chef damit erwiesen hatte. Schließlich hatte Igor behauptet, Ömer nicht zu kennen. Jetzt hatte Brandt den Beweis, dass er gelogen hatte. Die Frage war nur, warum?

„Hatte Ömer Schwierigkeiten?“, wollte Brandt wissen.

„Nicht, dass ich wüsste, wieso?“

„Nun, jemand hat ihn ermordet und das mit Sicherheit nicht aus purem Zufall. Vielleicht hatte er Ärger mit jemandem.“

„Ömer war ein sehr umgänglicher Junge. Er hat viel und gerne gelacht. So jemand hat keine Feinde. Er war zu allen freundlich und respektvoll. Da kann sich manch einer eine

Scheibe von abschneiden.“ Brandt verstand die Anspielung, zeigte sich aber unbeeindruckt.

Er nahm sein Handy und öffnete die E-Mail von Rech, in der der Bericht der Spurensicherung enthalten war. Darin waren auch Bilder der beiden Auftragsmörder.

„Kennen Sie einen dieser Männer?“

Vitali schaute sich die Fotos kurz an und reichte Brandt das Handy zurück. „Noch nie gesehen. Was ist mit ihnen?“

„Sie wurden ermordet, nachdem sie Kilic ermordet haben“, antwortete Brandt und beobachtete Vitali genau. Der schluckte kurz und Brandt glaubte, dass seine Augen für einen Moment Furcht ausstrahlten.

„Von wem?“, fragte Vitali dann.

„Danke. Fürs Erste haben wir keine weiteren Fragen“, entgegnete Brandt und ignorierte die Frage bewusst. Er wollte, dass er im Unklaren blieb, das konnte nicht schaden. Nervöse Menschen machten Fehler.

Sie verabschiedeten sich von Vitali und gingen zurück zum Wagen.

„Der lügt doch“, sagte Aydin.

Brandt nickte, er hatte bereits den Motor gestartet und steuerte den Firmensitz des Sicherheitsdienstes in Deutz an.

„Das glaube ich auch. Und jetzt haben wir den Beweis, dass Igor genauso gelogen hat. Er kannte Ömer nicht nur, er hatte sogar einen guten Draht zu ihm.“

„Aber warum wird er ermordet, wenn er angeblich keine Feinde gehabt hat?“, dachte Aydin laut.

„Weil er etwas wusste, was ihn für andere zur Gefahr machte.“

„Glaubst du, dass er vielleicht doch in den Anschlag verwickelt war?“

„Gut möglich. Warum sonst hetzen sie zwei Killer auf ihn? Mein Bauchgefühl sagt mir, dass das Ganze etwas mit Igor und diesem Verein zu tun hat. Möglicherweise ist der Verein nicht so sauber, wie Vitali uns glauben lassen will. Ruf bitte Fischer an, er soll so viele Informationen wie möglich über den Verein und Igor herausfinden.“

Aydin nickte und wählte sogleich Fischers Nummer.

„Jemand hat dir eine E-Mail geschickt, mich hat er in cc gesetzt“, sagte Aydin erstaunt mit Blick auf den E-Mail-Posteingang seines Handys. Brandt war gerade von der Deutz-Kalker-Straße in die Gummersbacher Straße abgebogen.

„Wer?“

„Keine Ahnung. Als Absender steht nur: FindeDieWahrheit@gmx.de.“

„Finde die Wahrheit? Das hört sich sehr danach an, als würde sich jemand einen Scherz mit uns erlauben.“ Brandt kannte solche E-Mails. Immer mal wieder gelang es irgendwelchen Spaßvögeln, die Firewall der Kölner Polizei zu überlisten, weshalb sie sinnlose E-Mails bekamen.

„Ich denke nicht“, entgegnete Aydin.

„Warum?“

„Es geht um die beiden Auftragskiller. Der Absender behauptet, dass es sich bei ihnen um russische Agenten handelt.“

„Russische Agenten?“

„Ja, so wie er das hier schreibt, ist er mit Sicherheit kein Spaßvogel. Er weiß, wo die beiden erschossen wurden.“

„Peter Walsh?“, entfuhr es Brandt.

„Gut möglich. Nur können wir das nicht beweisen. Ich frage mich, wie er auf diese Behauptung kommt.“

Warum hilft er uns?, überlegte Brandt im selben Moment, sprach den Gedanken aber nicht aus.

„Leite die E-Mail bitte an Fischer weiter, vielleicht kann er etwas in Erfahrung bringen. Auch, von wo die E-Mail geschickt wurde.“

Aydin nickte. Brandt war derweil in die Einfahrt der Sicherheitsfirma abgebogen und parkte.

„Kann es sein, dass Walsh uns hilft?“, fragte Aydin, als sie aus dem Wagen stiegen.

„Er ist kein ehrbarer Held. Er hat zwei Männer ermordet.“

„Zwei Killer, denen keiner eine Träne nachweint.“

„Trotzdem bleibt er ein Mörder“, reagierte Brandt gereizt. Ihn nervte die offensichtliche Begeisterung Aydins, obwohl er zugeben musste, dass er den Schachzug von Walsh anerkannte, auch wenn er nicht wusste, was er damit beabsichtigte.

Sie betraten das Gebäude und gingen zum Empfang.

„Guten Tag. Wir sind von der Kriminalpolizei Köln und möchten mit einem Verantwortlichen sprechen“, stellte Brandt Aydin und sich vor.

„Um was geht es denn?“, fragte die junge Frau.

„Es geht um einen Ihrer ehemaligen Mitarbeiter.“

„Und um wen genau?“

„Das werden wir dann mit dem Verantwortlichen besprechen“, erklärte Brandt. Im selben Augenblick spürte er, wie Aydin ihn am Oberarm berührte.

Überrascht schaute er auf.

Kapitel 17

Reflexartig sprang Walsh nach vorne und rollte sich ab. Er hörte einen zweiten Schuss, nur wenige Meter vor ihm schlug die Kugel ein. Er rollte sich weiter nach links zu einem Baum, hinter dem er Deckung suchen wollte. Fürs Erste jedenfalls.

Vorsichtig stand er auf und lugte hinter dem Baumstamm hervor in der Hoffnung, etwas sehen zu können, aber da war niemand.

Ein Scharfschütze?, fragte er sich. Wie hatte er nicht bemerken können, dass ihnen jemand gefolgt war?

Es sei denn, sie haben Ali beobachtet, weil sie wussten, dass ich ihn aufsuchen werde, schlussfolgerte er. Ob Andrej den Hintermännern doch etwas verraten hatte?

„Shit", fluchte Walsh. Alis Tod bedeutete einen Rückschritt. Schließlich war er kurz davor gewesen, herauszufinden, wer Ali beauftragt hatte. Wer immer diese Person war, sie hatte mit Sicherheit auch diesen Scharfschützen angeheuert. Und noch etwas wurde Walsh jetzt klar: Dem Unbekannten war es egal, ob seine Handlanger starben oder nicht, warum sonst hätte er Ali erschießen lassen sollen?

Walsh musste den Schützen lebend erwischen, aber wie? Seine Situation war alles andere als berauschend, er sah sich klar im Nachteil. Zwar hatte er eine Waffe bei sich, der Scharfschütze konnte sich allerdings hunderte Meter entfernt verschanzt haben und nur darauf warten, dass Walsh aus seiner Deckung kam.

„Die Fliege", sagte er leise zu sich selbst. Rasch holte er sie aus der Jackentasche, legte sie auf den Boden und startete die kleine Drohne über die Handyapp. Er ließ sie die Umgebung abfliegen, doch keine Spur von dem Scharfschützen.

„Wo versteckst du dich, du Feigling?“, flüsterte er und ließ die Drohne weiter fliegen.

Er wusste, dass er etwas wagen musste.

Für einen Moment löste er sich aus der Deckung, im selben Augenblick hörte er einen Schuss. Instinktiv sprang er zurück, der Schuss streifte jedoch seinen Oberarm. Er presste die Hand gegen die Wunde und biss sich auf die Lippen.

Immerhin wusste er jetzt, von wo der Schuss gekommen war. Er ließ die Drohne in die Richtung fliegen, konnte auf dem Handydisplay allerdings nichts als Bäume sehen.

Verdammt, wo bist du?, dachte er. Er schaute kurz auf die Wunde, die immer stärker blutete, danach widmete er sich wieder seinem Handydisplay und ließ die Drohne höher steigen.

Endlich sah er ihn. Versteckt im Gebüsch auf einer leichten Anhöhe lag der Mann mit einem typischen Scharfschützengewehr auf dem Boden. Es war kein Amateur, so viel war sicher. Nur wie sollte er den Mann am besten überlisten? Er musste dafür sein Versteck verlassen, ohne dass es der andere mitbekam, aber da war nichts in der Nähe, was ihm neue Deckung hätte geben können.

Er würde auf volles Risiko gehen müssen, seine jetzige Deckung aufgeben und irgendwie zum Wagen gelangen. Dort könnte ihm ein Täuschungsmanöver gelingen.

Walsh vermutete, dass zwischen ihm und dem Scharfschützen knapp zweihundert Meter lagen.

Er zog seine Jacke aus und warf sie in die entgegengesetzte Richtung. Der kleine Trick schien zu wirken. Sofort ertönte ein Schuss und Walsh lief los, da er sicher war, dass es keine zwei Sekunden dauern würde, bis der Schütze ihn ins Visier nehmen würde, um einen tödlichen Schuss abzufeuern.

Nur noch wenige Meter trennten ihn von dem Wagen. Sein Herz pumpte das Blut bis zum Anschlag, Adrenalin schoss durch seine Adern und ließ ihn vergessen, dass er eine Wunde am Oberarm hatte. Er machte einen Hechtsprung und erreichte in dem Augenblick, in dem der nächste Schuss an seinem rechten Ohr vorbeiflog, das Auto. Es folgten weitere Schüsse, sie trafen die Karosserie und die Fenster des Ferraris.

Walsh hörte Glas splittern. Trotz des Kugelhagels gelang es ihm, die Tür zu öffnen und sich in den Wagen zu retten. Der Zündschlüssel steckte noch, Walsh startete den Ferrari und drückte das Gaspedal durch, weitere Kugeln schlugen in das Fahrzeug ein. Eine davon traf die Frontscheibe, die sofort zerbarst. Walsh ließ sich nicht beirren und bretterte die kleine Anhöhe hoch.

Und dann sah er, wie der Schütze aus seiner Deckung aufsprang und davoneilte. Walsh dachte gar nicht daran, ihn entkommen zu lassen, er erhöhte das Tempo und raste ihm hinterher. Der Mann hatte allerdings den Vorteil, dass er noch durch den Wald lief, sodass Walsh nur parallel zu ihm fahren konnte, zwischen den Bäumen hindurch wäre es für ihn unmöglich gewesen. Ihn zu erschießen, kam nicht infrage, er brauchte ihn lebendig.

Der Mann sprang nun ebenfalls in einen Wagen und jagte davon. Walsh blieb ihm auf den Fersen. Da sein

Ferrari besser motorisiert war, hatte er ihn schnell eingeholt. Der Mann fuhr einen SUV, aber er machte nicht den Eindruck, als wollte er fliehen. Er versuchte vielmehr, Walsh von der Fahrbahn zu drängen, doch diesen Gefallen tat er ihm nicht.

Er überholte den SUV, dann riss er das Lenkrad ruckartig nach rechts und zog die Handbremse. Der Ferrari driftete vor den SUV und kam quer davor zum Stehen. Der andere konnte nicht mehr rechtzeitig reagieren, sein SUV überschlug sich. Walshs Plan war aufgegangen. Er stieg aus und rannte zu dem Wagen, der jetzt auf dem Kopf stand. Er öffnete die Fahrertür und zog den Mann heraus.

Der Scharfschütze war blutüberströmt und regte sich nicht.

„Wer hat dich geschickt?", brüllte Walsh, doch er bekam keine Antwort.

„Wer hat dich geschickt?", wiederholte er seine Frage. Noch immer keine Reaktion. Er fühlte den Puls des Mannes, aber da war keiner.

„Scheiße", rief Walsh, da er nun wusste, dass der Mann tot war. Der Aufschlag war wohl zu heftig gewesen, vermutlich hatte sich der Mann nicht angeschnallt.

Er durchsuchte die Taschen des Scharfschützen und fand eine Geldbörse und ein Handy. In der Geldbörse konnte er jedoch nichts finden, was den Mann hätte identifizieren können. Es handelte sich also wieder einmal um einen Profi.

Walsh versuchte das Handy zu entsperren, doch es war passwortgesichert, daher steckte er es in die Hosentasche, er würde sich später darum kümmern. Dann eilte er zu dem SUV und suchte dort nach Anhaltspunkten, die ihm verrieten, wer den Scharfschützen angeheuert hatte, aber auch hier das gleiche Spiel.

Walsh fluchte und schüttelte verärgert den Kopf.

Er stand aufs Neue am Anfang.

Andrej, dachte er wütend und überlegte, wie er ihn zur Rechenschaft ziehen könnte. Vielleicht wussten die Freunde von Ali etwas.

Mit dem Ferrari konnte er nicht zurückfahren, das wäre zu auffällig gewesen, da der Wagen völlig hinüber war.

Er ging zurück, um zu schauen, was Ali bei sich hatte. Er wusste, dass er sich beeilen musste, schließlich war es nur eine Frage der Zeit, bis Spaziergänger oder Jogger vorbeikommen und ihn entdecken würden.

Rasch durchsuchte er Alis Taschen, nahm sein Handy an sich und schaute in seine Brieftasche, fand aber nichts, was ihn weiterbrachte. Anschließend ging er zu der Stelle, wo er seine Jacke hingeworfen hatte, und zog sie wieder an.

Auf dem Weg zur Straße klingelte ein Handy. Es war das Mobiltelefon des Scharfschützen. Walsh schaute auf das Display, leider wurde keine Nummer angezeigt. Dennoch nahm er das Gespräch an.

„Fedor, ist er tot?“, fragte eine Stimme auf Russisch. Da Walsh die Sprache beherrschte, antwortete er ebenfalls auf Russisch.

„Fedor ist tot! Er wird Ihre Drecksarbeit nicht mehr erledigen können, Sie Feigling.“

Am anderen Ende war ein kurzes Lachen zu hören, dann sagte die Stimme: „Peter Walsh, nehme ich an.“

„Und wer sind Sie?“

„Ich habe viel über Sie gehört. Ihr Russisch ist für einen Amerikaner erstaunlich gut. Ich frage mich, ob die Geschichten, die man über Sie erzählt, der Wahrheit entsprechen oder auch nur amerikanische Jauche sind."

„Kommen Sie her und überzeugen Sie sich selbst."

„Humor haben Sie, das muss man Ihnen lassen. Wie ist es Ihnen gelungen, Fedor zu töten?"

„Wieso sagen Sie mir nicht, wer Sie sie sind? Oder sind Sie zu feige dafür? Immerhin verstecken Sie sich lieber hinter einer anonymen Nummer."

„Sie haben keine Ahnung, wer ich bin, das wollen Sie auch nicht wirklich wissen. Sie können dieses Spiel nicht gewinnen, Herr Walsh. Sie sind zum Sterben verdammt. Nur um Fedor tut es mir leid, er war ein guter Mann."

„Sie haben ebenso wenig eine Ahnung, wozu ich imstande bin. Ich werde Sie suchen und finden und dann bringe ich Sie um."

Statt einer Antwort ertönte wieder nur ein Lachen.

„Ihr Amerikaner glaubt noch immer, dass euch die Welt gehört, dass ihr anderen Nationen überlegen seid. Aber zum Glück haben Sie Trump. Er zeigt das wahre Gesicht von euch dreckigen Yankees."

„Und was ist mit Ihnen? Sie geben sich nicht zu erkennen, stattdessen schicken Sie irgendwelche Amateure, die die Drecksarbeit für Sie erledigen sollen. Warum wollen Sie mich tot sehen?" Diese Frage brannte Walsh mehr als alles andere auf den Nägeln.

„Warum? Weil es Menschen gibt, die viel Geld dafür bezahlen, dass Sie sterben, so einfach ist das."

„Wie viel zahlt Ihnen Hakim?", brüllte Walsh, der andere brachte ihn mit seinem Hochmut langsam zur Weißglut.

„Wer ist Hakim?“, kam eine Gegenfrage zurück. Walsh war für einen Augenblick irritiert, da er nicht glaubte, dass sein Gesprächspartner log.

Konnte es sein, dass er die ganze Zeit einer falschen Spur gefolgt war? Dass Hakim ihn gar nicht tot sehen wollte, weil er überhaupt nichts mit dem Anschlag zu tun hatte?

Nein, die Agency vermutet auch, dass Hakim hinter all dem steckt.

Und was, wenn doch …?, überlegte er, wollte den Gedanken aber nicht zu Ende denken.

„Sie sind nicht nur feige, sie sind außerdem ein Lügner. Hat Hakim Sie so im Griff?“

Wieder erklang das überhebliche Lachen, das Walsh so sehr reizte, dass er am liebsten seine Faust zwischen die Zähne des Mannes gerammt hätte.

„Sterben Sie glücklich“, sagte die Stimme und Walsh hörte ein Klacken, sein Gegenüber hatte das Gespräch beendet.

„Joe, ich brauche dich“, platzte es aus ihm heraus. Er vermisste seinen besten Freund und Partner aufs Schmerzlichste. Joe war Hacker und Internetprofi. Er hätte ihm die Informationen besorgt, die er gerade so dringend benötigte, aber Joe lag in einem Militärkrankenhaus im Koma.

Plötzlich bekam Walsh Gewissensbisse, dass er nicht zu ihm gefahren war, um sich nach seinem Zustand zu erkundigen.

Er brauchte jemanden, der im Hacken so gut war wie Joe und dem er vertrauen konnte. Er wollte nur ungern auf die Dienste der Agency zurückgreifen, sie hatte ihm bisher keinen Nutzen gebracht.

„Warum habe ich mich überhaupt auf sie eingelassen?“, fragte er sich laut und presste die Kiefer zusammen.

Nach einem kurzen Marsch erreichte er einen Parkplatz, auf dem einige Autos standen. Er schaute sich um, konnte aber niemanden entdecken. Zielsicher ging er auf ein etwas älteres Fahrzeug zu, nahm eine Kreditkarte aus der Jackentasche und öffnete den Wagen in weniger als zehn Sekunden, schloss ihn kurz und startete den Motor.

Auf der Fahrt rief er bei der Agency an und erkundigte sich nach dem genauen Aufenthaltsort von Joe. Wie Tim vermutet hatte, lag er im US-Militärkrankenhaus in Wiesbaden in den Clay-Kasernen, dem europäischen Hauptmilitärstützpunkt der US-Army. Die Militärgemeinde umfasste immerhin fast 20.000 Amerikaner, der Stützpunkt war nach dem amerikanischen General Lucius D. Clay benannt. Auf dem riesigen Gelände war es, als wäre man irgendwo in Amerika. Es wurde Englisch gesprochen, es gab amerikanische Supermärkte und Fast-Food-Ketten wie Burger King und natürlich durfte auch ein Star Bucks nicht fehlen. Man unternahm alles, damit sich die dort stationierten Amerikaner heimisch fühlten.

Walsh drückte aufs Gas und fuhr auf die Autobahn Richtung Wiesbaden. Er wusste, dass er ein Risiko einging, da er das Handy von Fedor noch bei sich führte und sein Standort somit geortet werden konnte. Dass Alis Freunde ihn über das Handy orten würden, glaubte Walsh jedoch nicht, so viel Professionalität traute er diesen Halbstarken nicht zu.

Fedor und dieser Unbekannte hingegen waren ein ganz anderes Kaliber. Dennoch dachte er nicht daran, das Handy aus dem Auto zu werfen, da er wissen musste, was sich auf dem Gerät befand.

„Warum wollen die mich tot sehen? Hat Hakim wirklich die Russen angeheuert? Er kann doch auf seine eigenen Leute zurückgreifen“, überlegte Walsh laut. Das alles schmeckte ihm ganz und gar nicht, er sah einfach keinen Sinn in dem, was bisher geschehen war.

Immer wieder schaute er in die Rückspiegel, um sicherzugehen, dass ihn niemand verfolgte. Bis jetzt deutete nichts darauf hin.

Was, wenn Hakim die Hände gebunden sind und er nicht auf seine Leute zugreifen kann? Schließlich wurde er zuletzt in China gesehen. Also hat er russische Profikiller auf mich angesetzt. So kann er mich aus dem Weg räumen und keine Spur führt zu ihm. Walsh fand diesen Gedanken gar nicht so abwegig.

„Nur was, wenn Hakim wirklich nichts mit all dem zu tun hat? Die Männer, die etwas wussten, sind tot. Fuck!“, fluchte Walsh.

Ob ich die Kölner Polizei für mich arbeiten lassen könnte? Dieser Aydin mag mich, das ist offensichtlich, aber Brandt? Nein, der nicht. Der ist ein Alphatier und sieht sein Revier in Gefahr, dieser Trottel, spann er seine Gedanken weiter. Die IT-Abteilung der Kripo war allerdings nicht schlecht. Immerhin hatte er ihre Firewall nicht knacken können.

„Ach, was mach ich mir vor. Ich brauche Joe!“, murmelte er bitter.

In diesem Moment erreichte er das Krankenhaus.

„Good afternoon", wurde er am Eingangstor von einem Soldaten begrüßt und auf Englisch nach dem Grund seines Besuches befragt.

Walsh stellte sich vor und erklärte sein Anliegen.

„Warten Sie", sagte der Soldat und verschwand kurz im Wachhäuschen. Danach öffnete er die Schranke, ohne ein weiteres Wort zu verlieren.

Walsh parkte den Wagen und betrat das Krankenhaus. An der Information fragte er nach der Station, wo Joe lag, und eilte zum Treppenhaus. Joes Krankenzimmer lag im vierten Stock.

„Zu wem wollen Sie?", wurde er im Gang von einer Krankenschwester auf Englisch gefragt.

Walsh wiederholte sein Anliegen.

„Aber nur fünf Minuten. Sein Zustand ist noch sehr instabil", sagte die Krankenschwester.

„Ist er aus dem Koma aufgewacht?"

„Ja, vor einer Stunde haben wir ihn aus dem künstlichen Koma geholt."

Die Schwester konnte nicht ahnen, was sie mit diesem einen Satz bei Walsh auslöste. Am liebsten hätte er vor Freude geschrien, so sehr wurde er in diesem Moment von Dankbarkeit durchflutet. Doch er nickte nur kurz und lief zu Joes Zimmer. Er klopfte an und betrat den Raum.

Langsam näherte er sich dem Bett. Joe schlief, er war noch immer an unzählige Schläuche angeschlossen, aber sein Gesicht wirkte nicht mehr so blass und dem Tode nah.

Reglos stand er vor ihm, er wollte ihn nicht wecken, da sein bester Freund so friedlich schlummerte. Zu wissen, dass er nicht mehr im Koma lag, war die beste Nachricht, die man ihm hätte geben können.

„Peter?“, hörte er Joe plötzlich ganz leise flüstern.

„Schone dich. Alles ist gut.“

„Gott sei Dank, du lebst.“

Walsh kämpfte mit den Tränen, dabei war er alles andere als nahe am Wasser gebaut. Aber dass sich Joe in seinem Zustand Sorgen um ihn machte, war nicht nur typisch Joe, es war für Walsh gerade einfach zu viel.

„Es geht um dich, Bro. Ruh dich aus. Hier bist du sicher.“

„Und was ist mit dir? Du siehst blass aus. Gehts dir gut? Hast du zu wenig geschlafen? Spielst du wieder den Helden?“, prasselten die Fragen auf Walsh ein und jede von ihnen war von der Furcht begleitet, dass Walsh etwas geschehen könnte.

Natürlich war Walsh müde, er hatte kaum ein Auge zugetan. Wie auch? Er musste die Täter finden, außerdem war sein Oberarm verletzt. Er hatte zwar, als er in das Auto gestiegen war, die Wunde mit Stoff verbunden, dennoch forderte der Blutverlust inzwischen seinen Tribut. Das konnte er Joe jedoch unmöglich erzählen. Er wollte nicht, dass sich sein bester Freund Sorgen um ihn machte.

„Ich werde die Leute finden, die dir das angetan haben.“

„Lass uns weg von hier. Nach Amerika oder irgendwo anders hin, mit neuer Identität. Du, die Familie und ich.“

„Ich muss das hier zu Ende bringen, das weißt du. Sonst sind wir nirgends sicher.“

„Vergiss das Ganze, tu es für mich. Ich habe diese Gewalt so satt. Überleg doch, was wäre gewesen, wenn Nina oder Marc im Wagen gesessen hätten. Ich will gar nicht daran denken. Seien wir dankbar.“

Dankbar? Hatte Joe jetzt komplett den Verstand verloren oder waren das die Nebenwirkungen der Medikamente, die man ihm gab? Walsh konnte seine Worte nicht ernst nehmen. Wer immer für den Anschlag verantwortlich war, er würde niemals ruhen, genau deswegen musste Walsh ihn finden und töten.

„Joe, ich brauche deine Hilfe. Kennst du jemanden, der gut hacken kann und dem wir vertrauen können?"

„Du wirst keine Ruhe geben, oder?"

„Niemals. Wer immer das getan hat, er wird dafür bezahlen."

„Bring meinen Laptop her. Ich helfe dir."

„Daraus wird nichts, mein Bester. Du musst dich schonen und schnell gesund werden. Was ist mit deinen Hackerfreunden? Gibt es da niemanden, dem wir vertrauen können?"

„Doch, Bro, aber keiner ist so gut wie ich." Joe versuchte zu schmunzeln, im selben Augenblick verzog er jedoch das Gesicht, als hätte er große Schmerzen.

„Ich weiß, ich brauche trotzdem jemanden. Die Agency möchte ich nicht bitten."

„Anton Koch."

„Wer ist das?"

„Der Einzige, dem ich vertrauen würde."

„Und wo finde ich den?"

„In der Uni Köln."

„Ist er ein Prof?"

„Nein, ein Student. Der hat echt Talent."

Kaum hatte er zu Ende gesprochen, wurde die Tür geöffnet und die Krankenschwester trat ein mit dem Hinweis, dass Walsh jetzt bitte gehen möge. Immerhin konnte er noch eine Minute rausschlagen.

„Hast du seine Handynummer?"

„Ja. Unter dem Kontakt: Thor Hammer. Er ist allerdings etwas eigen. Sei nett zu ihm. Du weißt ja, wie du meinen Laptop benutzen musst, oder?“

„Klar weiß ich das und ich bin immer nett, du kennst mich doch“, sagte Walsh und versuchte zu grinsen, was ihm aber nicht so recht gelang. „Werd schnell wieder gesund. Wir brauchen dich.“

„Um mich brauchst du dir keine Sorgen machen, ich bin hier sicher. Nur dass du da draußen alleine bist, beunruhigt mich.“

„Ich bin hart im Nehmen, das solltest du wissen. Mich bringt so schnell nichts um.“

Walsh warf seinem besten Freund einen letzten Blick zu und verließ den Raum.

Anschließend fuhr er zurück nach Kalk und parkte das Auto in der Nähe seines eigenen Fahrzeugs.

Nachdem er in seinen Wagen gestiegen war, klingelte Alis Handy. Walsh schaute auf das Display und sah einen südländischen Namen, er ignorierte den Anruf zunächst.

Als er in Joes Penthouse war, nahm er den Laptop und suchte den Kontakt von Koch alias Thor Hammer. Er wählte die Nummer, doch Koch ging nicht dran.

Kurz darauf bekam er eine SMS.

Bin Uni. Was los?

Walsh antwortete ihm:

Mein Freund Peter Walsh will dich treffen.

Es dauerte wieder nur wenige Sekunden, bis Koch antwortete.

Der Peter Walsh? Echt?

Ja, antwortete Walsh.

Klar, wann immer er will. Wie geil ist das denn.

In einer Stunde?

Geht klar. Er soll in die Uni Bib. kommen, da sind wir ungestört.

Okay.

Walsh packte den Laptop und ein paar andere Sachen ein, ging ins Bad, wusch die Wunde aus, verband sie und wechselte das Hemd. Danach fuhr er zum vereinbarten Treffpunkt, der Kölner Universitäts- und Stadtbibliothek in Sülz.

Viele junge Studenten liefen durch die Flure oder saßen an Tischen und schienen konzentriert zu lesen. Einige der jungen Frauen warfen ihm einen etwas intensiveren Blick zu, was Walsh kurz zum Schmunzeln brachte, denn mit seinen einundvierzig Jahren hätte er glatt ihr Vater sein können.

Wie verabredet, betrat er den Leseraum und sah in der hintersten Ecke einen jungen Mann mit auffallend roten Haaren sitzen.

„Anton Koch?“, fragte er.

„Peter Walsh?“

Walsh nickte nur. Koch stand auf und reichte ihm die Hand. Sein Händedruck war zart, beinahe feminin, was allerdings gut zu seiner Erscheinung passte. Er war höchstens einen Meter siebzig groß, korpulent, trug eine unauffällige Brille und hatte ein von vielen Pickeln gezeichnetes Gesicht. Walsh schätzte ihn auf Anfang zwanzig, da er studierte, aber wenn man ihn so anschaute, sah er eher wie ein Fünfzehnjähriger aus.

„Wahnsinn, ich kann es nicht fassen, dass ich Sie endlich persönlich kennenlerne. Joe hat mir viel von Ihnen erzählt. Ich glaube, Sie sind sein Held, sein großes Vorbild.“

Ich bin kein Held, meinetwegen liegt Joe im Krankenhaus!, dachte Walsh bitter.

„Kannst du mir helfen?“

„Klar. Worum geht es? So ein Geheimdienstding?“

„Ich muss wissen, was sich auf diesem Handy befindet.“

„Echt? Nur das? Mehr nicht? Ich dachte, ich würde eine Herausforderung bekommen. Den Fingerprint eines iPhones zu hacken, ist doch ein Witz.“

„Kannst du es oder nicht?“, unterbrach Walsh ihn etwas schärfer als beabsichtigt. Er hatte einfach keine Zeit für dummes Geschwätz, er musste wissen, was sich auf dem Gerät befand.

„Kinderleicht. Folgen Sie mir bitte unauffällig“, schmunzelte Koch und zwinkerte ihm zu.

Walsh folgte ihm über eine Treppe in einen weiteren Flur, bis sie einen Raum betraten, in dem außer ihnen niemand war.

„Hier kommt nie jemand rein. Das sind Besprechungsräume.“

„Und es kann uns keiner überraschen?“

„Mit Sicherheit nicht. Wenn die wüssten, was für krumme Dinger ich hier schon gedreht habe ... Vielleicht haben Sie vom Hack des Deutsche-Bank-Online-Banking gehört? Das war ich.“

Walsh hatte nichts davon gehört, es war ihm völlig egal.

„Ich hoffe, Sie verpfeifen mich jetzt nicht“, witzelte Koch. „Den BND-Server habe ich nämlich auch schon gehackt. Dieser Raum birgt jede Menge Erinnerungen.“ Es schwang viel Stolz in seiner Stimme mit.

„Solange du das Handy für mich knackst, kannst du machen, was du willst.“

„Joe ist mein Vorbild, so wie Sie seines sind. Irgendwann will ich ein Meisterhacker wie er sein. Er ist echt ein verdammt cooler Typ. Wo ist er überhaupt? Ich dachte, er würde mitkommen.“

„Er hat keine Zeit.“

„Schade, schon eine Weile her, dass wir uns persönlich getroffen haben. Hoffe, es geht ihm gut.“

„Tut es. Willst du nicht endlich das Gerät hacken?“ Langsam wurde Walsh ungeduldig.

„Klar. Moment, Sie haben sich gar nicht ausgewiesen. Was, wenn Sie gar nicht Walsh sind?“

„Ist nicht dein Ernst, oder? Dann wärst du jetzt sicherlich tot.“ Walshs Blick wurde grimmig.

„Okay, okay. War nur ein Scherz. Ich weiß doch, wie Sie aussehen. Ich habe schließlich Bildmaterial von Ihnen.“

Walsh wollte gar nicht wissen, woher Koch das hatte, vermutlich hatte er noch weitere Datenbanken angezapft und Informationen über ihn eingeholt. So waren Hacker eben, sie konnten ihre Neugierde niemals stillen.

Walsh gab ihm das Handy. „Dann zeig mal, wie gut du wirklich bist."

Koch nahm es, schloss ein USB-Kabel an und holte seinen Laptop aus dem Rucksack. Er schaltete ihn ein und verband das Handy via Kabel mit dem Laptop.

Dann tippte er etwas in die Tastatur, betätigte den Fingerprintsensor auf dem Handy und sagte: „Voilà. Ein Kinderspiel, sagte ich doch."

„Kannst du mir sagen, zu wem die letzten Telefonnummern gehören, die er angerufen hat und von denen aus er angerufen wurde?"

„Jetzt wird es interessant. Ich hatte ja schon den leisen Verdacht, dass da noch mehr kommen würde." Koch rieb sich die Hände, als würde er sich ganz besonders freuen. „Die letzte Nummer war anonym."

„Kannst du trotzdem herausfinden, von wem sie stammt?"

„Vielleicht. Auch wenn man glaubt, man ruft jemanden mit Rufnummernunterdrückung an, klappt das nicht hundertprozentig. Man kann die Nummer immer zurückverfolgen. Außer, man benutzt keine echte Mobiltelefonnummer, sondern eine webbasierte. Die könnte über einen VPN von überall herkommen. Gleich wissen wir es."

Wieder tippte er etwas in den Laptop und öffnete einige Programme. Walsh kamen die Bilder vertraut vor, es waren die gleichen Hackertools, die Joe verwendete. Wie es schien, wusste Koch wirklich, was er tat.

„Verdammt", fluchte er dann.

„Was ist los?"

„Der Mistkerl hat tatsächlich einen webbasierten Anruf über einen VPN-Tunnel getätigt. Keine Chance, zu ermitteln, woher der Anruf stammt, da die meisten Anbieter keine Registrierung erfordern. Sie können sicher sein, dass der Anrufer kein Amateur ist."

Walsh versuchte seine Wut herunterzuschlucken, aber die Antwort von Koch, so wenig sie ihm auch schmeckte, bestätigte nur seinen Verdacht, dass er es mit Profis zu tun hatte.

Russischer Geheimdienst?, schoss es ihm durch den Kopf.

„Was ist mit den anderen Nummern?"

„Ich bin dran, kleinen Augenblick."

Irgendein Puzzleteil fehlt, dachte Walsh, während Koch versuchte, die Namen zu den Telefonnummern zu finden.

„Sie haben Glück. Vier der letzten sieben Nummern konnte ich einer Person oder Firma zuordnen."

„Sehr gut. Schick mir das bitte per E-Mail", bat Walsh und nannte ihm seine sichere, verschlüsselte E-Mail-Adresse. Danach zog er das Kabel aus dem Handy.

„Was machen Sie da?"

„Ich will sehen, welche Nachrichten er bekommen und verschickt hat", antwortete Walsh unbeeindruckt.

„Sie sehen nicht glücklich aus."

„Keine Nachrichten", murmelte er.

„Vielleicht doch." Koch nahm das Handy wieder an sich und schloss es an seinen Laptop an. „Löschen ist nicht gleich löschen. Mit etwas Glück kann ich die Nachrichten wiederherstellen."

„Joe hat nicht gelogen, als er meinte, dass du gut wärst. Dann beweis dich mal.“

Ihm entging nicht, wie Koch sich plötzlich aufrichtete und den Brustkorb hob. Er war leicht zu durchschauen, sein Körper und seine Stimme verrieten ihn.

„Eine Nachricht“, sagte Koch wenige Minuten später.

„Nur eine?“

„Profi halt.“ Koch hob die Schultern und stieß ein entnervtes „Pah“ aus.

„Was steht drin?“

„Kleinen Augenblick. Gleich kommt die Nachricht auf den Bildschirm.“

Kurz darauf erschien der Text, Koch las ihn laut vor: „Beide Zielobjekte auslöschen, dabei beachten, die Tat dem anderen Zielobjekt zuzuschieben.“ Kochs Augen wurden groß, er schien kaum glauben zu können, dass er Teil einer Verschwörung war. „Wie es aussieht, sollte Ihnen ein Mord in die Schuhe geschoben werden. Was ist geschehen?“

„Das geht dich nichts an. Aber du hast recht. Man wollte mir einen Mord anlasten, das ist allerdings gründlich daneben gegangen.“

„Kommen Sie, lassen Sie mich nicht dumm sterben.“

„Junge, du lebst, darüber solltest du sehr glücklich sein. Die Menschen in meiner Nähe haben für gewöhnlich eine kurze Lebenszeit.“

„Sie wissen, dass ich Hacker bin? Erst gestern Nacht habe ich die Server der Kölner Polizei gehackt. Habe eine Backdoor eingebaut, ohne dass sie es wissen. Jedenfalls so lange, bis sie ihre Sicherheitslöcher schließen. Man darf ihre IT nicht unterschätzen, vor allem dieser Lutz Fischer ist verdammt gut. Die Deppen bei den Bullen wissen gar nicht, dass er ab und an hackt." Koch kicherte.

„Kannst du nachschauen, was die über einen Ömer Kilic haben?"

„Leichteste Übung. Wer ist das?"

„Ein Zeuge, der ermordet wurde."

Koch rieb sich die Hände und hatte wieder dieses Leuchten in den Augen, das seine Hoffnung zeigte, an etwas Interessantem teilzuhaben.

„Da haben wir ihn."

Walsh warf einen Blick auf den Bildschirm, wo Koch einige Dateien aus einem Ordner aufgerufen hatte, einen davon hatte er bereits geöffnet und Walsh konnte die Berichte lesen. Viel wusste die Polizei nicht über Kilic, außer dass er verschuldet war. Doch dann wurde er hellhörig. Da Kilic Geldprobleme hatte, hatte er Unterstützung von einem russischen Verein bekommen.

„Warum wird ein Türke von einem Verein unterstützt, der sich um russische Jugendliche kümmert?"

„Die Frage habe ich mir auch gerade gestellt", antwortete Koch, aber Walsh nahm ihm das nicht ab. Sein ahnungsloser Blick verriet ihn.

„Kannst du das herausfinden?"

„Klar. Geben Sie mir drei Minuten."

Koch hatte nicht gelogen. Drei Minuten später hatte er die Informationen. Wie es schien, betreute der Verein in der Tat mehrere Jugendliche, die nicht alle Russen waren.

„Der Förderer scheint ein russischer Millionär und Philanthrop zu sein."

„Wie heißt er?"

„Igor Rebrov."

„Was hast du über ihn?“

Wieder tippte Koch etwas in seinen Laptop.

„Also, wenn Sie nach was Illegalem suchen, muss ich Sie enttäuschen. Rebrov ist sauber. Der Mann setzt sich sehr für Jugendliche ein. Er sponsert einige Jugendteams in Köln und den FC. Außerdem scheint er bestens in Politik und Wirtschaft vernetzt zu sein. Sogar Putin kennt er.“ Koch klickte auf einen Link und ein Bild von Rebrov und Putin erschien, wie sie sich die Hände schüttelten.

„Das heißt noch lange nicht, dass er sauber ist. Womit verdient er sein Geld?“ Walsh konnte nicht begreifen, warum jemand wie Putin in Deutschland einen derart guten Ruf genoss. Immerhin unterdrückte er die Opposition und von Pressefreiheit war in Russland kaum die Rede, dennoch wurde er in Europa hofiert.

„Er hat ein Konglomerat an Firmen. Er ist mit Gastronomie und Immobilien groß geworden. Hat aber auch Unternehmen im IT-Segment, Wettanbieter, Sicherheitsdienste und Spielcasinos. Der Mann muss sehr reich sein.“ Walsh hörte Bewunderung in Kochs Stimme. „Ich denke, den können Sie ignorieren. Der ist so was von sauber. Nicht mal eine Akte bei der Kölner Polizei, nur Vermerke über Mitarbeiter von ihm, die mit dem Gesetz in Konflikt geraten sind.“

„Gehe ich recht in der Annahme, dass man die Herkunft der Prepaidnummer von diesem Handy nicht zurückverfolgen kann?“

„Ich fürchte, das ist so.“ Wieder tippte Koch etwas ein, keine Minute später bestätigte er: „Wie gesagt, keine Chance. Das Handy wurde in Frankfurt aktiviert.“

Walsh wollte dennoch nicht an Zufall glauben. Die Auftragskiller, Kilic, der Scharfschütze, Ali und Rebrov – das alles konnte doch kein Zufall sein? Aber wo war das Bindeglied? Jetzt ärgerte er sich, dass er die Handys von den Auftragskillern nicht mehr hatte.

„Kannst du bitte die Telefonnummern, die du retten konntest, nach Übereinstimmungen durchsuchen? Ich will wissen, ob eine dieser Nummern etwas mit Kilic zu tun hat."

„Das ist tricky."

„Zu schwierig für dich?"

Koch presste die Lippen zusammen, sein Blick wurde ernst. „Geben Sie mir zehn Minuten."

Walsh nickte nur, als plötzlich etwas anderes seine Aufmerksamkeit erregte. Die Tür zum Besprechungsraum bewegte sich.

Kapitel 18

„Herr Rebrov, warten Sie bitte“, sagte Brandt und ging mit schnellen Schritten auf ihn zu.

Rebrov wirkte gereizt.

„Haben Sie kurz Zeit?“

„Leider nicht. Ich muss zu einem Meeting.“ Rebrov versuchte freundlich zu wirken, aber seine Anspannung war nicht zu übersehen. „Was machen Sie hier überhaupt?“

„Unsere Arbeit. Wir haben in Erfahrung gebracht, dass Ömer Kilic hier gearbeitet hat.“

„Ja und?“

„Nun, wenn ich mich recht entsinne, haben Sie ausgesagt, dass Sie Herrn Kilic nicht kennen. Das kann mein Kollege Aydin bezeugen.“

Aydin nickte.

„Was weiß ich. Wissen Sie, mit wie vielen Menschen ich täglich Kontakt habe? Gut möglich, dass mir das entfallen ist. Hier arbeiten knapp zweihundert Personen, da kann ich nicht alle kennen“, schnauzte Rebrov zurück.

„Ist das nicht merkwürdig? Kilic war ein Vorzeigeprojekt Ihres Vereins und arbeitete für Sie. Und das wissen Sie nicht?“

„Wir müssen“, schaltete sich Rebrovs Begleiter ein.

„Ich bedauere sehr, was Herrn Kilic widerfahren ist, aber das ändert nichts an der Tatsache, dass ich ihn nicht kenne. Für mich arbeiten insgesamt um die tausend Mitarbeiter weltweit. Möglich, dass ich vielen von denen schon mal die Hand geschüttelt habe, trotzdem bedeutet das nicht, dass ich sie auch zwangsläufig kenne. Und jetzt entschuldigen Sie mich bitte."

Rebrov wartete keine Reaktion der Polizeibeamten ab, sondern marschierte mit seinem Begleiter wortlos davon.

„Der lügt, dass sich die Balken biegen", knirschte Brandt und holte tief Luft, um sich abzureagieren.

„Jedenfalls macht er sich mit der Aussage nicht gerade unverdächtig", antwortete Aydin.

Sie gingen zurück zum Empfang, wo bereits ein Mann auf sie zu warten schien.

„Sie sind bestimmt die Herren von der Kölner Kriminalpolizei", sagte er freundlich und reichte ihnen die Hand.

Brandt stellte seinen Kollegen und sich kurz vor, dann folgten sie dem Mann, der sich als Rüdiger Langbein vorgestellt hatte. Brandt schätzte den durchtrainierten, großgewachsenen Mann auf Ende vierzig.

„Möchten Sie etwas trinken? Ich habe gerade vom Chef den besten Wodka aus Russland bekommen." Langbein wirkte wie ein Typ, der alle schnell duzte.

„Nicht während der Dienstzeit", antwortete Aydin.

„Sie wissen nicht, was Sie verpassen", lachte Langbein, nahm die Flasche, die auf dem Schreibtisch stand, und schenkte sich ein Glas ein. „Den trinkt man am besten pur." Er hob das Glas und ließ den Wodka genüsslich den Rachen hinunterlaufen, dabei wurde ein Tattoo auf seinem Oberarm sichtbar, auf dem stand:

Cologne Reds.

Brandt kannte den Schriftzug, er war quasi die Visitenkarte einer einflussreichen Türsteherbande aus

Köln. In einem früheren Fall hatte er bereits Bekanntschaft mit ihnen gemacht. Allerdings glaubte er nicht, dass die Türstehergruppierung hinter den Morden stand, diese Professionalität traute er ihnen nicht zu.

„Wir möchten gerne etwas über Ömer Kilic, einen ehemaligen Mitarbeiter von Ihnen, in Erfahrung bringen“, brachte Brandt das Gespräch zum Wesentlichen zurück.

„Tragische Geschichte. Ich habe davon gelesen. Aber das war abzusehen. Ömer war ein guter Junge, er war nur zu naiv.“

„Inwiefern?“, hakte Aydin nach.

„Weil er zu gutmütig war. Er ist von den Drogen weggekommen und der Chef hat ihm einen Job bei uns besorgt, aber der Trottel hat nicht begriffen, welches Glück das für ihn war. Nebenbei ist er auch noch fremdgegangen.“

„Hat er mit anderen Gruppierungen sympathisiert?“, fragte Brandt, der die Anspielung verstand.

„Ömer wollte bei den großen Jungs mitspielen, dabei war er im Kopf noch ein Kind. Außerdem brachte er gar nicht die körperliche Verfassung dafür mit. Dass er ausgerechnet zu Ali gegangen ist, habe ich ihm übel genommen. Er hat nicht kapiert, dass der ihn nur ausgenutzt hat, um Informationen über uns in Erfahrung zu bringen. Ich musste Ömer feuern, weil er Interna verraten hat. Gerade in unserem Gewerbe ist das ein absolutes No-Go. Und dann wurde er noch beim Konsum von Heroin erwischt. Drogen sind ebenfalls ein absolutes No-Go bei uns.“

„Wer ist dieser Ali?“

Langbein lachte, als könnte er nicht glauben, dass diese

Frage ernst gemeint war. „Ein Niemand“, erklärte er mit ironischem Unterton. „Aber er denkt, er wäre jemand, weil er so einer Kanakengang angehört. Das sind alles Kinder, keine Ahnung vom Geschäft, trotzdem versuchen sie, die etablierten Türsteher in Köln und Umgebung abzulösen. Kein Wunder, dass die keiner ernst nimmt oder respektiert.“

„Ist Herr Rebrov in die Kündigungen involviert?“

„Nicht wirklich. Er kriegt einen Report, ansonsten entscheide ich, was hier geschieht, als Geschäftsführer.“ Langbein zeigte seine strahlend weißen Zähne, es wirkte ein wenig, als würde er sich durch die Frage in seiner Kompetenz angegriffen fühlen.

Brandt fand das geradezu lächerlich.

„Hatte Herr Kilic Feinde?“

„Feinde? Ein Leichtgewicht wie er? Der war ein Feigling, solche Menschen haben keine Feinde.“

„Trotzdem wurde er von einem Auftragskiller eiskalt erschossen. Finden Sie das nicht mehr als seltsam? Warum heuert jemand einen Killer an, um eine unbedeutende Person zu erschießen?“

„Vielleicht wusste er was.“

Du Schlaumeier, wäre es Brandt fast herausgerutscht. „Genau das vermuten wir auch.“

„Da sind Sie hier aber an der falschen Adresse. Wir sind ein seriöses Unternehmen, wir zahlen unsere Steuern, im Gegensatz zu den allseits hofierten Konzernen wie Apple oder Google. Gehen Sie zu Ali. Würde mich nicht wundern, wenn er etwas damit zu tun hat. Vielleicht hat er gedacht, dass Ömer ein Maulwurf ist.“

„Wo finden wir diesen Ali?“, fragte Aydin.

„Er hat eine Shishalounge in Kalk, sie heißt *Alis Shisha*. Das sagt alles über diesen Trottel aus, denke ich."

„Wie war Herr Kilic als Angestellter?"

„Er war einer, der nicht auffiel, eher der stille Typ. Aber er hat nie Nein gesagt, wenn es Extraschichten gab.

„Hatte er Freunde?"

„Woher soll ich das wissen?"

„Bieten Sie auch Personenschutz an?"

„Wir haben ein breites Leistungspaket, warum?"

„Kennen Sie einen Peter Walsh?"

„Wer kennt ihn nicht. Der betreut doch nur die wirklich betuchte Klientel wie Dax-Vorstände, A-Promis oder Politiker. Ich habe einiges über ihn gehört. War wohl mal in so einer Special Unit der US-Armee, aber persönlich kenne ich ihn nicht. Was ist mit ihm?"

„Nichts, ich dachte, dass Sie sich vielleicht kennen, weil er auch Personenschützer ist", antwortete Brandt. Er wusste nicht, ob er ihm glauben sollte. Die Presse hatte den Namen von Walsh jedenfalls bislang nicht veröffentlicht, nur die Namen der Opfer, daher konnte es stimmen, dass Langbein nicht wusste, dass Walshs Wagen in die Luft gesprengt worden war. „Wenn Ihnen noch etwas einfallen sollte, kontaktieren Sie uns bitte." Brandt reichte ihm seine Karte, dann verabschiedeten sie sich und verließen das Gebäude.

„Wir sollten diesen Ali aufsuchen", sagte Brandt, als sie im Wagen saßen.

„Das finde ich auch, ich habe schon seine Anschrift rausgesucht."

Walsh fuhr Richtung Köln-Kalk. „Ich kann mir nicht vorstellen, dass Kilic zwischen die Fronten geraten ist."

„Wieso nicht? Die Bikergruppen …“

„Die Türsteher sind keine Biker“, korrigierte Brandt.

„Du weißt, was ich meine. Aber warum sollten diese Leute das Auto von Walsh in die Luft jagen und anschließend Ali töten?“

„Was, wenn sie dadurch Walshs Klienten bekommen wollten? Langbein kennt ihn und weiß um seine einflussreichen Kunden.“

„Und warum musste dann Kilic sterben?“

„Er ist das berühmte Bauernopfer. Vielleicht hat er die Bombe gezündet und die Hintermänner mussten ihn beiseiteschaffen, weil er sonst zu gefährlich geworden wäre. Immerhin war er bei den Drogen rückfällig geworden.“

„Möglich, nur wie passt Rebrov in das Ganze?“, überlegte Aydin.

Brandt war indessen auf die Kalker Hauptstraße abgebogen.

„Das bleibt die große Unbekannte. Vielleicht ist er wirklich unschuldig und dass Langbein Mitglied bei den Cologne Reds ist, macht Rebrovs Aussage etwas glaubwürdiger. Ich kann mir kaum vorstellen, dass jemand wie Rebrov Gangmitglied ist. Wahrscheinlich ist er tatsächlich nur finanziell an dem Unternehmen beteiligt und weiß nicht, was in der Firma passiert. Wäre jedenfalls nicht das erste Mal. Dennoch hat er gelogen.“ Genau dieser Umstand schmeckte Brandt ganz und gar nicht, es sagte ihm, dass sie immer noch keinen Schritt auf den oder die Täter zugetan hatten.

„Glaubst du im Ernst, dass Rebrov mit all dem nichts zu tun hat?“

„Eigentlich nicht, ich versuche nur laut zu denken. Derzeit neige ich dazu, alles Mögliche zu glauben."

„Was ist mit dem Hinweis von Walsh, den er uns per E-Mail geschickt hat. Was, wenn es sich bei den Killern um russische Agenten handelt? Rebrov hat ja, wie es scheint, beste Kontakte nach Russland."

„Wir wissen doch gar nicht, dass der Hinweis von Walsh kam. Für meinen Geschmack bewunderst du diesen Möchtegernhelden immer noch zu sehr."

„Tu ich gar nicht. Aber du zweifelst schließlich auch nicht daran, dass er uns den Hinweis gegeben hat."

Aydin hatte natürlich recht, Brandt wollte das allerdings im Moment nicht zugeben.

„Egal von wem der Hinweis stammte, er unterstützt deine Annahme, wenn dich wenigstens das glücklich macht."

Aydins Schmunzeln verriet, dass Brandt ihn richtig eingeschätzt hatte.

„Vielleicht kann Ali etwas Licht ins Dunkel bringen."

Brandt nickte nur. Er hatte indessen direkt vor der Shishalounge geparkt, gemeinsam stiegen sie aus.

Sie betraten die Lounge und gingen an den Tresen.

„Hallo", grüßte sie ein junger Südländer.

„Guten Tag. Wir sind von der Kriminalpolizei Köln. Das ist mein Kollege Aydin", begann Brandt die Vorstellung, „und mein Name ist Brandt. Wir möchten mit Ali sprechen." Jetzt erst bemerkte er, dass er Langbein gar nicht nach dem Nachnamen von Ali gefragt hatte.

„Meinen Sie meinen Bruder?"

„Ihm gehört doch die Lounge?"

„Ja, um was geht es denn?"

„Können Sie ihn bitte holen?“

„Mein Bruder ist mit seinen Jungs in der VIP-Lounge. Da möchte er eigentlich nicht gestört werden.“

„Wo ist diese VIP-Lounge?“

„Unten. Moment, wo wollen Sie hin?“

„Zu Ihrem Bruder, oder möchten Sie, dass wir ihn gleich verhaften?“, stellte Brandt klar. Es nervte ihn gewaltig, dass man in letzter Zeit in der Öffentlichkeit immer mehr den Respekt gegenüber der Polizei verlor. Deshalb sah er es überhaupt nicht ein, diesen Leuten auch noch überaus freundlich zu begegnen, da Freundlichkeit, wie es schien, oft mit Schwäche gleichgestellt wurde.

Im Keller angekommen, zog Brandt die schwere Gardine zur Seite und betrat den VIP-Raum.

Auf dem Boden lagen zwei Südländer, die langsam zu sich kamen.

„Was ist hier passiert?“, fragte Brandt.

„Wer sind Sie?“, nuschelte einer der Männer. Er wirkte hochaggressiv.

„Wir sind von der Kriminalpolizei“, antwortete Aydin, wurde aber sogleich von dem Mann unterbrochen.

„Wo waren Sie gerade? Ali wurde entführt. Scheißbullen.“

„Entführt? Von wem?“

„Von wem wohl? Von so einem dreckigen Türsteher von den Cologne Reds. Die Bastarde wollen Krieg, also bekommen sie Krieg.“

„Wie kommen Sie zu dieser Annahme?“

„Weil Ali etwas hat, was die wollen.“

Kapitel 19

Walsh stand auf, näherte sich äußerst behutsam der Tür und versteckte sich dahinter. Im selben Augenblick schwang die Tür nach innen und eine Person trat ein. Walsh hatte bereits ausgeholt, hielt aber gerade noch rechtzeitig inne.

„Herr Koch, sind Sie wieder fleißig?“, fragte der Mann.

„Wie immer, Professor Suhr.“

„Das lobe ich mir. Ich wünschte, alle meine Studenten wären so fleißig wie Sie. Machen Sie nicht zu lang. Als junger Mann sollte man sich auch etwas Freude gönnen.“

„Das tue ich.“

„Nun gut, dann will ich nicht weiter stören. Ich dachte, ich hätte noch eine zweite Stimme gehört, deswegen habe ich kurz reingeschaut.“

„Ach nein, das war nur ein Video, das ich wohl zu laut gestellt habe. Tut mir leid.“

Von seinem Standort aus konnte der Professor Walsh glücklicherweise nicht sehen, wenn er nur einen weiteren Schritt in den Raum gemacht hätte, hätte er ihn bemerkt.

„Verstehe“, antwortete Suhr und verließ den Raum.

„Der Topagent, der immer Gefahr wittert“, grinste Koch. Walsh war nicht sicher, ob er das ernst meinte oder ob er ihn aufzog.

Walsh ging zurück an seinen Platz.

„Was macht die Suche?“, fragte er. Er wollte auf den Vorfall nicht näher eingehen, schließlich wäre es möglich gewesen, dass jemand aufgrund der Handyortung in die Unibibliothek gekommen wäre, um sie zu töten. Sobald er die nötigen Informationen hätte, würde er das Handy des

Scharfschützen vernichten.

„Nur Geduld. Bin noch dran. Das sieht immer so einfach aus, ist es aber nicht, da steckt verdammt viel Programmierarbeit dahinter."

„Joe hätte die Daten längst parat."

Koch sagte nichts, doch seine zusammengekniffenen Augen verrieten, dass ihm diese Bemerkung gar nicht schmeckte.

„Kannst du wenigstens zwischendurch die Sperre auf diesem Handy aufheben?", fragte Walsh und reichte ihm Alis Handy.

„Wenn Sie meinen, dass ich das hinbekomme."

„Bist du jetzt eingeschnappt wie ein Mädchen?", zog Walsh ihn auf, da er gar nicht daran dachte, sich bei Koch einzuschleimen. „Kannst du es oder nicht? Ich habe keine Zeit zu verschwenden."

„Ist ja gut. Natürlich kann ich es. Joe erzählte schon, dass Sie manchmal etwas zu direkt sind. Aber dass Sie so eiskalt sind, hat er mir leider nicht verraten."

„Du hast echt keine Ahnung. Das ist noch meine freundliche Seite. Wenn du dem Tod so oft wie ich in die Augen geschaut hast, härtet dich das automatisch ab."

Koch schluckte und schloss Alis Handy über ein zweites Kabel an seinen Laptop an, tippte etwas in die Tastatur und zog das Kabel wieder raus.

„Hier. Dürfte jetzt gehen."

„Danke", sagte Walsh, nahm das Handy und sah sich den Inhalt an.

So einfältig wie Walsh ihn eingeschätzt hatte, war Ali wohl doch nicht. Auf dem Handy befanden sich jedenfalls keine Hinweise darauf, dass er irgendetwas mit dem

Attentat auf Kilic oder den versuchten Anschlag auf ihn zu tun hatte.

Allerdings gab es einen bösen Schlagabtausch per Kurznachricht zwischen Ali und Langbein, der Walsh jedoch nicht interessierte, sein Augenmerk lag auf den Fotos, die auf dem Gerät gespeichert waren. Sie zeigten immer wieder Ali mit seiner Gang und ein paar Nacktbilder von jungen Frauen, aber leider nichts, was ihn weiterbrachte.

Abschließend schaute er sich den Verlauf des Webbrowsers und die E-Mails seines GMX-Accounts an. Doch nirgends fand er etwas, was ihm half, den Tätern näher zu kommen.

„Ich glaube, ich habe da was“, ließ sich jetzt Koch vernehmen.

„Dann schieß mal los.“

„Eine der Nummern gehört einem Sicherheitsdienst in Deutz. Und raten Sie mal, wer an der Firma beteiligt ist?“

„Rebrov!“

„Genau.“

Konnte das das fehlende Bindeglied sein, nach dem er suchte?

„Heißt die Firma zufällig CSS?“

„Ja, kennen Sie die?“

„Mehr oder weniger.“ Walsh kannte die Firma, wollte das dem Studenten aber nicht auf die Nase binden. Der Geschäftsführer, Rüdiger Langbein, hatte wiederholt versucht, seine Zwei-Mann-Firma aufzukaufen, weil er an der Klientel von Walsh interessiert war.

Weder für Walsh noch für Joe war ein Verkauf jemals infrage gekommen, schließlich machten sie den Job nicht nur des Geldes wegen, sondern weil es ihnen Spaß machte. Und Langbein war ein arroganter Schnösel, dem Walsh aus Prinzip nichts verkauft hätte.

„Ömer Kilic hat ebenfalls für die Firma gearbeitet“, sagte Koch und fügte hinzu: „Ich habe mich gerade in ihren Server gehackt. Er wurde entlassen, weil er angeblich wieder Drogen nahm.“

„Sehr gut“, lobte Walsh. „Kannst du bitte auf Alis Handy schauen, ob dort Nachrichten gelöscht wurden oder sich irgendwas über Rebrov finden lässt?“

„Klar, sollte ein Leichtes sein.“

Koch griff nach dem Handy und schloss es wieder an den Laptop an. Währenddessen versuchte Walsh, die einzelnen Puzzleteile zusammenzufügen. Er nahm sein Handy und googelte Rebrov. Es erschienen jede Menge Artikel über ihn. Einer auf Russisch weckte sein besonderes Interesse.

„Wieso wundert mich das nicht“, murmelte er.

„Was?“, fragte Koch.

„Rebrov ist ein ehemaliger KGB-Agent.“

„Sind das nicht viele von diesen Oligarchen?“

Koch schien die Zusammenhänge nicht zu erkennen, Walsh schon. Als ehemaliger KGB-Agent und mit Kontakten zur russischen Regierung war Rebrov nach wie vor bestens vernetzt. Es wäre für ihn also ein Leichtes, einen Killer auf ihn oder Kilic anzusetzen.

Aber welche Motivation hatte er?

Die Übernahme der Firma?, überlegte Walsh, verwarf diesen Gedanken jedoch rasch, das ergab einfach keinen Sinn. Ihre Zwei-Mann-Firma, egal wie einflussreich ihre Kunden waren, war nicht wichtig genug, um dafür zu morden.

Es musste einen anderen Grund geben oder Rebrov war eine Sackgasse.

Hakim!

Doch auch er passte nicht so recht ins Bild. So gern er wollte, dass Hakim der Drahtzieher war, so wenig logisch klang es inzwischen.

„Das Handy ist sauber. Die gelöschten Daten verweisen weder auf Rebrov noch auf Kilic. Entweder gab es keinen Kontakt zwischen ihnen oder Ali hat noch ein anderes Handy genutzt."

Walsh vermutete das Zweite. Er nahm beide Handys an sich, holte die SIM-Karten heraus und zerstörte alles.

„Was soll das?"

„Du willst sicher keinen ungebetenen Besuch, oder? Ich empfehle dir, zu vergessen, was du heute gehört hast, und dich auf dein Studium zu konzentrieren. Die Männer sind zu allem fähig, auch dazu, einen naiven, gutgläubigen Informatikstudenten zu töten."

Koch schluckte und antwortete dann: „Keine Sorge, ich bin nicht lebensmüde. Ich operiere lieber im Verborgenen."

„Hast du die Anschrift von Rebrov?", fragte Walsh.

„Ja. Stand in der Kölner Polizeiakte. Brandt und Aydin, die ermittelnden Polizisten, haben ihn bereits aufgesucht."

„Und wie lautet sie?"

„Wollen Sie sich das notieren?"

„Eine Adresse werde ich mir gerade noch merken können."

Koch nannte ihm die Anschrift. „Wollen Sie auch die Adresse von CSS?"

„Nein, die kenne ich."

„Das wars dann?“, fragte Koch, da Walsh aufgestanden war und zur Tür ging.

„Ja, das wars. Ich empfehle dir, dich auch aus dem Staub zu machen. Nimm dir für heute frei.“

Walsh sah die Enttäuschung in den Augen des Studenten, aber was erwartete er? Dass Walsh ihn in den Arm nahm oder kumpelmäßig verabschiedete? Koch war nicht Joe, daher gab es für ihn keinen Grund, ihm irgendetwas in freundschaftlicher Hinsicht vorzuspielen.

„Verstehe. Hat echt Spaß gemacht. Wenn Sie wieder Hilfe brauchen, hier ist meine Handynummer. Grüßen Sie mir Joe.“ Koch reichte ihm eine Visitenkarte, die Walsh in die Tasche steckte.

„Mach ich. Du bist wirklich gut in dem, was du tust“, erwiderte er und hoffte, dass er Koch damit etwas zufriedenstellen konnte. Sein kurzes Schmunzeln sagte ihm, dass es immerhin ein bisschen gebracht hatte.

Als Nächstes fuhr Walsh nach Deutz zur Zentrale von CSS.

„Zu wem möchten Sie?“, fragte die Dame am Empfang, als Walsh umstandslos an ihr vorbeiging.

„Ich kenne den Weg“, antwortete er knapp und nahm die Treppe in den vierten Stock, wo das Büro von Langbein war.

„Sie können da nicht einfach …“, hörte er die Frau rufen, was ihm aber herzlich egal war.

Ohne anzuklopfen, betrat er das Büro. Langbein unterhielt sich gerade mit einer Person.

„Wer sind Sie, dass Sie hier so hereinplatzen? Sehen Sie nicht, dass wir in einer Besprechung sind?“, sagte der Mann, der Langbein gegenübersaß. Langbein lachte nur.

„Kurt, ist gut. Wir führen unser Gespräch nachher weiter. Herr Walsh und ich haben etwas zu besprechen."

Der Mann stand auf und ging mit finsterer Miene.

„Was verschafft mir die Ehre?", fragte Langbein. Er wirkte freundlich, aber Walsh sah ihm an, dass es nur gespielt war. Langbein schien hoch konzentriert und auf jede Eventualität vorbereitet zu sein, als ahnte er, weshalb Walsh ihn aufsuchte.

„Das wissen Sie doch genau. Es geht um Ömer Kilic."

„Was für ein Interesse haben Sie an einem ehemaligen Junkie?"

„Der ehemalige Junkie war ein Mitarbeiter von Ihnen."

„Und wenn, was hat das mit Ihnen zu tun? Ach übrigens, ich habe sogar für Sie gelogen. Vielleicht interessiert Sie das, die Polizei hat nach Ihnen gefragt. Haben wir Ärger mit dem Gesetz?" Langbein zeigte seine großen weißen Zähne und lachte dabei so abfällig, dass Walsh ihm am liebsten die Faust dazwischen gerammt hätte.

„Kilic war Zeuge des Anschlags auf mich."

„Ein Anschlag? Also waren Sie der Besitzer des SUVs?" Langbein tat überrascht. Walsh wusste nicht, ob er ihm das abkaufen sollte. Seine Körperhaltung verriet ihn jedenfalls nicht. Auf der anderen Seite war Langbein Profi genug, um seine Reaktionen unter Kontrolle zu halten. Er war mit allen Wassern gewaschen.

„Tun Sie nicht so, als wüssten Sie nichts davon. Es wäre Ihnen doch nur entgegengekommen, wenn es mich erwischt hätte."

„Da tun Sie mir unrecht. Halten Sie mich wirklich für so einen Feigling? Ich will Ihre Firma, ja, aber ich bin ein Ehrenmann."

„Ein Ehrenmann? Seit wann sind die Cologne Reds Ehrenmänner? Jemand, der bei Nutten, Drogen und im Glücksspiel seine Finger drin hat, will mir was von Ehre erzählen?“ Walshs Blick wanderte zu Langbeins Tattoo.

„Und wieder schätzen Sie mich und meine Gruppe falsch ein. Wir sind eine treue Bruderschaft, wir stehen zueinander und halten Köln rein von den ganzen Drecksgruppen und den Kanaken. Wir sind sauber.“

„Sauber?“ Walsh musste lachen. „Würden Sie bei Ihrer Ehre schwören, dass Sie mit dem Autoanschlag nichts zu tun haben?“

„Warum sollte ich?“

„Weil ich mich sonst gezwungen sehe, Ihnen Dinge anzutun, die Sie nicht einmal Ihrem schlimmsten Feind wünschen.“

„Wollen Sie mir Angst machen? Sie haben echt Eier. Sie kommen hierher und wollen mir Angst machen?“ Langbein hob seinen Brustkorb und spannte die Muskeln seiner Oberarme an, Walsh konnte seine stattlichen Bizepse deutlich erkennen. Er wusste, dass Langbein skrupellos war und seit Jahrzehnten trainierte. Im Gegensatz zu Ali war er schon eine andere Nummer, dennoch war er überzeugt davon, dass er ihn nicht fürchten musste.

„Ich lasse Ihnen eine Option. Ich habe nichts gegen Sie. Wahrscheinlich sind Sie sogar einer der Wenigen mit Grips in diesem Kindergartenclub, das alles ist mir völlig egal. Ich will nur wissen, wer mich töten wollte. Und ich werde jeden töten, der mir dabei im Weg steht.“

„Was für ein harter Hund Sie sind. US-Navy? Habe ja einiges über Sie gehört, na, am Ende kochen Sie auch nur mit Wasser. Ich war selbst bei der Bundeswehr. Das sind doch alles Loser."

„Sie wissen gar nichts über mich. Die US-Navy ist ein Kaffeekränzchen im Vergleich zu mir."

„Ihnen scheint es jedenfalls nicht an Selbstbewusstsein zu mangeln. Oder spucken Sie nur große Töne, weil Sie eine Waffe in der Jackentasche verstecken?"

„Ich bin kein Feigling."

„Dann kämpfen Sie." Langbein stand auf und nahm eine Kampfposition ein.

„Das wollen Sie nicht wirklich."

„Warum? Haben Sie Angst vor einem Eins-zu-Eins?"

„Es wäre Ihnen gegenüber nicht fair."

Plötzlich klopfte es an der Tür und vier Männer traten ein. Keiner von ihnen war kleiner als einen Meter neunzig.

„Chef", sagte einer der Männer und Walsh konnte sich schon denken, wer sie geschickt hatte: Kurt!

„Ich mache Ihnen einen Vorschlag. Ich kämpfe gegen Ihre Lakaien. Wenn ich gewinne, beantworten Sie meine Fragen. Wenn nicht ..."

„Wollen Sie mir etwa den persönlichen Spaß nehmen?"

Die vier Männer trennte inzwischen nur noch ein Meter von Walsh.

Langbein schaute ihn ruhig an. „Sie unterschätzen mich", sagte er und zu seinen Mitarbeitern gewandt: „Jungs, lasst uns alleine und wehe, irgendjemand betritt mein Büro, bevor ich es erlaubt habe."

„Sicher? Wir schmeißen den Wichser raus. Lass uns das regeln."

„Verdammt! Raus hier", brüllte Langbein und funkelte sie mit großen Augen an. Die Männer zuckten zusammen und verließen eilig das Büro.

Dass er eine solche Autorität bei seinen Männern genoss, beeindruckte Walsh. Vielleicht hatte er ihn doch falsch eingeschätzt.

Dann machte Langbein einen Schritt auf ihn zu und holte unvermittelt aus. Walsh konnte rechtzeitig einen Schritt zur Seite machen, sodass der Schlag ins Leere ging, und sogleich sprang er auf Langbein zu und hieb ihm mit der Faust ins Gesicht. Langbein schrie nicht, aber Walsh hörte, wie Knochen barsten. Er hatte ihn voll getroffen. Langbein holte mit dem Bein aus und traf ihn im Bauch. Für einen Moment blieb Walsh die Luft weg, dennoch erwiderte er den Tritt mit einem Faustschlag in Langbeins Magen. Der brüllte kurz auf, verkniff sich dann jedoch offensichtlich jeden weiteren Schmerzenslaut.

Das Ganze ging eine Weile hin und her. Langbein teilte mehr aus, als Walsh für möglich gehalten hätte, trotzdem behielt Walsh im Kampf immer die Oberhand.

Schließlich holte er zu einem letzten Schlag aus, als Langbein ihm gerade eins mit der Faust verpassen wollte. Walsh ging beinahe in den Spagat und schlug ihm mit der rechten Faust gegen die Niere. Langbein jaulte auf und fiel zu Boden.

„Bleiben Sie unten“, forderte Walsh ihn auf.

Langbein keuchte und hielt sich die Seite.

„Der Schmerz wird gleich vergehen. Sie sind gut, ich habe Sie unterschätzt“, würdigte Walsh die Fähigkeiten seines Gegners. „Jedenfalls sind Sie besser als dieser Waschlappen Ali.“

„Ali? Sie kennen Ali?“, brachte Langbein mühsam hervor und hob seine Hand. Walsh nahm sie und half ihm hoch, dass Langbein ihm dabei eine Falle stellen würde, erwartete er nicht.

„Ja, ich hatte ein Gespräch mit ihm, aber er wurde von einem russischen Scharfschützen getötet.“

„Ali ist tot?“

„Mausetot, und das leider bevor er mir etwas verraten konnte. Ich will Sie nicht töten, ich muss wissen, wer für diesen feigen Anschlag verantwortlich war.“

„Ihr Ruf wird Ihnen nicht gerecht, das sage ich wirklich selten. Sie sind eine fucking Tötungsmaschine. Jemanden wie Sie hätten wir gerne in unserer Bruderschaft. Sie könnten ganz oben einsteigen.“

„Danke, nein. Ich will nur die Hintermänner des Anschlags“, antwortete Walsh. Im selben Augenblick betraten wieder die vier Männer den Raum.

„Verdammt, was habe ich euch gesagt?“, brüllte Langbein. „Raus!“

Doch die Männer blieben und näherten sich Walsh.

„Hört ihr nicht? Raus!“

„Sie werden schon sehen, was sie davon haben“, sagte Walsh und ballte die Hand zur Faust.

Einer der Männer gab ein Zeichen und die Vierergruppe bildete einen Kreis um Walsh, dann kamen zwei der Riesen auf ihn zu und versuchten ihn zu treffen, aber Walsh sprang zur Seite und verpasste einem von ihnen einen Schlag gegen die Schläfe. Der Mann ging sofort zu Boden.

„Noch könnt ihr verschwinden, sonst wird es euch gleich genauso ergehen.“

„Pack ihn, Hakan“, brüllte ein anderer, augenscheinlich der Anführer der Gruppe. Hakan war allerdings zu ungestüm, sodass Walsh sich kurz nach rechts drehte,

Hakan in den Schwitzkasten nahm und fest auf Schulter-Halshöhe zudrückte, wo er einen der Triggerpunkte erreichte. Kaum hatte er zugedrückt, fiel Hakan wie ein nasser Sack zu Boden.

„Spinnt ihr! Ich sagte raus. Wer hat euch aufgetragen, hier einfach reinzuplatzen?“, rief Langbein, der nun neben Walsh stand, als wollte er ihn decken.

Ein Ehrenmann, ein Soldat, dachte Walsh beeindruckt. Vielleicht hatte er sich in Langbein getäuscht.

„Das war Kurt, er glaubt, dass du keine andere Wahl hattest.“

„Der kann was erleben. Haut endlich ab.“

Die beiden verbliebenen Männer schauten auf ihre Kumpels am Boden, die gerade zu sich kamen, dann packten sie ihre Kollegen und verließen den Raum.

„Ich hatte nie eine Chance gegen Sie, oder?“, fragte Langbein, dem das Ganze wohl ziemlich imponierte.

„Sie waren besser als alle anderen, die sich mir bisher in den Weg gestellt haben.“

„Danke für die Blumen“, lachte Langbein und reichte Walsh die Hand zum Abklatschen.

„Ich will keinen Ärger mit Ihnen. Man merkt, dass Sie gedient haben und dass Ihnen Loyalität und Ehre viel bedeuten. Ich will nur wissen, wer für diesen feigen Anschlag verantwortlich ist. Und ich hoffe wirklich, dass Sie nichts damit zu tun haben.“

Langbeins Miene verfinsterte sich, dann antwortete er Walsh.

Kapitel 20

„Was hat denn Ihr Ali, was die Cologne Reds wollen?“, fragte Brandt.

„Informationen. Wir haben einen Spion bei denen eingeschleust.“

„Halts Maul“, sagte der andere zu seinem Kumpel.

„Sie haben anscheinend den Ernst der Lage noch nicht begriffen! Ihr Freund wurde entführt, wenn wir ihn nicht finden, wird er wahrscheinlich nicht am Leben bleiben.“

„Das glaube ich nicht. Die Cologne Reds wissen, dass wir ihnen haushoch überlegen sind, die machen nur auf dicke Hose.“

„Wie sah denn der Entführer aus?“, fragte Aydin.

„Na so ein Schönling mit Muskeln, groß, braun gebrannt, schwarze Haare. Sieht wie ein Südländer aus.“

Brandt wusste, was Aydin dachte, denn das Gleiche dachte er auch. Das war niemand von den Cologne Reds, das war Peter Walsh und er war ihnen ein weiteres Mal zuvorgekommen.

„Sie haben wirklich keine Ahnung, mit wem Sie sich eingelassen haben. Ihr Freund schwebt in höchster Gefahr. Sie sollten sich wünschen, es wären die Cologne Reds.“

„Was soll das? Wollen Sie uns Angst machen?“, schimpfte der eine.

„Ganz und gar nicht. Lassen Sie mich raten, er hat Sie beide bewusstlos geschlagen, ohne mit der Wimper zu zucken“, sagte Aydin.

„Quatsch, der Feigling hat uns überrascht“, wehrte sich der andere, doch Brandt sah ihm an, dass Aydin ins

Schwarze getroffen hatte.

„Entweder Sie erzählen uns, was wir wissen wollen, oder wir nehmen Sie mit aufs Präsidium. Ich versichere Ihnen, es wäre in Ihrem Sinn, uns gleich die Wahrheit zu sagen, damit wir Ihren Freund noch lebendig finden."

Beide schauten sich an und einer schien mehr Furcht zu haben als der andere.

„Gut, aber uns wird nichts geschehen."

„Warum sollte es? Sie haben doch kein Verbrechen begangen", antwortete Aydin freundlich. Die beiden grinsten, wurden jedoch rasch wieder ernst.

„Ömer Kilic war ein Maulwurf. Er hat jede Menge Dreck herausgefunden, aber der Trottel ist zu weit gegangen.

„Das heißt?", unterbrach Brandt.

„Er ist nicht rechtzeitig abgesprungen. Die haben es bemerkt und ihn ausgeschaltet, das soll es heißen. Wer sind hier eigentlich die Bullen?" Der Zweite schüttelte den Kopf.

„Können Sie das beweisen?", fragte Aydin.

„Ali kann das. Er hat eine Akte angelegt."

„Und wo ist die?"

„Das müssen Sie ihn fragen."

Also hatten sie keine Beweise. Wenn sie Ali nicht fanden, standen sie wieder ohne einen echten Fortschritt da. Außerdem war nicht mal klar, ob überhaupt stimmte, was die beiden sagten. Die Zeit rannte ihnen davon.

„Haben Sie Alis Mobilfunknummer?", fragte Brandt.

„Klar, ich rufe ihn sofort an." Der Mann nahm sein Handy und versuchte seinen Freund anzurufen, doch dieser nahm das Gespräch nicht an. „Geht keiner ran."

Das war kein gutes Zeichen.

Brandt wählte Fischers Nummer.

„Was kann ich für euch tun?“

„Kannst du bitte ein Handy orten?“

„Logisch, schickt mir die Nummer.“

Der Mann nannte sie ihm und Brandt gab sie an Fischer durch.

„Was meinst du, wie lange brauchst du?“

„Gib mir fünfzehn Minuten. Ich melde mich.“

„Was ist mit unserem Freund? Wer ist dieser Entführer?“

„Dazu können wir nichts sagen, aber wenn es die Person ist, die wir vermuten, schwebt Ihr Freund in größter Gefahr“, antwortete Aydin.

„Wenn er Ali auch nur ein Haar krümmt, werden vierhundert unserer Brüder ihn jagen und …“ Das Wort „töten“ sprach er nicht aus, doch es war offensichtlich, was er meinte.

„Dürfen wir das Büro von Ali sehen?“, fragte Aydin.

„Ohne Durchsuchungsbefehl dürfen Sie gar nichts sehen.“

Brandt schüttelte verärgert den Kopf. „Ihr Halbstarken habt es noch immer nicht verstanden. Der Mann, der Ali entführt hat, ist ein ehemaliger Elitesoldat der US-Army. Wenn wir nicht herausfinden, was Ali weiß, wird Ihr Freund nicht nur sterben, der Mann wird auch zurückkehren und Sie alle töten. Glauben Sie mir, er wird jeden aus dem Weg räumen, der zwischen ihm und seinem Auftrag steht. Sie eingeschlossen.“

„Jetzt übertreiben Sie aber.“

„Der bestimmt nicht. Er würde diesen Mann niemals idealisieren“, entgegnete Aydin. „Einen Durchsuchungsbeschluss haben wir in den nächsten dreißig Minuten."

„Gut, ihr habt fünf Minuten. Sein Büro ist im Erdgeschoss."

Brandt und Aydin eilten nach oben und wurden dort von Alis Bruder gestoppt.

„Was ist mit meinem Bruder?", fragte er, als ahnte er, dass etwas nicht stimmte.

„Ihr Bruder wurde entführt. Wo ist sein Büro?", antwortete Brandt trocken.

„Entführt? Warum?"

„Um das herauszufinden, sind wir hier. Zeigen Sie uns bitte das Büro."

Der Junge war mehr als nervös, hastig ging er voraus und öffnete ihnen die Tür zum Büro.

„Wer hat meinen Bruder entführt? Die Reds?"

„Das wissen wir nicht. Aber wir werden ihn finden. Seien Sie unbesorgt", versuchte Aydin den jungen Mann zu beruhigen, was augenscheinlich jedoch nicht gelang.

„Der arme Junge", sagte Aydin, als sie allein waren.

„Mein Mitleid hat er nicht. Sein Bruder hat es sich selbst ausgesucht, ein Krimineller zu sein. Glaubt, dass es cool wäre, wenn man Teil einer Bikergang ist. Das ist der Preis."

„Du bist manchmal echt wie ein Eisblock."

„Warum? Nur weil ich die Wahrheit sage?"

„Der Jüngere hat doch mit all dem nichts zu tun."

„Sei nicht so naiv. Der schaut zu seinem älteren Bruder auf. Es dauert nicht lange und er ist auch Teil dieser Gang. Die wollen einfach nicht verstehen, dass solche Bikergruppen nichts Ehrenhaftes an sich haben. Das sind alles Kriminelle, alle ab in den Knast."

Aydin antwortete nicht, sondern trat an ein Regal. „Wonach suchen wir?“

„Nach irgendetwas, was uns Hinweise auf Ömer Kilic geben könnte. Wenn er wirklich ein Maulwurf war, stellt sich die Frage, warum er bei den Cologne Reds eingeschleust wurde. Und vor allem, warum Kilic den Wagen von Walsh in die Luft gejagt hat. Welches Interesse sollten die Reds daran haben, Walsh zu beseitigen? Der ist doch kein Gangmitglied.“

Aydin nickte nur und durchsuchte einige Schubladen, was Brandt ebenfalls tat. Aber auf die Schnelle konnte er nichts finden, was sie hätte weiterbringen können.

„Die Spurensicherung muss das machen“, erklärte er und rief Bender an.

„Was ist los?“, fragte die Chefin. Selbst durchs Telefon klang sie schlecht gelaunt.

„Wir brauchen einen Durchsuchungsbeschluss“, antwortete Brandt, der das Handy auf laut gestellt hatte.

„Wofür?“

Brandt schilderte ihr kurz die Vorfälle.

„Gebt mir dreißig Minuten. Am besten, ihr fasst nichts an, das sollen Rech und sein Team erledigen. Wollen wir hoffen, dass dieser Ali noch am Leben ist. Wenn die Informationen stimmen, könnte das Fahrt in die Ermittlungen bringen und womöglich einen Bandenkrieg verhindern. Das ist nämlich das Letzte, was wir auf unseren Kölner Straßen gebrauchen können, dass sich rivalisierende Banden gegenseitig umbringen.“ Dem war von Brandts Seite nichts hinzuzufügen.

Kaum hatte er das Gespräch beendet, klingelte sein Handy. Er nahm das Gespräch an und stellte wieder auf laut.

„Hallo, ich habe das Handy geortet."

„Super. Wo ist es?"

„Ihr werdet es nicht glauben. In der Universitätsbibliothek der Kölner Uni. Ich schicke euch den genauen Standort."

„Du bist der Beste. Wir fahren sofort los", sagte Brandt und legte auf.

Sie eilten zum Wagen und fuhren zur Unibibliothek.

„Na, kriegt man da nicht wieder Heimweh?", fragte Brandt, als sie das Gebäude betraten.

„Ehrlich gesagt, nicht. Ich bin froh, fertig studiert zu haben, obwohl es eine geile Zeit war", antwortete Aydin.

„Laut Fischer wurde das Handy oben in diesem Raum geortet", sagte Brandt und zeigte die Grafik, die Fischer per SMS geschickt hatte.

„Dann sollten wir gleich mal nachschauen."

„Ja, vorher solltest du dir aber die Schnürsenkel zubinden, so wie du den Studentinnen hinterhergaffst, stolperst du noch über deine eigenen Füße."

„Ich gaffe nicht. Ich bin glücklich verlobt und habe eine tolle Tochter. Ich werfe einen kurzen Blick, das geschieht unbewusst, das ist ein natürlicher männlicher Reflex."

„Männlicher Reflex? Dass ich nicht lache. Mach lieber die Schnürsenkel zu."

„Du verarschst mich doch. Die sind gar nicht auf."

„In einer Situation wie dieser würde mir das nie einfallen."

Aydin presste die Lippen zusammen und sah zu seinen Turnschuhen hinunter. Er trug immer Chucks, in den verschiedensten Farben und Formen, und tatsächlich waren seine Schnürsenkel offen, was Aydin deutlich ärgerte. Es war inzwischen so etwas wie ein Running Gag zwischen den beiden. Brandt zog ihn regelmäßig damit auf.

Während Brandt vorauslief, band Aydin seine Schnürsenkel zu und hastete ihm hinterher.

„Hier muss es sein“, sagte Brandt leise und zog die Waffe.

Er hoffte nicht, dass Walsh auf einen Beamten schießen würde, bisher hatte er nur auf Kriminelle geschossen, aber was sollte das schon heißen? Nur, was um alles in der Welt suchte Walsh mit Ali in der Universitätsbibliothek?

Aydin zog ebenfalls seine Waffe und gemeinsam betraten sie den Raum. Ein junger, etwas mopsiger Student saß vertieft in seinen Laptop an einem Tisch. Außer ihm schien niemand im Raum zu sein.

„Hände hoch“, rief Brandt und näherte sich dem Studenten.

Der zuckte zusammen, als er die beiden Beamten sah. Er ließ vor Schreck fast den Laptop fallen und seine Hände schossen raketenschnell in die Höhe.

„Wer sind Sie?“, fragte Brandt.

„I-ich?“, stotterte der Student.

„Ja, Sie, oder sehen Sie noch jemand anderen in diesem Raum?“

Der Student schaute sich kurz um und schüttelte den Kopf.

„Also, wer sind Sie?“, fragte nun Aydin.

„Ich heiße Anton Koch. Ich bin Student an der Kölner Uni.“

„Und was machen Sie gerade?“ Brandt stand nun direkt vor dem Tisch, an dem Koch saß. Die Furcht stand dem

Studenten ins Gesicht geschrieben.

Er schluckte, bevor er antwortete, und es war offensichtlich, dass er versuchte, locker zu bleiben, aber es gelang ihm nicht.

„Ich lerne für die nächste Klausur."

„So so, für die nächste Klausur. Wen wollen Sie eigentlich verarschen?", fragte Brandt, der auf dem Fußboden Teile von Mobiltelefonen sah. „Lassen Sie mich raten, Peter Walsh war bei Ihnen."

Wieder schluckte Koch, sein Gesicht lief rot an.

„Wer soll das sein?"

„Lassen Sie diese Lügen, das steht Ihnen nicht. Dieses Handy", Brandt zeigte auf den Boden, „wurde geortet. Wir gehen davon aus, dass Walsh eine Geisel hat. Und wenn wir ihn nicht finden, wird er diese Geisel töten."

„Er? Niemals, er ist ein ehemaliger Topagent, er tötet nur die bösen Jungs", rutschte es Koch heraus.

„Was hat er von Ihnen gewollt?", fragte Brandt, er spürte, wie Wut in ihm aufstieg. Koch hörte sich noch schlimmer an als Aydin. Diese Bewunderung für Walsh war einfach nicht zu ertragen.

„Er wollte wissen, was auf den beiden Handys war, die er mir ... Warten Sie, muss ich Ihnen das überhaupt sagen?"

„Und ob Sie das müssen. Sonst führe ich Sie in Handschellen ab, wie wäre das? Was würden Ihre Kommilitonen oder Ihre Professoren von Ihnen denken?", zeigte Brandt ihm seine Optionen auf.

Koch schluckte ein drittes Mal. „Gut, gut. Kein Knast. Er hat mich nur um einen Gefallen gebeten. Aber auf den Handys war nichts wirklich Verwertbares."

„Ich sagte, hören Sie mit den Lügen auf!“, wurde Brandt laut und schlug mit der Hand auf den Tisch. „Warum hat Walsh Sie aufgesucht? Woher kennen Sie sich?“

Koch war durch den Wutanfall noch eingeschüchterter, er zuckte zusammen und schien sich ducken zu wollen. „Ich wurde ihm empfohlen, von Joe, seinem Kumpel. Wir kennen uns aus der IT-Szene. Wir spielen zusammen Rollenspiele.“

„Was war auf den Handys? Wonach hat Walsh gesucht?“

„Ich weiß es nicht, ehrlich. Irgendeine Verbindung zwischen Ömer Kilic und einem Anschlag. Aber es war nichts Belastendes auf den Handys, das müssen Sie mir glauben.“

„War Walsh alleine hier?“

„Ja.“

Brandt wusste nicht, ob er ihm glauben sollte oder nicht. Walsh hatte Ali in Gewahrsam, das stand außer Frage. Nur, wo war er? Hatte er sich schon vorher seiner entledigt? War Walsh vielleicht doch ein eiskalter Killer, der vor nichts zurückschreckte? Jede Menge Fragen brannten ihm auf der Zunge.

„Wo ist er hin?“, fragte er schließlich.

„Ich weiß es nicht, wirklich.“

„Sie sollten das Lügen sein lassen. Sie wissen, wenn Sie einem Tatverdächtigen helfen, machen Sie sich strafbar.“

„Woher sollte ich denn wissen, dass er Dreck am Stecken hat?“, schien sich Koch zu verteidigen.

„Naivität ist keine Ausrede.“

Koch verengte seine Augen zu Schlitzen, es war offensichtlich, dass er es nicht mochte, als dumm bezeichnet zu werden.

„Ich weiß nicht, wo er ist. Bitte, ich will nicht ins Gefängnis. Wie soll ich das meinen Eltern erklären? Ich wollte nur einem Freund einen Gefallen tun."

„Dass Walsh Ihr Freund ist, bezweifle ich stark. Er hat Sie ausgenutzt und Sie haben es nicht begriffen." Brandt schüttelte verärgert den Kopf. „Wann ist er gegangen?"

„Vielleicht fünf Minuten, bevor Sie kamen."

Brandt versuchte sich seinen Zorn nicht anmerken zu lassen. Sie hatten Walsh knapp verpasst, jetzt könnten sie nur den Studenten verhaften, aber was hätte das gebracht? Nichts. Sie mussten Walsh und Ali finden, nur ohne Handyortung war das kaum realisierbar.

„Hier ist meine Karte, wenn Ihnen etwas einfällt, melden Sie sich", knurrte Brandt, er wollte das Gespräch schnellstmöglich beenden. Hier verloren Sie unnötig Zeit.

Er und Aydin verließen den Raum.

„Wir müssen Walsh zur Fahndung ausschreiben. Er hat eine Geisel entführt."

„Ich rufe Bender an", sagte Aydin, im selben Moment klingelte das Handy von Brandt. Er nahm das Gespräch an und lauschte kurz, dann sagte er: „Das kann doch nicht wahr sein."

Kapitel 21

Walsh glaubte Langbein, aber noch immer hatte er die Zusammenhänge nicht verstanden, warum der Anschlag gerade ihm gegolten hatte. Es gab einen schwelenden Konflikt zwischen den Cologne Reds und der Gang von Ali. Somit war es nur eine Frage der Zeit, bis er in Gewalt ausbrechen würde. Wie es schien, gab es Kräfte innerhalb der Cologne Reds, die den Konflikt scheuten und versuchten, einen friedlichen Ausweg zu finden. Langbein schien einer dieser ruhigen Pole zu sein. Der Tod von Ali hatte die Weichen jedoch inzwischen anders gestellt.

Das alles interessierte Walsh allerdings nicht. Viel wichtiger war, dass Langbein ihm etwas erzählt hatte, was ihn vielleicht weiterbringen würde.

Er fuhr nach Kalk in die Johann-Meyer-Straße und parkte vor einem Wohnblock. Dort suchte er auf den Namensschildern nach dem Namen, den Langbein genannt hatte. Er hatte nicht gelogen. Alles andere hätte Walsh auch überrascht, seine Menschenkenntnis hatte ihn bisher selten im Stich gelassen.

Er wartete, bis jemand die Eingangstür öffnete, und betrat dann den Flur. Laut Klingelanlage wohnte Jegor Popow im ersten Stock. Vor der Wohnungstür blieb er stehen, presste sein Ohr gegen das Holz, konnte aber nichts hören. Also nahm er sein kleines Spezialwerkzeug aus der Jackentasche und öffnete die Tür lautlos. Zu seiner Überraschung war sie nicht einmal abgeschlossen.

Vorsichtig betrat er die Wohnung, die entsicherte Waffe in der Hand. Kein Geräusch, offensichtlich war niemand da.

Vielleicht ausgeflogen oder er wurde gewarnt, dachte er.

Walsh erreichte das Wohnzimmer. Keine Spur von Popow. Das nächste Zimmer war das Schlafzimmer, auch hier war nichts von dem Bewohner zu hören oder zu sehen, ebenso wenig im Bad. Er war tatsächlich nicht zu Hause.

Aber wo konnte er sein? Sollte Walsh auf ihn warten und wertvolle Zeit verstreichen lassen?

Er musste mit ihm sprechen, nur so würde er hoffentlich endlich erfahren, wer wirklich für den Anschlag verantwortlich war.

Langbein vermutete die Gang von Ali als Drahtzieher, doch für Walsh klang das kaum nachvollziehbar. Welchen Grund hätte Alis Gang dafür haben sollen?

Es war allerdings möglich, dass Hakim Alis Gang mit viel Geld für den Anschlag angeheuert hatte. Richtig überzeugend war das jedoch nicht, schließlich war Hakim ein Agent des arabischen Geheimdienstes und hatte eigentlich genug eigene Ressourcen, um solche Anschläge durchzuführen. Andererseits war es denkbar, dass Hakim verhindern wollte, dass man die Spur zu ihm zurückverfolgen konnte.

Genauso denkbar ist es, dass Hakim mit all dem gar nichts zu tun hat, überlegte er selbstkritisch. Immer öfter erwischte er sich dabei, dass er sich geradezu herbeisehnte, dass Hakim der Kopf des Ganzen war.

Gerade als Walsh Popows Wohnung verlassen wollte, wurde die Wohnungstür geöffnet und vor ihm stand der Russe.

„Scheiße“, fluchte Popow und stürzte die Treppe hinunter.

Walsh schaltete sofort und lief ihm hinterher.

Popow erreichte den Ausgang vor ihm und rannte wie ein wildgewordener Stier die Straße hinunter. Walsh erhöhte das Tempo und verringerte den Abstand, es trennten sie etwa zehn Meter. Walsh gab noch einmal alles, aber Popow machte unvermittelt einen Rechtsschwenk und überquerte die Straße. Walsh sprintete ihm hinterher, da sah er den LKW. Doch er konnte nicht warten, bis der LKW an ihm vorbei war. Zum Glück machte der Fahrer eine Vollbremsung, sodass er Walsh nicht erwischte.

„Du Arschloch", schrie ihm der Fahrer nach. Walsh hatte durch seine Entschlossenheit den Abstand zu Popow erneut verkleinert.

Wieder überquerte dieser die Straße ohne Rücksicht auf Verluste, Walsh dachte jedoch gar nicht daran, seinerseits auf den Straßenverkehr zu achten, und holte auf. Er sah, dass Popow langsam die Puste ausging, er hingegen war noch lange nicht am Ende seiner Kräfte.

Inzwischen hatte er sich dem Russen bis auf zwei Meter genähert. Walsh nahm Anlauf und sprang auf den Flüchtenden. Der Aufprall riss Popow von den Beinen, er stolperte und fiel zu Boden.

Walsh stürzte auf ihn, blieb auf ihm sitzen und verpasste ihm einen Faustschlag.

Popow schrie.

„Klappe. Wenn Sie nicht tun, was ich Ihnen sage, bringe ich Sie um." Er zerrte Popow auf die Beine.

„Hey, du Held. Wag dich lieber mal an jemanden deines Kalibers oder bist du zu feige?", brüllte ihn ein Halbstarker an, der das Ganze anscheinend beobachtet hatte und plötzlich mit seinem Freund vor ihm stand. Beide waren knapp zwei Meter groß und kräftig.

„Verpisst euch", entgegnete Walsh, der keine Lust auf eine Diskussion hatte.

„Lass den Jungen los", forderte ihn der andere unbeeindruckt auf.

„Ich habe nichts getan", rief Popow und wollte sich losreißen, aber Walsh hatte ihn fest im Griff.

„Jungs, noch mal, das hat nichts mit euch zu tun. Ich bin vom BKA und dieser junge Mann hier ist ein Drogendealer."

„Bin ich gar nicht."

„Und was ist das?", fragte Walsh, der jetzt in Popows Jackentasche wühlte und ein kleines Tütchen herausholte. Der Russe versuchte sich heftigst dagegen zu wehren.

„Das haben Sie mir untergeschoben. Ich habe nichts getan."

„Verpisst euch oder soll ich euch auch verhaften?", blaffte Walsh die beiden jungen Männer an. Er wollte keine Gewalt anwenden, also zog er seine Waffe und richtete sie auf die beiden.

„Entspann dich, alles gut", sagte einer der Männer schockiert.

„Dann zischt ab."

Die Männer antworteten nicht, sondern rannten davon und stürmten in den nächsten Laden, soweit Walsh das erkennen konnte. Er konnte sich schon denken, was sie tun würden: die Polizei anrufen. Bis dahin würde er längst verschwunden sein.

„Und jetzt unterhalten wir beide uns." Walsh drückte Popow nach vorne, um ihn zurück in seine Wohnung zu bringen.

„Sie tun mir weh. Was wollen Sie von mir?“

„Das werden Sie früh genug erfahren.“

„Hat Ali Sie geschickt?“

Walsh ignorierte ihn.

„Ich bin kein Verräter. Ali weiß das. Es muss sich um ein Missverständnis handeln. Ich musste doch warten, bis die Luft rein war.“

Walsh verstand nicht, worauf Popow hinauswollte, ließ ihn aber reden. Vielleicht gab er Informationen preis, die er noch nicht kannte.

„Scheiße, Sie sind doch von Ali“, schien Popow seinen Gedanken plötzlich eine neue Richtung zu geben. „Das mit dem Geld kann warten, wirklich.“

„Und warum sollte es warten?“, versuchte Walsh das Spiel mitzuspielen. Inzwischen hatten sie die Johann-Meyer-Straße erreicht.

Popow sagte nichts.

„Was ist mit dem Geld?“

„Das war nicht so gemeint. Ich war auf Drogen, als ich Vitali gedroht habe. Wirklich, es tut mir leid. Bitte tun Sie mir nichts.“

„Öffnen Sie die Tür.“

Popow nahm seinen Schlüssel. Seine Hände zitterten, als er versuchte, das Schloss zu treffen. Schließlich gelang es ihm. Walsh zerrte ihn in die Wohnung.

„Bitte, bitte bringen Sie mich nicht um. Ich weiß, dass ich ein erbärmliches Leben habe. Ich werde von den Drogen wegkommen und neu anfangen, aber bitte erschießen Sie mich nicht. Ich will nicht wie Ali enden.“

„Dafür haben Sie eine ganz schön große Klappe. Wenn

Sie mir all meine Fragen beantworten, lasse ich Sie am Leben“, antwortete Walsh. Popow war nur ein kleiner Fisch, der von den Hintermännern skrupellos ausgenutzt wurde.

„Und woher soll ich wissen, dass ich Ihnen vertrauen kann? Wer sagt mir, dass Sie mich am Ende nicht doch erschießen? Ömer wurde ja auch eiskalt abserviert.“

„Sie reden zu viel für meinen Geschmack. Gerade in Ihrer Position sollten Sie einfach den Mund halten und das tun, was ich von Ihnen verlange. Sie wissen genau, wer ich bin.“ Walsh trat jetzt ganz nahe an ihn heran und sah in seine weit geöffneten Pupillen. Popows Stirn war von Schweißperlen überzogen, selbst am Hals schwitzte er. Sein Körper wirkte unruhig, er wankte etwas. All das sagte Walsh, dass er vermutlich vor Kurzem Heroin konsumiert hatte.

„Ich kenne Sie nicht, ich schwöre.“

„Ich kenne aber Sie“, antwortete Walsh. „Ich habe Sie und Ihren Kumpel Ömer Kilic gesehen. Das war gestern, da sind Sie und Kilic meinem Freund Joe und mir gefolgt.“

Popow erschrak, sagte jedoch nichts.

„Ihretwegen liegt mein Freund schwer verletzt im Krankenhaus“, fuhr Walsh fort und spürte, wie seine Wut immer größer wurde. Nicht nur auf Popow, sondern auch auf sich selbst. Er hatte Joe gesagt, dass er ein ungutes Gefühl habe, doch Joe hatte ihn beschwichtigt und gemeint, dass die beiden keine Gefahr darstellten. Ein schwerer Fehler. Und zwar nicht Joes, sondern seiner. Joe war Informatiker, er konnte solche Dinge nicht beurteilen, Walsh schon. Er war ein Topagent, der diese Gefahren erkennen und frühzeitig ausschalten musste – und genau das hatte er nicht getan. Er hatte sich mit der Einschätzung eines Amateurs zufriedengegeben, denn nichts anderes war Joe.

„Ich habe nichts gemacht."

„Es reicht!", wurde Walsh laut und gab Popow eine heftige Ohrfeige. Der erschrak, schrie kurz auf und presste seine linke Hand auf die Wange.

„Das war nur ein Vorgeschmack. In welcher Beziehung standen Sie zu Ömer Kilic?"

„Er war mein Freund." Noch immer hielt Popow seine Wange.

„Wo haben Sie sich kennengelernt?"

„Im Verein. Wir haben uns auf Anhieb gut verstanden. Er hatte die gleiche Geschichte wie ich. Wir haben beide an der Nadel gehangen. Die hätten uns da helfen sollen." Popow hielt sich jetzt die Hand vor die Augen. „Aber das haben sie nicht. Die haben uns von vorne bis hinten belogen. Von wegen Methadonprogramm. Ich wollte wirklich weg von der Nadel, aber Menschen wie wir sind wohl doch zum Sterben verdammt."

„Niemand ist zum Sterben verdammt", erwiderte Walsh, dabei wusste er es besser. In seiner langjährigen Zeit als Agent hatte er vielen Menschen das Leben genommen und in dem Augenblick, in dem er einen solchen Tötungsauftrag angenommen hatte, war klar, dass diese Menschen sterben würden. Walsh hatte noch nie einen Auftrag nicht erfüllt.

„Doch, doch. Ömer und ich sind der Abschaum der Gesellschaft. Man ignoriert uns, schubst uns rum und behandelt uns wie ein Stück Scheiße."

„Genug mit dem Selbstmitleid. Was war mit dem

Methadonprogramm?“

„Na der Verein, also Vitali, wollte uns helfen, aber er hat uns nur für die Drecksarbeit benutzt.“

„Kilic war doch sein Vorzeigeprojekt?“

„Ja, oberflächlich, das war alles nur Show. Sie haben ihm und den anderen gedroht. Wir waren abhängig von denen.“

„Wem hat er gedroht?“

„Wir waren zu zwölft. Sechs sind an einer Überdosis gestorben. Aber inzwischen glaube ich gar nichts mehr. Deswegen wollte ich das Geld, das mir zusteht. Und Ali hatte mir Schutz zugesichert, wenn ich ihm helfe, die Cologne Reds angreifbar zu machen.“

„Was haben die Cologne Reds damit zu tun?“

„Vitali ist ein hohes Tier bei denen. Er wollte an die Spitze, dafür muss er Rüdiger vom Thron stoßen. Rüdiger will Frieden, da die Geschäfte sehr gut laufen.“

„Und Ali hat gedacht, wenn er Sie einschleust, kann er Unruhe in die Gruppe bringen?“

„Ja und an Informationen gelangen, die ihm weiterhelfen könnten, die Reds ein für alle Mal plattzumachen. Ömer und ich waren seine Maulwürfe. Aber Ömer ist aufgeflogen.“

„Und deswegen musste er sterben. Was mussten Sie für Vitali tun?“

„Wir waren Drogenkuriere.“

Walsh konnte sich ein höhnisches Lachen nicht verkneifen. Es war gleichermaßen einfach wie genial. Der Verein diente Vitali als Tarnung, um Drogen zu vertreiben. Und wer eignete sich besser dafür, als Drogensüchtige? Wenn einer von ihnen aufflog, lag es nahe, anzunehmen, dass sie auf eigene Rechnung handelten, und wer würde schon einem Junkie glauben, der das Gegenteil behauptete? Erst recht, wenn sie es wagten, einen gemeinnützigen Verein zu beschuldigen, dessen Gönner bestens in Politik und Wirtschaft vernetzt war. Außerdem hatte Vitali die Junkies dermaßen in seiner Gewalt, dass die aus lauter Angst niemals gegen ihn ausgesagt hätten.

Warum sechs der zwölf Drogensüchtigen gestorben waren, konnte Walsh sich nun denken. Gut möglich, dass sie nicht pariert hatten.

„Und weshalb wurde mein Wagen in die Luft gejagt?“

„Das weiß ich nicht. Wir sollten Ihnen nur folgen, aber anscheinend gab es Komplikationen.“

„Was meinen Sie damit?“

„Ömer musste plötzlich weg. Sie müssen mir glauben, ich wusste nicht, dass sich eine Bombe im Wagen befand. Ich sollte Sie nur beobachten und melden, wo Sie sind. Ich will nicht sterben, bitte, Sie müssen mir glauben.“ Popow fing an zu winseln und zu weinen. Er wischte nicht einmal seine Tränen weg, er schluchzte und sabberte.

„Wer hat Ihnen den Auftrag gegeben, mir zu folgen?“, fragte Walsh, da er Popow glaubte. Er war nur eine Schachfigur, ein Bauer, den man jederzeit ersetzen konnte. Walsh wollte aber die Hintermänner.

„Lassen Sie mich dann am Leben?“

„Wenn ich Sie tot sehen wollte, hätte ich Sie längst umgebracht. Wer hat Ihnen den Auftrag gegeben, mich zu beschatten?“

„Können Sie mir etwas Geld leihen?“

Walsh war kurz irritiert. Da fürchtete Popow um sein Leben und bat im gleichen Atemzug um Geld. Allerdings konnte er sich vorstellen, warum.

„Ich gebe Ihnen genug, damit Sie verschwinden können. Gehen Sie nach Süddeutschland, in eine Entzugsklinik. Nein, noch besser, gehen Sie zur Polizei und fragen Sie nach einem Lasse Brandt, bei ihm sind Sie gut aufgehoben. Sagen Sie, dass Sie seine Nummer von Peter Walsh haben."

„Zur Polizei? Ganz sicher nicht. Seit wann helfen die Leuten wie mir? Nein, ich muss abhauen. Das wird mir hier zu heiß. Wenn ich Ihnen nicht verrate, wer mir den Auftrag gegeben hat, bringen Sie mich um, und wenn ich Ihnen erzähle, wer es war, bringen die mich um. Nicht gerade tolle Aussichten, um in Köln zu bleiben. Ich brauche genug Geld, um den nächsten Monat über die Runden zu kommen. Wie viel haben Sie in der Tasche?"

Walsh packte ihn und zog ihn nah an sein Gesicht. „Irgendetwas stimmt mit Ihnen nicht. Ich habe Ihnen angeboten, Ihnen zu helfen, dabei sagt alles in mir, dass es besser wäre, Sie durch Folter zum Reden zu bringen und dann einfach abzuknallen. Sie kleiner Wichser haben mich verfolgt und das Leben meines besten Freundes gefährdet. Also sagen Sie sofort, wer Sie beauftragt hat, danach werde ich sehen, ob ich Sie töte oder am Leben lassen." Nach diesen Worten gab er Popow einen Stoß, er fiel zu Boden.

Es dauerte eine gefühlte Ewigkeit, bis er wieder stand. Sein ohnehin blasses Gesicht wirkte noch blasser, seine Augen waren weit aufgerissen und machten den Anschein, als könnten sie jeden Moment aus ihren Höhlen herausspringen.

„Aber das mit dem Geld steht doch noch?", flüsterte

Popow bettelnd.

Walsh wusste nicht, ob er lachen oder ausflippen sollte. Er kannte diese Reaktionen von Drogenabhängigen. Popow jedoch Gewalt anzutun, war nicht gerade das, was ihm heldenhaft erschien. Also zog er ein Bündel Geldscheine aus der Hosentasche und zeigte sie Popow wie einen Knochen, mit dem man einen Hund lockt.

Die Augen des Russen wurden groß und leuchteten auf, dann sagte er den Namen des Mannes, der ihn beauftragt hatte, und wo Walsh ihn antreffen könnte.

Kapitel 22

„Noch zwei Tote“, fluchte Bender, als Brandt und Aydin den Tatort erreichten. „Meine Herren, ich frage mich allmählich, ob Sie die geeigneten Beamten für diesen Fall sind.“ Der Sarkasmus und die Wut waren nicht zu überhören. Weder Brandt noch Aydin antworteten.

„Inzwischen haben wir acht Tote und es sind keine 48 Stunden seit dem Anschlag vergangen. Ich weiß noch immer nicht, was sich hier genau abspielt und mit wie vielen Toten wir noch rechnen müssen. Rech, hast du schon was für uns?“

„Nicht viel“, begann Rech. „Der Tote hier ist Ali Haddadi, Fischer ist gerade dabei, Daten über ihn zu sammeln. Über den anderen Toten kann ich noch nicht viel sagen, da das zweite Team keine Papiere gefunden hat. Wir versuchen, über das Kennzeichen an Informationen zu gelangen. Fischer ist auch an dieser Sache dran. Der andere hatte ein Scharfschützengewehr bei sich. Es gibt dabei ein paar Ungereimtheiten. Der Wagen des Zweiten hat sich nach der Kollision mit einem Ferrari überschlagen. Wie es aussieht, gehört der Ferrari Haddadi.“

„Und warum liegt er dann tot vor uns? Oder willst du mir weismachen, dass er den Ferrari gefahren und sich dann das Leben genommen hat?“

„Nein, die Patronenhülsen, die wir gefunden haben, lassen darauf schließen, dass sie aus einem Scharfschützengewehr abgefeuert wurden.“

„Es liegt doch auf der Hand“, hörte Brandt Kramer hinter sich sagen.

„Was liegt auf der Hand?“, schnappte Rech gereizt.

„Ich komme gerade von dem anderen Tatort, diesen habe ich bereits analysiert. Haddadi wurde von dem Scharfschützen erschossen. Als dieser fliehen wollte, wurde er von einer zweiten Person, die den Ferrari gefahren hat, von der Straße gedrängt, dabei starb der Schütze."

„Und wer sollte diese zweite Person sein?"

„Das ist doch mehr als offensichtlich. Welche Person hinterlässt eine Blutspur wie eine rote Linie in diesem Fall?", fragte Kramer, wobei die Frage sicher rhetorischer Natur war. „Richtig, Peter Walsh", gab er sich selbst die Antwort.

„Das ist doch reine Spekulation", erwiderte Maike Schmoll, die inzwischen ebenfalls am Tatort eingetroffen war.

„Ich denke nicht", antwortete Brandt, dem zwar missfiel, dass er Kramer recht geben musste, aber dessen Einschätzung entsprach auch seiner. „Haddadi wurde von einer Person entführt und laut Aussage seiner Freunde war diese Person Walsh."

„Gut, nur wie passt der Scharfschütze in die Geschichte? Warum wollte er Haddadi erschießen?"

„Vielleicht wusste er etwas und war zu einer Gefahr geworden. Oder Haddadi war gar nicht das Ziel, sondern Walsh", erklärte Kramer.

„Sollen wir ihn zur Fahndung ausschreiben?", fragte Aydin.

„Nein. Für welches Verbrechen? Dass er eine Person entführt haben könnte, die jetzt mausetot ist? Jeder Anwalt boxt den doch sofort wieder raus. Nein, nein. Ich denke, wir sollten Walsh weitermachen lassen. Vielleicht bringt er uns ja zu den Hintermännern. Wir müssen versuchen, uns an Walshs Fährte zu heften."

„Was macht der Durchsuchungsbeschluss für die Shishalounge von Haddadi? Gut möglich, dass wir dort erfahren, wer das alles zu verantworten hat", sagte Brandt, der inzwischen nach jedem Strohhalm griff, der sie in den Ermittlungen voranbrachte, denn er hatte das Gefühl, dass sie sich nur noch im Kreis drehten.

„Ein Team von mir ist mit dem Beschluss auf dem Weg zur Shishabar", meldete Rech.

Bender schaute Brandt nur an und schüttelte den Kopf, der Vorwurf war nicht zu übersehen.

„Rech, brauchst du uns hier? Sonst fahren wir zurück in die Lounge", sagte Brandt.

„Besser, ihr fahrt", schmunzelte Rech.

„Informiert mich, sobald ihr erste Hinweise habt", sagte Bender und die beiden Beamten verließen den Tatort.

„Wer hat eigentlich die Polizei benachrichtigt?", fragte Aydin, als sie im Wagen saßen und nach Kalk fuhren.

„Ich glaube, irgendeine Joggerin, und das verunglückte Auto wurde von einem Autofahrer gemeldet. Ich denke nicht, dass die irgendwas mit dem Fall zu tun haben."

„Glaubst du auch, dass der Scharfschütze Walsh erschießen wollte?"

„Keine Ahnung, denkbar. Vielleicht hat er Haddadi als Schutzschild benutzt."

„Oder er wollte beide erschießen und Walsh konnte sich rechtzeitig in Deckung bringen. Anschließend hat er die Verfolgung im Ferrari aufgenommen. Passt doch irgendwie zu so einem Superagenten, oder?"

Brandt schüttelte nur den Kopf. „Seinetwegen sind acht

Menschen gestorben."

„Vier von denen weint aber sicher niemand eine Träne nach", entgegnete Aydin.

„Woher willst du das wissen? Meinst du, der Bruder von Haddadi wird nicht traurig und geschockt sein, dass sein Bruder ermordet wurde? Denkst du, diese Männer haben keine Mitmenschen, die sie lieben?"

„Wow, entspann dich. So kenne ich dich ja gar nicht, seit wann bist du auf der Seite von Kriminellen? Ich dachte immer, dass ich der Verständnisvollere von uns beiden bin."

„Mich kotzt einfach deine Bewunderung für diesen Cowboy an", platzte es aus Brandt heraus.

Aydin schnaubte nur und schwieg. Brandt wusste, dass sich ihre Diskussionen in Bezug auf Walsh ständig um dasselbe Thema drehten, aber er konnte in dieser Hinsicht einfach nicht aus seiner Haut.

Er bog gerade auf die Kalker Hauptstraße ab, als sein Handy klingelte. Er nahm das Gespräch über den Knopf am Lenkrad an.

„Ja, Fischer?"

„Ich habe etwas über Walsh in Erfahrung gebracht und die öffentlichen Kameraaufzeichnungen haben auch was Interessantes gezeigt."

„Und das wäre?"

„Mein Kumpel beim BND hat herausbekommen, dass er ein ehemaliger Topagent einer streng geheimen US-Army-Division war, die für die richtig schwierigen Fälle eingesetzt wurde. Er ist zwar seit einiger Zeit raus, aber anscheinend versucht man noch immer, ihn zurück ins Team zu holen, da er noch nie einen Auftrag vermasselt hat."

„Was ist mit den Kameraaufzeichnungen?“, fragte Brandt, da diese Information über Walsh ihn nicht weiterbrachte.

„Wie es scheint, wurde Walsh von Kilic und einer zweiten Person verfolgt. Jedenfalls haben sie ihn von der Schildergasse bis kurz vor den Tatort beobachtet. Ich schick euch ein Foto von der zweiten Person.“

„Hast du schon einen Namen?“

„Logisch, bin doch gründlich. Der Kerl heißt Jegor Popow, ein Junkie und Kleinkrimineller. Er ist immer wieder wegen kleiner Delikte mit dem Gesetz in Konflikt geraten. Und rate mal, bei welchem Verein er um Hilfe gebeten hat?“

„Bei dem russischen?“, antwortete Aydin.

„Bingo. Vielleicht nur Zufall, vielleicht auch nicht.“

„Danke, Fischer. Meld dich, sobald du mehr hast.“

„Mach ich.“ Brandt beendete das Gespräch.

„Den kennen wir doch“, sagte Aydin. Er hatte eben die E-Mail von Fischer geöffnet und hielt Brandt sein Handy mit dem Foto hin.

„Das ist dieser Typ, der sich mit Vitali angelegt hat. Verdammt, warum haben wir ihn nicht in die Mangel genommen?“, schimpfte Brandt über sich selbst.

Inzwischen waren sie bei der Shishalounge angekommen und stiegen aus. Als sie die Lounge betraten, wollte Brandt seinen Augen nicht trauen. Am Tresen stand Popow und unterhielt sich mit dem Bruder von Ali.

Kapitel 23

„Früher hättest du das Arschloch einfach erschossen", sagte Walsh zu sich selbst. Andererseits war Popow ein armes Schwein, die Drogen hatten ihn zerstört und dieser ominöse russische Verein, vor allem dieser Vitali, hatte das eiskalt für seine Drogengeschäfte ausgenutzt. Popow war am Ende nur das Opfer eines kranken Systems, in dem es Menschen gab, die um jeden Preis auf die Schnelle das große Geld machen wollten. Geld machte die Menschen blind und ließ einige von ihnen sogar kriminell werden. So kriminell, dass sie bereit waren, dafür zu töten.

Walsh hatte diese Gier nie verstanden. Es war ihm ein Rätsel, warum sich Menschen zu Sklaven des Geldes machten und bereit waren, deshalb über Leichen zu gehen.

Reichtum war noch nie eine Motivation für ihn gewesen und er hatte nichts als Abscheu für die übrig, die des Geldes wegen schlimme Dinge taten.

Inzwischen war Walsh wieder auf dem Weg nach Deutz. Sein Ziel war eine Lagerhalle, in der laut Popow Drogen gelagert wurden und von wo aus Vitali heute eine Ladung verschicken wollte.

An den Drogen war Walsh nicht im Geringsten interessiert, aber er hoffte, so zwei Fliegen mit einer Klappe schlagen zu können. Sobald er die Wahrheit aus Vitali herausgeprügelt hätte, würde er die Polizei anrufen und die könnten sich dann mit den Drogen herumschlagen.

Trotzdem gab es noch ein paar Dinge, die ihm gar nicht schmeckten. Die Männer, die Kilic erschossen hatten, waren Profis, ebenso der Scharfschütze. Das bedeutete, dass sie von jemandem angeheuert worden waren, der beste Kontakte haben musste. Konnte Vitali dieser Mann sein?

Er wusste einfach zu wenig über ihn, um das beurteilen zu können. Doch warum hätte Popow ihn anlügen sollen?

In der Nähe der Lagerhalle stellte er seinen Wagen ab, holte sein Equipment aus dem Kofferraum und legte den restlichen Weg zu Fuß zurück.

Er suchte sich eine geeignete Stelle, von der aus er das Gelände überwachen konnte, ohne aufzufallen. Dann nahm er ein kleines Fernrohr und schaute sich die Umgebung gründlich an.

Die Lagerhalle und der Vorhof waren leer. Keine parkenden Autos, nichts, was darauf hindeutete, dass hier jemand sein könnte.

Laut Popow sollten sie mit einem LKW kommen, erinnerte sich Walsh, doch jetzt beschlich ihn ein ungutes Gefühl. Er suchte mit dem Fernglas weiter aufmerksam die Umgebung ab, aber noch immer wies nichts darauf hin, dass hier Drogen verschoben wurden.

Inzwischen waren fünfzehn Minuten vergangen, nichts passierte, von Vitalis Ankunft ganz zu schweigen.

Du musst in die Halle, entschied Walsh und ging vorsichtig Richtung Lagerhalle.

Auf dem weiträumigen Parkplatz angekommen, lief er schnell hinter einen Baum, der in günstiger Lage zum großen Tor der Halle stand.

Von seinem neuen Versteck aus sah er sich erneut kurz um und entdeckte einen Hintereingang. Er huschte zur Tür und prüfte, ob sie offen war. Sie bewegte sich.

Behutsam schob er sich in die Halle und konnte nun

sehen, was darin war: NICHTS!

„Fuck“, entfuhr es ihm. Dann hörte er ein Geräusch, das immer lauter wurde und näher kam.

Jetzt wusste er auch, was für ein Geräusch das war. Motorräder und Autos.

„Popow, du kleiner dreckiger Lügner“, schimpfte Walsh, er ahnte das Schlimmste. Rasch schaute er sich in der Halle um und bemerkte eine Treppe, die an einer Wand entlang zu einer Erhöhung führte, von der aus man durch die großen Fenster schauen konnte.

Er rannte hinauf und warf einen Blick auf den Vorhof. Was er dort sah, schmeckte ihm gar nicht.

Der Parkplatz füllte sich zusehends mit Autos und Motorrädern. Viele der Fahrer hatten Kutten an und sahen südländisch aus.

„Alis Gang“, flüsterte Walsh. Er konnte sich denken, was geschehen war. Popow hatte ihn gelinkt und Alis Männern erzählt, wo er zu finden war.

Aber warum?

Weil er ein dreckiger Feigling ist.

Walsh musste die Lagerhalle verlassen, ohne aufzufallen. Er wollte keine Auseinandersetzung mit diesen Halbstarken. Sein Ziel war schließlich nicht Alis Gang, sondern Vitali.

Einfach raus konnte er allerdings nicht mehr, draußen wimmelte es nur so von Alis Leuten und sie dürsteten nach Rache.

Das Dach!

Er schaute sich um. An der rechten Wand, ganz hinten, war eine weitere Treppe. Sie schien weit hinauf zu führen. Er lief hin und hörte in diesem Moment auch schon, wie die

Männer grölten und schrien.

„Den Dreckskerl schnappen wir uns!“

„Das feige Arschloch ist in der Halle.“

Gerade als das große Tor geöffnet wurde, hatte er die Treppe erreicht und sprintete hoch.

„Die Treppe“, hörte er jemanden schreien.

Aber Walsh ließ sich dadurch nicht nervös machen. Die Stufen führten durch eine Falltür in einen Raum, der gut und gerne zu einer Art Dachgeschoss hätte gehören können, doch in dem Raum gab es keine weitere Treppe, die zum Dach ging. Er sah sich in dem Raum um und entdeckte einen schweren Schrank. Mit aller Kraft schob er den Schrank auf die Falltür.

Dennoch saß er jetzt in der Falle. Das Trampeln und Johlen der Männer kam immer näher. Zurück konnte er nicht, dann hätten sie ihn geschnappt, und wie lange der Schrank halten würde, war auch nicht sicher. Einen Kampf wollte er nicht riskieren, sie waren einfach zu viele und es war gut möglich, dass sie bewaffnet waren.

Der Schrank hatte ihm nur eine kurze Verschnaufpause gebracht. Er brauchte eine Lösung, und zwar schnell.

Er schaute sich weiter um. In einer Wand war ein Fenster. Es war klein, aber groß genug, dass er hinaussteigen konnte. Er ging hin und öffnete es.

„Der ist da oben“, brüllte jemand. „Scheiße, die Falltür klemmt!“

„Der Wichser hat bestimmt was drauf gestellt. Haut dagegen“, grölte ein anderer. „Schieß das Ding kaputt.“

Kaum hatte Walsh das vernommen, hörte er auch schon den ersten Schuss.

Trotzdem blieb er ruhig und überlegte, wie er das Ganze

unbeschadet hinter sich bringen könnte.

Und dann sah er seinen Ausweg.

Unter dem Fenster war ein schmaler Laufweg mit niedrigem Geländer, der an der Außenwand entlang führte. Sicherlich, damit man von außen die Fenster putzen oder ersetzen konnte, falls mal eines zu Bruch ging.

Walsh stieg hinaus und stand nun auf dem Gitterweg. Langsam tastete er sich vor.

„Er ist aus dem Fenster“, hörte er jemanden brüllen.

Kurz darauf ertönte ein Schuss. Walsh duckte sich, der Schuss verfehlte ihn, aber er verlor das Gleichgewicht und stürzte. Mit der rechten Hand konnte er den Sturz gerade noch abfangen, er hielt sich am Rand des Geländers fest. Um zu springen, war es zu gefährlich. Bis zum Boden waren es gut und gerne über zehn Meter.

„Ich hab das Schwein erwischt“, rief ein Mann.

Walsh brachte auch die linke Hand ans Geländer, hangelte sich weiter und zog sich schließlich wieder hoch.

„Nein, du Penner. Da ist er“, brüllte ein anderer. Erneut erklang er ein Schuss, der ihn glücklicherweise verfehlte. Diesmal stürzte Walsh nicht. Er lief weiter und erreichte ein Regenabflussrohr. Ohne zu zögern, zog er sich daran nach oben und war endlich auf dem Dach.

Kurz verschnaufen!

Von hier aus sah er, dass unten noch immer Männer auf ihn warteten, es waren also nicht alle in der Halle.

Er schaute sich um und erblickte ein Gebäude, das knapp zwanzig Meter von der Halle entfernt war. In dem Gebäude war ein Fenster und genau hier sah er seine Chance.

Er nahm ein kleines Gerät aus seinem Rucksack, das

wie eine Armbrust aussah, zielte auf das Fenster und schoss. Ein Seil wurde aus dem Gerät herauskatapultiert und flog in Richtung Fenster. Es durchschlug die Scheibe und Walsh zog, bis das Seil stramm war.

Danach drückte er einen Knopf, wodurch er das Ende des Seils aus dem Katapult lösen konnte. Er befestigte es an der Regenrinne, lief zum Rand des Daches und ließ sich über das Seil in das andere Gebäude hinübergleiten.

„Er haut ab“, brüllte jemand.

Walsh erreichte das Fenster, in diesem Moment hörte er wieder einen Schuss. Ohne zu zögern, ließ er sich durch die Fensteröffnung fallen und rollte sich ab.

Dass sie aufs Neue nicht getroffen hatten, bewies ihm, dass er es mit Amateuren zu tun hatte.

Er rannte zur Tür, die in einen Flur führte. Am Ende des Ganges waren ein Fahrstuhl und eine Treppe. Walsh jagte die Treppe hinunter und erreichte das Erdgeschoss. In dem Gebäude herrschte Betrieb.

„Was machen Sie hier?“, fragte ihn ein Mann verärgert.

Doch Walsh lief einfach weiter und suchte einen Ausgang. Endlich fand er eine Tür, öffnete sie vorsichtig und vergewisserte sich, dass niemand hier auf ihn wartete. Dann sprintete er los Richtung Auto, es war nur eine Frage der Zeit, bis Alis Gang das Nachbargebäude erreichen würde.

„Da hinten“, hörte er jemanden schreien.

Walsh warf sich in den Wagen, ließ den Rucksack auf den Beifahrersitz fallen und startete den Motor. In diesem Moment ertönte ein lauter Knall und die Heckscheibe zerfiel in tausend Splitter. Walsh drückte das Gaspedal durch und fuhr los.

Er wusste, dass die Gang ihm folgen würde, daher bog er immer wieder ab und schaute aufmerksam in den Rückspiegel, konnte aber weder ein verdächtiges Motorrad noch ein Auto entdecken. Wie es schien, hatte er sie abgeschüttelt.

„Popow, du feige Ratte hast mich verraten“, rief Walsh. Alles in ihm schrie danach, zu Popow zu fahren, um ihn zur Rede zu stellen. Er konnte sich jedoch sehr gut vorstellen, dass Alis Männer ihn dort erwarten würden.

Popow musste warten!

Zuerst musste er unbedingt den Aufenthaltsort von Vitali herausbekommen. Er hätte direkt zu dem Verein fahren können, doch um diese Zeit würde Vitali wohl kaum noch dort sein. Er hätte auch seine Jungs von der Agency anrufen können, die hätten sicherlich schnell herausgefunden, wo er war. Und er hätte in Joes Penthouse fahren und selber recherchieren können, aber all das wollte er nicht.

Stattdessen rief er Koch an.

„Ja?“

„Walsh hier, ich brauche deine Hilfe.“

„Ich wusste, dass Sie es sind. Eigentlich nehme ich Anrufe mit unterdrückter Nummer nie an, ich hatte nur gehofft, dass Sie es sind. Verdammt, die Bullen waren bei mir. So ein eingebildeter Schnösel mit Namen Lasse Brandt. Denkt, er könnte es mit Ihnen aufnehmen, dieses halbe Hemd. Aber ich habe nichts verraten …“

„Ich brauche eine Anschrift, kannst du die herausfinden?“, unterbrach Walsh ihn, da es ihn nicht im Geringsten interessierte, was Koch sagte.

Dass Brandt den Studenten aufgesucht hatte,

verwunderte ihn nicht. Sicherlich hatten sie Alis Handy geortet. Die Kölner Polizei war keine Gefahr, er musste Vitali finden und die Wahrheit aus ihm herausprügeln, danach würde er sich um Alis Gang kümmern, wenn nötig.

„Ich glaube, Sie unterschätzen mich noch immer."

„Würde ich dann anrufen?"

„Stimmt auch wieder. Was brauchen Sie?" Stolz schwang in Kochs Stimme mit.

„Ich muss wissen, wo dieser Vitali wohnt, und am besten auch, wo Igor Rebrov seinen Wohnsitz hat. Und wenn du schon dabei bist, wäre es gut, wenn du die amerikanischen Geheimdienste anzapfen könntest, vielleicht haben die was über die russischen Auftragsmörder."

„Ich kann auch das KGB anzapfen, habe erst gestern eine Backdoor auf ihren Server gebracht."

„Wenn du das schaffst, warum nicht? Ich muss wissen, wer sie beauftragt hat. Irgendwie kann ich mir schwer vorstellen, dass Vitali über so viel Einfluss verfügt."

„Kein Ding, bin dran."

„Aber höchste Prio hat Vitali. Ich brauche die Anschrift in den nächsten fünf Minuten."

„Fünf Minuten?"

„Ist das ein Problem?"

„Nein, nein."

„Gut, dann rufe ich gleich zurück", antwortete Walsh und beendete das Gespräch. „Irgendwas passt da nicht zusammen", sagte er zu sich selbst und spürte, wie sein Puls langsamer wurde und die Anspannung sich wieder legte. Seine Gedanken waren bei seiner Familie. Er hatte eine E-Mail von ihnen erhalten, dass sie gut angekommen seien, und ihnen geantwortet, dass sie sich keine Sorgen machen sollten, dass er und Joe bald bei ihnen sein würden.

Natürlich wusste er, dass sich vor allem Melanie große Sorgen machte. Nina und Marc glaubten sicher noch immer, dass er und Joe auf Geschäftsreise waren, über sie machte er sich weniger Gedanken. Was ihn jedoch wirklich erleichterte, war, dass Joe wieder zu Bewusstsein gekommen war.

Die Gedanken kreisten in seinem Kopf wie Geier, die nur darauf warteten, sich auf das Aas zu stürzen.

Selbst wenn er die Hintermänner zur Rede gestellt hätte – was dann? Würde er jemals in Frieden leben und seine Familie schützen können? Er wusste es nicht. Es gab einfach zu viele Feinde aus der Vergangenheit, die es auf ihn abgesehen hatten.

Vielleicht wäre es das Beste, wenn du wieder in die Agency eintrittst. Die werden deine Familie schützen. Doch kaum hatte er den Gedanken zu Ende gedacht, schüttelte er auch schon den Kopf. „Wahrscheinlich willst du nur zurück, weil du den Nervenkitzel liebst und brauchst. Du bist ein Krieger, das kann man nicht so einfach abstellen."

Bevor er sich weiter diesen quälenden Überlegungen hingab, sah er auf die Uhr. Die fünf Minuten waren vergangen, er rief Koch an.

„Pünktlich", sagte der, als er den Anruf annahm. „Ich habe die Anschrift. Die anderen Ergebnisse maile ich Ihnen an die Adresse, die Sie mir in der Bib gegeben haben, okay?"

„Passt. Dann schieß los."

„Vitali wohnt in Rodenkirchen, in der Uferstraße", antwortete Koch und nannte die Hausnummer. „Ich habe mal Google Earth zu Hilfe genommen, es scheint eine Villa zu sein. Leider ist sie ausgegraut, aber die Umrisse lassen auf ein etwas größeres Anwesen schließen. Muss sich ja lohnen, Geschäftsführer eines gemeinnützigen Vereins zu sein."

„Danke. Schick mir die anderen Unterlagen so schnell wie möglich zu", sagte Walsh, der Koch nicht erklären wollte, dass Vitali den Verein dafür nutzte, Drogen zu verschieben. Dass er in einer Villa wohnte, bestätigte nur, was er ohnehin annahm. Walsh beendete das Gespräch und fuhr nach Rodenkirchen.

In kurzer Entfernung zur Villa parkte er, nahm seinen Rucksack und suchte sich ein Versteck, von dem aus er die Villa beobachten konnte, ohne selbst aufzufallen. Dann holte er die kleine Fliegendrohne aus der Tasche und startete sie über die App. Eine lange Betonmauer umschloss das Anwesen. Am großen Tor waren zwei Kameras angebracht, auch an den Mauern waren Kameras installiert. Die Drohne überflog die Mauer und erreichte die moderne Villa mit den bodentiefen Fenstern. Aus einer breiten Fensterfront flutete helles Licht, offensichtlich hielten sich die Bewohner in diesem Zimmer auf.

Und so war es. Um den Tisch in der Mitte des Raums saßen vier Personen. Eine Frau, zwei Kinder und Vitali. Sie unterhielten sich, worüber, konnte Walsh nicht hören, doch die Familie machte einen glücklichen Eindruck. Die Kinder lachten und spielten mit dem Essen. Nichts deutete darauf hin, dass es sich bei Vitali um einen Mann handelte, der eiskalt über Leichen ging.

Für Walsh war das nichts Neues. Serientäter, Diktatoren

und Psychopathen konnten liebevolle Väter und Ehemänner sein. Sie waren keine Tiere, auch wenn dieser Begriff gerne für sie verwendet wurde, sie waren Menschen, die schlimme Dinge taten.

Walsh war Profi genug, um das zu trennen, und er war entschlossen, zu handeln. Er wusste, dass er Vitali töten würde, wenn es notwendig war. Dass er damit zwei süßen Kindern ihren Vater nehmen würde, konnte er ausblenden.

Er ließ die Drohne weiterfliegen und sah, dass in einem anderen Raum zwei Männer saßen und sich unterhielten. Offensichtlich Vitalis Bodyguards. Sie waren groß, trugen schwarze Anzüge und wirkten alles andere als freundlich. Sie erfüllten das Klischee perfekt. Walsh sah in ihnen kein Hindernis für sein Vorhaben.

Mithilfe der Drohne schaute er sich auch das restliche Anwesen an. Wie es schien, gab es nur die zwei Männer und zwei Hunde auf dem Grundstück, die er würde ausschalten müssen.

Die Drohne kreiste noch einige Male über das Gelände, da Walsh eine Stelle suchte, über die er sich Zugang verschaffen konnte, ohne dass die Kameras es aufzeichneten. Endlich sah er seine Chance. Er steuerte die Drohne zurück und packte sie in den Rucksack. Dann nahm er eine Waffe und einen Schalldämpfer heraus, befestigte den Schalldämpfer und schlich los.

Etwas weiter entfernt war ein Baum, der an das Grundstück grenzte und seine Äste bis über die Mauer streckte. Walsh kletterte hoch. Die ausladenden Äste und die Blätter waren die beste Tarnung. Er hangelte sich einen Ast entlang und sprang hinunter.

Kaum hatten seine Füße den Boden berührt, hörte er

Hundegebell. Es mussten die zwei Rottweiler sein, die im Garten frei herumliefen. Ihr wütendes Bellen ließ ahnen, dass sie bereit waren, jeden Eindringling in tausend Stücke zu reißen, doch bevor sie ihre tödlichen Zähne in sein Fleisch schlagen konnten, erschoss er sie beide.

Die Hunde fielen um und es war still. Das wiederum würde die Bodyguards auf den Plan rufen, so viel war sicher, also drückte sich Walsh rasch hinter einen der Laubbäume, von denen einige in dem großen Garten standen.

„Putin. Tolstoi, was ist?“, rief einer der Bodyguards und lief in Walshs Richtung.

Wer gibt seinen Hunden solche Namen?, dachte er.

Jetzt sah er den Mann in nächster Nähe. Walsh trat aus seinem Versteck und schoss. Der Mann fiel wie zuvor die Hunde nahezu lautlos zu Boden.

„Da war es nur noch eins“, sagte er zufrieden. Er bückte sich zu dem Bodyguard, durchsuchte seine Taschen und fand schließlich, was er suchte: einen Schlüssel.

„Was ist da los?“, hörte er über das Funkgerät, das neben dem Toten lag. Walsh ignorierte es und eilte zur Eingangstür.

Vorsichtig öffnete er sie und betrat den Flur.

„Dachtest wohl, du könntest dich einfach reinschleichen, du Hund“, erklang eine Stimme hinter ihm. In diesem Moment spürte er den kalten Lauf einer Waffe in seinem Nacken.

Kapitel 24

„Ich will zu meinem Bruder“, brüllte der junge Mann, als er die beiden Beamten entdeckte. Er lief auf sie zu und ignorierte Popow, der augenscheinlich noch etwas sagte.

Brandt sah, wie Popow sie anstarrte und dann seinen Blick hastig durch den Raum schweifen ließ. Er erblickte die Treppe nach unten und rannte los. Brandt zögerte keine Sekunde und sprintete ihm hinterher. Er nahm mehrere Stufen auf einmal und sah, wie Popow den Flur hinunter hastete. An dessen Ende war eine Tür, durch die durfte er nicht entwischen.

Popow riss an dem Türgriff, aber es war abgeschlossen, der Ruck brachte ihn offensichtlich zu Fall.

„Ich würde an Ihrer Stelle nicht mal daran denken“, stellte Brandt klar. Er stand inzwischen über Popow und hielt die Waffe auf ihn gerichtet. „Ganz langsam aufstehen, dann unterhalten wir uns.“

„Was wollen Sie von mir?“

„Reden.“

„Dann legen Sie die Waffe weg.“

„Eine ungünstige Ausgangslage für Forderungen, oder? Warum sind Sie weggerannt?“

„Was für eine dämliche Frage. Sie sind doch wegen der Drogen hier.“

„Was für Drogen?“, fragte Brandt und ihm entging der überraschte Gesichtsausdruck seines Gegenübers nicht. „Aufstehen.“

Popow stand auf und beide gingen die Treppe nach oben. Aydin sprach gerade mit einem Kollegen von der Spurensicherung.

„Hat dieser Walsh, dieser Ami-Bastard, meinen Bruder auf dem Gewissen?“

„Mäßigen Sie sich, sonst nehmen wir Sie mit aufs Präsidium“, drohte Aydin.

„Wir kriegen den Wichser. Wo ist mein Bruder jetzt? Ich will zu ihm.“

„Alles zu seiner Zeit. Ein Kollege wird sich darum kümmern.“

„Burkhard, kannst du bitte dafür sorgen, dass niemand das Büro betritt?“, bat Brandt einen anderen Kollegen. „Aydin und ich müssen uns kurz mit dem hier unterhalten.“

„Klar.“

„Was ist los? Wieso bekomme ich keine Antwort, das ist noch immer meine Lounge.“

„Sie halten jetzt endlich die Klappe“, wurde Brandt deutlich, Alis Bruder zuckte zusammen und sah ihnen nach.

Gemeinsam mit Aydin und Popow betrat Brandt das Büro.

„So, nun erzählen Sie mal.“

„Ihr denkt, ihr wärt voll die Coolen, dabei seid ihr nur Marionetten in einem großen Spiel, ihr Trottel. Wenn ich Walsh verarschen kann …“, Popow unterbrach sich.

„Haben Sie Drogen konsumiert?“, fragte Aydin.

Es war offensichtlich, so wie er sich benahm, sprach alles dafür.

„Ziehen Sie die Jacke und das Hemd aus“, sagte Brandt.

„Warum?“

„Verdammt! Ausziehen!“

Popow erschrak, tat aber, wie geheißen. Wie es schien, hatte er Angst vor Autoritäten. Jetzt, wo er in Unterhemd vor ihnen stand, war deutlich zu erkennen, dass er gespritzt hatte.

Brandt durchwühlte seine Taschen und fand eine kleine Tüte mit weißem Pulver.

„Das wird Sie für einige Zeit ins Gefängnis bringen."

„Das ist nicht von mir, das haben die mir untergeschoben."

„Erzählen Sie das dem Richter. Bei Ihrer Akte wird Ihnen eh niemand glauben."

„Wer glaubt schon einem Junkie? Wir sind doch der Abschaum der Gesellschaft, jeder trampelt auf uns herum."

„Genug geweint. Wie haben Sie das eben mit Walsh gemeint?"

Popow lachte und hielt die Hand vor den Mund. „Der ist mausetot. Alis Jungs sind gerade bei ihm."

„Und wo genau?", fragte Aydin. Brandt glaubte, Sorge in seinem Gesicht zu erkennen.

„Ist doch egal, der ist tot. Glaube kaum, dass der Angeber gegen hundert blutdürstige Kanaken eine Chance hat."

„Wo ist er?", fragte Aydin. „Haben Sie ihn in eine Falle gelockt?"

Popow lachte wieder. Offensichtlich entfaltete sich die Wirkung des Schusses in diesem Augenblick so richtig. „Und wenn? Was sagt das über mich? Dass ich ein fucking Genie bin. Niemand sollte mich unterschätzen! Ich bin Gott."

„Wo ist er?", wurde nun auch Brandt deutlich. Am liebsten hätte er Popow gepackt und ordentlich durchgeschüttelt.

„Tot in einer Lagerhalle", kicherte der weiter.

„Von welcher Lagerhalle sprechen Sie?“

„Na, die verlassene, in Deutz, neben der Keksfabrik.“

„Ich weiß, wo das ist. Ich benachrichtige die Kollegen, die sollen sich das mal anschauen“, sagte Aydin und nahm sein Handy.

„Totale Verschwendung von Steuergeldern. Der ist eh tot. Ich versteh die ganze Aufregung nicht, er war von Anfang an zum Tode verurteilt. Dass es am Ende die dämlichen Kanaken waren, kann uns doch allen recht sein. Kann ich mein Zeugs wiederhaben?“

Brandt wollte nicht glauben, was er da hörte. Popow verlor jede Hemmung, was definitiv dem Heroin geschuldet war. Vermutlich würde er in diesem Zustand wertvolle Informationen ausplaudern. Ob man diese vor Gericht würde verwerten können, war eine Frage, die Brandt in diesem Moment verdrängte. Er wollte an die Drahtzieher des Anschlags, nur das zählte.

„Wenn Sie unsere Fragen beantworten, können wir darüber reden.“

„Echt?“, fragte Popow, seine Augen waren weit aufgerissen und sein Kopf bewegte sich unnatürlich schnell hin und her.

„Versprochen“, log Brandt, der Menschen wie Popow nicht die geringste Empathie entgegenbringen konnte.

„Eine Hundertschaft fährt zur Lagerhalle“, sagte Aydin.

Brandt nickte nur. Er holte die Tüte mit dem weißen Pulver hervor und schwenkte sie wie ein Hundeleckerli vor Popows Augen.

Der leckte sich hastig über die Lippen und griff blitzschnell zu, verfehlte die Tüte jedoch, da Brandt seine Hand schnell weggezogen hatte.

„So läuft das nicht."

„Ich habe damit nichts zu tun. Ich versuche nur meinen Arsch zu retten, ist das so schlimm?"

„Nein, ganz und gar nicht", antwortete Aydin. „Wovor haben Sie Angst?"

„Machen Sie Witze? Ich bin ein Junkie, ich habe Angst vor allem, am meisten vor dem Leben. Sie wollten mir helfen, mit dem Methadon, aber am Ende haben sie mich alle belogen." Popow hielt sich die Hand vors Gesicht und begann zu weinen.

Das beeindruckte Brandt überhaupt nicht, seinen Kollegen offensichtlich schon, denn er reichte ihm ein Taschentuch.

„Danke", sagte Popow und wischte sich die Tränen vom Gesicht.

„Wir haben Sie in Kameraaufzeichnungen gesehen, die eindeutig belegen, dass Sie und Ömer Kilic Peter Walsh und seinem Freund gefolgt sind. Warum?"

„Ömer war mein Freund, das müssen Sie mir glauben. Ich wollte nicht, dass das passiert."

„Warum sind Sie Walsh gefolgt?", wiederholte Brandt seine Frage.

„Weil man es uns gesagt hat."

„Wer?"

„Na, Vitali."

Kapitel 25

„Peter Walsh, Sie sind wohl doch kein Superheld“, sagte Vitali. „Ich frage mich, wie Sie Alis Jungs entwischen konnten.“

„Amateure“, antwortete Walsh unbeeindruckt. Er saß auf einem Stuhl, vier Männer hatten ihre Waffen auf ihn gerichtet. Die Drohne hatte ihm also nicht alles gezeigt, schließlich hatte er nur zwei Männer auf dem Bildschirm seines Handys gesehen.

Wahrscheinlich waren einige von ihnen zu dem Zeitpunkt im Untergeschoss gewesen, vielleicht hatten sie dort ihre Räumlichkeiten. Sicher war nur, dass Walsh in Lebensgefahr schwebte.

„Amateure?“ Vitali lachte kurz auf. „Ich habe meine Hunde geliebt, vor allem Tolstoi. Das war ein großer Fehler von Ihnen.“ Kaum hatte er das gesagt, rammte er Walsh die Faust ins Gesicht. Er zuckte aber weder zusammen noch gab er einen Laut von sich.

„Sie hochnäsiges Arschloch. Ihr Amerikaner glaubt noch immer, dass ihr die Coolsten wärt, dabei haben wir eurem Präsidenten erst zur Macht verholfen.“ Wieder schlug Vitali auf ihn ein und wieder zeigte sich Walsh unbeeindruckt. „Ich habe von Anfang an bezweifelt, dass Sie so gut sind, wie man sich erzählt. Wenn ein Junkie wie Popow Sie hinters Licht führen kann, sagt das nicht gerade viel über Ihre Intelligenz.“

„Ich weiß, dass Popow Alis Jungs gegen mich aufgehetzt hat. Aber er war zu dämlich, um alleine auf die Idee zu kommen. In Wirklichkeit stecken Sie dahinter“, antwortete Walsh. Die Tatsache war nun mehr als offensichtlich, warum sonst hätte Vitali das erwähnen sollen?

Der Russe schmunzelte. „Ein ebenso genialer wie simpler Schachzug. Nutze den Feind deines Feindes, um deinen Feind auszuschalten. Es war geradezu ein Kinderspiel. Dass Sie früher oder später bei Popow aufkreuzen würden, war logisch, nachdem Sie die auf Sie angesetzten Killer getötet hatten. Also habe ich Popow zu Alis Jungs geschickt, damit sie erfuhren, wo Sie sind. Sie wiederum haben gehofft, mich dort zu treffen. Pech gehabt. Und Alis Jungs schöpfen auf diese Weise keinen Verdacht, dass Popow zu mir gehört. Das liebe ich an ihm, er ist einfach gestrickt und versucht nicht, sein Ding durchzuziehen wie Kilic. Ömer hat geglaubt, er wäre was Besseres, seit Igor ihm etwas Ruhm gegönnt hat. Deswegen musste er sterben. Der Plan war perfekt, man hätte das Ganze Ali und seiner Gang in die Schuhe geschoben, aber Sie wollten ja nicht sterben."

Also steckte doch Vitali hinter allem. Jetzt, wo er sich sicher war, dass Walsh sterben würde, hatte er auch kein Problem, damit zu prahlen und sich als glänzenden Strategen darzustellen.

Aber die Würfel waren keineswegs gefallen, noch lange nicht.

„Sie sind wirklich ein Held. Drogensüchtige für Ihre kriminellen Machenschaften zu benutzen, dazu gehört in der Tat viel Intelligenz. Sie Held."

Kaum hatte er ausgesprochen, schlug Vitali erneut zu. Er war fast so groß wie Walsh, allerdings nicht so durchtrainiert. Trotzdem hatte er einen guten rechten Haken und es kostete Walsh einiges an Kraft, nach außen cool zu bleiben, da der Treffer ihn kurz benebelte.

„Mehr haben Sie nicht drauf? Vielleicht sollten Ihre Männer mal zuschlagen. Sie schlagen ja wie ein Mädchen“, zog Walsh ihn auf.

„Sie Wichser. Was denken Sie, wer Sie sind? Kommen in mein Haus, wo meine Frau und meine Kinder leben. Glauben Sie, dass mir das Spaß macht? Jetzt muss ich Sie töten, in meinem Haus! Und was noch viel schlimmer ist, ich muss meinen beiden Kindern erklären, warum ihre Hunde gestorben sind.“

Diesmal hieb Vitali mehrmals auf Walsh ein. Ein Schlag traf ihn so heftig, dass er Blut spuckte.

„Na, immer noch eine große Klappe?“, brüllte der Russe.

„Warum ich?“, fragte Walsh.

„Muskeln und Hirn passen einfach nicht zusammen“, war Vitalis überhebliche Antwort. „Warum nicht? Jemand will Sie tot sehen, mehr interessiert mich nicht. Dieser Jemand hat gut gezahlt, cash.“

„Geld? Es geht Ihnen nur ums Geld?“

„Um was soll es mir sonst gehen? Ohne Geld ist man nichts, das werden Sie leider nie begreifen, da Sie nie über Geld verfügen werden. Geld öffnet Ihnen alle Türen dieser Welt. Geld ist Macht.“

„Wie viel Geld hat man Ihnen denn angeboten?“

„Sehr viel, ich weiß gar nicht, warum. Also mir wären Sie die eine Million Dollar nicht wert gewesen. Aber letztlich ist mir das scheißegal. Für eine Million bringe ich auch den Papst um.“

„Nur waren Sie zu feige, um sich selbst die Finger schmutzig zu machen. Sie haben dafür lieber Profis angeheuert. Dabei traue ich Ihnen gar nicht zu, dass Sie so ein gutes Netzwerk haben.“

„Sie sollten mich niemals unterschätzen. Niemand sollte mich unterschätzen. Alle bewundern Igor, dabei haben die gar keine Ahnung. Ohne mich würde es Igor nicht geben, ich bin derjenige, der seine Hände schmutzig macht, mir gebührt die Ehre, mir allein!“ Vitalis Augen waren weit aufgerissen und Walsh verstand, warum er all das so ausführlich erklärte: weil er innerlich nach Anerkennung suchte. Er war nicht nur ein gewaltbereiter Psychopath, sondern auch noch ein Narzisst, eine ganz schlechte Kombination.

Wie es schien, hatte Igor Rebrov tatsächlich nichts mit dem Anschlag zu tun gehabt. Dass Vitali log, um ihn zu decken, glaubte Walsh nicht. Warum sollte er? Er fühlte sich schließlich gerade unangreifbar.

„Sie sind ein ehemaliger KGB-Agent“, schlussfolgerte Walsh.

„Endlich! Sie sehen, dass wir viel gemeinsam haben, Peter Walsh.“

„Wir haben nichts gemeinsam.“

„Tun Sie doch nicht so. Glauben Sie wirklich, dass Ihre Tätigkeit als Agent einem guten, erhabenen Zweck diente? Sie waren Erfüllungsgehilfe für die perfiden Wünsche von machtgeilen Politikern, nichts anderes. Wie viel Blut von Unschuldigen klebt an Ihren Händen?“

Walsh antwortete nicht, weil er tief in seinem Herzen wusste, dass Vitali recht hatte. Er hatte damals seinem Vaterland loyal und ohne Kompromisse gedient. Seine Aufträge nie infrage gestellt und immer wieder sein Leben bereitwillig riskiert, um die Interessen der Vereinigten Staaten in aller Welt durchzusetzen.

Agentenarbeit hatte wenig mit der Romantik der James-

Bond-Filme zu tun.

„Ich werte Ihr Schweigen als Zustimmung. Dass ich Sie töten muss, ist rein geschäftlich, das wissen Sie doch, oder?“

„Dann erzählen Sie mir, wer dieser verrückte Mann ist, der eine Million Dollar auf mich aussetzt. Von Agent zu Agent.“

„Ich würde Ihnen gerne diesen letzten Wunsch erfüllen, aber ich weiß es nicht. Die Person hat mir das Geld in bar über einen Vermittler gegeben, zusammen mit ein paar Informationen über Sie. Sie sehen, ich bin kein schlechter Mensch. Sie sind in mein Haus eingebrochen, haben meine Hunde und einen meiner Jungs ermordet, dennoch erweise ich Ihnen Respekt. Nicht viele würden das tun. Und jetzt werden Sie wohl sterben müssen, Herr Walsh.“

Walsh konnte richtig heraushören, wie sehr Vitali seine Worte genoss, wie sicher er sich fühlte, dass Walsh gleich sterben würde.

Dann verließ er den Raum. Die vier Männer, die die ganze Zeit nur dagestanden und nicht einen Ton gesagt hatten, machten den Kreis um ihn kleiner.

„Ihr seid auch nur stark, weil ihr eure Waffen auf mich gerichtet habt. Wie wäre es mit einem Kampf?“

„Du Hund, für wen hältst du dich? Wir schlagen dich tot.“

„Vitali hat gesagt, wir sollen in den Wald fahren und ihn dann erschießen“, sagte einer von ihnen. Walsh sah, dass zwei von ihnen einem Zweikampf nicht abgeneigt waren. Genau die musste er aus der Reserve locken. Nur so hatte er eine Chance, heil aus der Sache herauszukommen.

„Wenn Vitali euch sagt, dass ihr Windeln tragen sollt, fragt ihr dann auch, von welcher Marke?“

„Halts Maul, aufstehen!“, brüllte der Mann ihn an.

„Ich wusste es doch, Feiglinge, aber was habe ich anderes erwartet. Ihr habt eh keine Chance gegen mich, ihr seid einfach weichgespülte Vollidioten.“

„Dir zeig ich’s“, rief der, von dem Walsh am ehesten angenommen hatte, dass er sich auf einen Zweikampf einlassen würde. Der Mann machte einen Schritt auf ihn zu.

„Vitali will das nicht“, sagte ein anderer.

„Komm, nur fünf Minuten. Was soll schon passieren? Geben wir diesem amerikanischen Wichser etwas Unterricht in Benehmen“, knurrte der Zweite, von dem Walsh annahm, dass er ebenso gerne seine Fäuste sprechen lassen wollte.

„Gut, zeigt ihm, aus welchem Holz wir Russen geschnitzt sind. Aber bringt ihn nicht um. Erst im Wald.“

Die beiden Männer grinsten. Die anderen beiden traten einen Schritt zurück und hielten ihre Waffen weiterhin auf Walsh gerichtet.

Die Kampflustigen dagegen machten einen Schritt auf Walsh zu, dann holte einer von ihnen aus und traf ihn an der rechten Wange. Walsh schrie kurz auf, es war ein taktisches Manöver. Er wollte ihnen das Gefühl geben, dass er keine Chance gegen sie hatte.

Jetzt hieb ihm der andere Mann auf den Rücken, wieder schrie Walsh und ging in die Knie.

„Immer noch eine große Klappe?“, brüllte der eine.

„Ihr schlagt wie Mädchen“, antwortete Walsh und stand wieder auf.

Die Männer schlugen erneut zu, wieder verteidigte sich Walsh nicht und tat, als hätte er heftige Treffer einstecken müssen.

„Das macht Spaß, Jungs, ihr wisst nicht, was ihr verpasst. Wenn alle amerikanischen Agenten solche Weicheier sind, wundert es mich nicht, dass keiner mehr vor denen Respekt hat. Wir Russen sind ein anderes Kaliber."

Diesmal senkte der Dritte in der Runde seine Waffe, machte einen Schritt auf Walsh zu und hieb ihm in den Bauch. Walsh ging in die Knie und schrie.

So langsam würde er zurückschlagen müssen, viel länger würde er diese Schläge nicht mehr verkraften können, egal wie trainiert er war, Schmerzen zu unterdrücken.

„Los, Michail, jetzt du", sagte der Dritte zu dem Letzten der Gruppe, der noch die Waffe auf Walsh gerichtet hatte.

Michail ließ sich nicht zweimal bitten, er kam einen Schritt auf Walsh zu und wollte ihm mit dem rechten Fuß einen Bauchtritt verpassen, doch Walsh ahnte, was er vorhatte, machte einen Schritt zur Seite, griff blitzschnell nach dem Fuß und verdrehte ihn so unerwartet, dass Michail stolperte und zu Boden fiel.

Walsh wusste, dass er jetzt schnell handeln musste, bevor jemand seine Waffe auf ihn richtete oder schoss.

Die kurze Irritation der Männer, die nicht mit Walshs Gegenwehr gerechnet hatten, nutzte er aus, indem er dem ersten Mann mit voller Kraft einen Schlag gegen die Schläfe verpasste. Dieser ging sofort zu Boden. Walsh machte eine Drehung nach rechts und schlug dem zweiten schwungvoll zwischen Nacken und Schulter, genau auf einen Triggerpunkt. Auch er ging zu Boden. Der Dritte hatte indessen seine Waffe gezückt und schoss, doch er verfehlte Walsh. Der sprang auf ihn und ließ einige schnelle Faustschläge auf ihn niederprasseln, die den Mann niederstreckten.

Walsh hob zwei der Waffen auf, da man ihm seinen Rucksack natürlich abgenommen hatte. Lediglich das Mundspray, sein Betäubungsspray, hatte er noch. Sie hatten die kleine Spraydose wohl nicht verdächtig gefunden.

Entschlossen steckte er die eine Waffe hinter dem Rücken in den Hosenbund, mit der anderen feuerte er auf die am Boden Liegenden. Das hier hatte rein gar nichts mit Heldentum zu tun, es ging ums nackte Überleben. Sie nicht zu erschießen, hätte eine Gefahr bedeutet, die er nicht kalkulieren konnte und wollte. Außerdem hätten die Männer ihn ebenso, ohne mit der Wimper zu zucken, erschossen. Ein Agent durfte kein Mitgefühl haben.

Drei der Männer tötete Walsh, den vierten noch nicht. Er überlegte, ob er ihn als Geisel nehmen sollte, um wenigstens den Raum lebend verlassen zu können. Der dunkle Kellerraum, der nur durch eine Deckenlampe erhellt wurde, hatte kein Fenster und nur eine Tür, die hinausführte. Wer sagte ihm denn, dass vor der Tür nicht weitere Männer von Vitali warteten, um ihn kaltzustellen? Die Schüsse hatte man bestimmt gehört.

Der Mann, der noch lebte, kam langsam zu sich. Es war Michail. Walsh bückte sich zu ihm und hielt ihm den Lauf der Waffe an die Stirn.

„Wenn du am Leben bleiben willst, machst du jetzt besser keine Dummheiten."

Der Mann sagte nichts, er blickte ihn wütend an.

„Aufstehen, ganz langsam, sonst puste ich dich um."

„Du Wichser, du hast keine Chance. Glaubst du wirklich, du kommst hier lebend raus? Draußen warten zehn bewaffnete Männer, die werden dich durchlöchern."

„Das werden wir sehen", reagierte Walsh gelassen, war für diese Information allerdings dankbar. Er glaubte nicht, dass Michail log.

„Du wirst dafür bezahlen", brüllte dieser, weshalb sich Walsh gezwungen sah, ihm mit dem Griff der Waffe gegen den Kopf zu schlagen.

„Beim nächsten Aufmucken erschieße ich dich." Walsh packte den Mann und trat vor die Tür.

„Langsam öffnen", sagte er und drückte den Lauf der Waffe gegen den Rücken von Michail.

Der gehorchte und öffnete die Tür, anscheinend hatte er kapiert, dass Walsh zu allem fähig war.

Walsh drückte ihn in den Kellergang und ging dann selbst hinaus.

Vielleicht hat er doch gelogen, überlegte er, da keiner von Vitalis Männern sie hier erwartete. Oder sie hatten die Schüsse nicht gehört, weil der Raum schallisoliert war.

Letztlich war es egal, Walsh musste zum Ende des Ganges gelangen, denn dort war die Tür, durch die man ihn hergebracht hatte. Nur dieser Weg führte hinaus.

Vorsichtig näherte er sich der Tür, immer noch unter Hochspannung und jederzeit damit rechnend, dass man ihn überraschen könnte.

Nur wenige Schritte trennten ihn von der Tür, als diese plötzlich aufgerissen wurde und mehrere Männer eintraten. Ohne Umschweife eröffneten sie das Feuer. Hätte Walsh Michail nicht gehalten, wäre er wie ein nasser Sack auf den Boden gefallen. Doch Walsh dachte gar nicht daran, ihn loszulassen, er diente ihm als Schutzschild. Walsh feuerte zurück und ging weiter auf die Tür zu, er würde unter keinen Umständen zurückstecken. Er sah, wie zwei Männer zu Boden gingen. Aber dann erwischte ihn selbst eine Kugel und er stürzte.

Kapitel 26

„Ich kriege Schutz, das haben Sie mir geschworen, vergessen Sie das nicht“, jammerte Popow, dessen Blick noch immer an der Tüte mit dem Heroin klebte. Was so ein bisschen Pulver in einem Süchtigen auslösen konnte, war schon erstaunlich.

„Sie warten hier“, sagte Brandt und gab Aydin ein Zeichen, ihm zu folgen.

„Was ist mit meinem Stoff?“, fragte Popow.

Brandt ignorierte die Frage und verließ den Raum. In der Lounge trat er zu einem der neu dazugekommenen Streifenpolizisten, die bei der Durchsuchung und vor allem dabei halfen, die Schaulustigen draußen zu halten.

„Im Büro sitzt ein Zeuge, er ist auf Heroin. Bitte sorge dafür, dass er ins Präsidium gebracht wird.“

„Geht klar“, sagte der Kollege und ging ins Büro.

„Wir sollten Bender anrufen. Wenn es stimmt, was er sagt, brauchen wir dringend Verstärkung“, bemerkte Aydin.

Brandt nickte. „Komm, wir knöpfen uns Vitali vor. Ruf bitte Fischer an, er soll uns seine private Anschrift besorgen.“

Bis sie bei ihrem Dienstwagen angekommen waren, hatte Aydin bereits alle Informationen über Vitali bei Fischer abgefragt.

Brandt startete den Motor, auf der Fahrt rief er Bender an.

„Gibt es Neuigkeiten?“, fragte ihre Chefin.

„Jede Menge. Vitali Yakolew steckt hinter den Anschlägen.“

„Der Geschäftsführer des gemeinnützigen Vereins?“

„Ja, wie kommt ihr darauf?"

„Wir haben Jegor Popow erwischt, er hat gesungen und uns einige interessante Dinge verraten. Der Verein diente nur als Tarnung, um Drogen zu verschieben, daher die vielen Drogenabhängigen, die im Verein betreut wurden."

„Ist Rebrov auch darin verwickelt?"

„Wie es scheint, nicht."

„Und was hat das Ganze mit dem Anschlag zu tun?"

„Das weiß Popow nicht, er hatte nur den Auftrag, Walsh zu verfolgen. Dass man seinen Wagen in die Luft jagen würde, wusste er nicht. Wir hoffen, dass Vitali uns Antworten darauf geben wird."

„Lasst mich raten, ihr seid auf dem Weg zu ihm?"

„Genau. Wir bräuchten aber Verstärkung."

„Wartet, bis die Verstärkung vor Ort ist."

„Das können wir nicht. Wir dürfen Vitali nicht entwischen lassen, außerdem weiß er nicht, dass wir mit Popow gesprochen haben. Vielleicht gelingt es uns, ihn zu überführen, ohne Blut zu vergießen. Allerdings sollte ein Team bereitstehen, falls wir Unterstützung brauchen. Und wir brauchen einen Haftbefehl. Gib uns eine Stunde, bevor das SEK-Team einschreitet."

„Seid vorsichtig, Jungs, um den Rest kümmere ich mich. Wo wohnt dieses Schwein?"

„In Rodenkirchen", antwortete Aydin und nannte ihr die Anschrift, danach beendeten sie das Gespräch.

„Vitali wird in seinem eigenen Hause sicher nicht auf uns schießen, das ist unsere Chance, ihn zu überführen."

„Wenn er denn zu Hause ist", erwiderte Aydin.

Brandt wollte gar nicht an die Alternative denken und drückte aufs Gas. Bei der angegebenen Anschrift parkte den Wagen.

„Für den Geschäftsführer eines gemeinnützigen Vereins nicht schlecht“, bemerkte er und reichte Aydin die schusssichere Weste.

Wie schon bei vielen Einstätzen zuvor merkte Brandt, wie sein Puls schneller ging und die Nervosität zunahm.

Gemeinsam gingen sie zu dem großzügigen Eingangsportal und klingelten, schließlich sollte es den Anschein haben, als handelte es sich um einen reinen Routinebesuch.

„Ja, bitte?“, hörten sie aus dem Lautsprecher. Der russische Akzent des Sprechers war nicht zu überhören.

„Guten Tag, hier ist die Kriminalpolizei Köln. Wir müssen kurz mit Herrn Vitali Yakolew sprechen.“

„Herr Yakolew ist nicht im Hause“, antwortete die Stimme.

„Wo ist er denn?“, fragte Brandt, er wollte das nicht so recht glauben.

„Das weiß ich nicht.“

„Wir möchten trotzdem kurz reinkommen.“

„Ohne Durchsuchungsbeschluss können Sie mich am Arsch lecken“, konstatierte der andere plötzlich verärgert.

Brandt machte einen Schritt zurück. „Die ahnen was. Der ist um diese Zeit doch niemals weg.“

„Dann sollten wir uns selbst Zugang verschaffen“, schlug Aydin vor und zeigte zu einem Baum, der an die Mauer um das Grundstück grenzte.

„Manchmal hast du echt gute Ideen“, sagte Brandt und klopfte Aydin auf die Schulter.

„Manchmal?“

Sie liefen zu dem Baum und kletterten hoch. Über einen

großen Ast schoben sie sich über die Mauer und sprangen in den Garten.

An der Mauer entlang schlichen sie zur Rückseite der Villa. Nirgends brannte Licht, was Brandt verwunderte und ihn zugleich zu größter Vorsicht mahnte. Entweder waren Vitali und seine Familie tatsächlich nicht in der Villa oder sie wollten nur diesen Anschein erwecken.

„Da", flüsterte Brandt und zeigte auf ein Fenster, das auf kipp stand.

Aydin löste einen Schnürsenkel von seinem Schuh und machte eine kleine Schlaufe, dann legte sie vorsichtig um den Griff des Fensters und drückte es zu, danach musste er nur noch an der Schnur ziehen und das Fenster war offen.

„Ein Kinderspiel", schmunzelte er, da es gleich beim ersten Mal geklappt hatte.

Brandt schlüpfte hindurch, Aydin folgte ihm. Die Rangfolge war bei ihren Einsätzen klar festgelegt und inzwischen auch von dem deutlich jüngeren Aydin akzeptiert. Bei ihren ersten gemeinsamen Fällen hatte er sich immer gewehrt, hinter Brandt gehen zu müssen, denn er scheute die Gefahr ebenso wenig. Aber Brandt hatte in dieser Hinsicht nicht nachgegeben, er war erfahrener und wollte nicht, dass Aydin unnötig sein Leben riskierte. Und jetzt, wo Aydin Vater war und sie Freunde, erst recht nicht.

Die beiden Beamten sahen sich in dem Raum um. Nur das Licht von außen erhellte die Umgebung. Brandt nahm eine kleine Taschenlampe aus der Tasche und schaltete sie ein. Wie es schien, waren sie in der Küche. Mit äußerster Vorsicht bewegten sie sich vorwärts.

Langsam öffnete Brandt die Tür und warf einen Blick

nach draußen. An die Küche grenzte der Flur, dort brannte Licht. Er drehte sich um und schaute auf Aydins Waffe, sie war entsichert.

„Warte hier. Ich checke die Lage."

„Das kommt nicht infrage", erwiderte Aydin und trat einen Schritt vor.

„Gut, aber halt etwas Abstand. Gib mir Deckung."

Aydin nickte und Brandt betrat den Flur.

„Was machen Sie hier?", hörte Brandt in diesem Moment jemanden auf dem Flur rufen.

„Keine Bewegung, Kriminalpolizei", rief Brandt und zielte mit der Waffe auf den Mann.

Der schien abzuwägen, hob dann die Arme und brüllte: „Wer sagt mir, dass Sie wirklich Bullen sind und nicht zu diesem amerikanischen Spion gehören?"

„Walsh ist hier?"

„Ich sage nichts mehr", antwortete der Mann, als ahnte er, welchen Fehler er gerade begangen hatte.

Brandt trat zu ihm und legte ihm Handschellen an. Danach nahm er ihm die Waffe ab und drängte den Mann in die Küche. Dort öffnete er die Handschelle der rechten Hand, um sie an einem Balken zu befestigen. So konnte der Mann nicht entwischen. In den Küchenschränken suchte er ein Tuch und etwas zum Kleben. Als er den Mann damit knebeln wollte, versuchte der sich zu wehren, da Aydin ihm aber die Waffe an die Stirn hielt, gab er schnell klein bei.

„Hier ist irgendwas gewaltig faul. Wenn Walsh nicht hier ist, wo ist er dann?"

„Tot?", fragte Aydin mit gepresster Stimme.

„Wir müssen vorsichtig sein, sehr vorsichtig", mahnte

Brandt und hoffte, dass die Verstärkung bald eintraf.

Sie gingen zurück in den Flur und entschieden, die oberen Räumlichkeiten genauer anzuschauen. Doch in keinem der Zimmer, das sie betraten, war jemand.

„Die Kinder sind weg, die Frau auch“, sagte Brandt, nachdem sie die zwei Kinderzimmer und das Schlafzimmer hinter sich gelassen hatten.

„Jede Wette, sie sind nicht da, damit sie nicht mitbekommen, was für ein Dreckskerl er ist. Bestimmt haben sie Walsh überrascht, alles andere macht keinen Sinn.“

Brandt glaubte das ebenfalls, sagte aber nichts. Sie hatten noch zwei Räume zu kontrollieren. Brandt öffnete die Tür zum nächsten Zimmer und trat ein, gefolgt von Aydin. Auch dieser Raum war sauber, niemand da.

„Vielleicht ist er ausgeflogen“, überlegte Aydin.

„Dann sollten wir ihn dringend zur Fahndung ausschreiben“, erwiderte Brandt. Aydin griff sofort zum Handy und bat die Zentrale darum.

Anschließend schauten sie in den letzten Raum, mit dem gleichen enttäuschenden Ergebnis.

„Mist, der hat Lunte gerochen.“

„Was mit Walsh wohl ist? Laut Popow war er hier.“

„Irgendwann ist es vorbei mit dem Glück.“

„Das weißt du doch gar nicht“, entgegnete Aydin, der diesen Gedanken offensichtlich nicht hinnehmen wollte. Aber Brandt dachte gar nicht daran, etwas schönzureden. Wenn Walsh alleine hier gewesen war, hatte er entweder kalte Füße bekommen oder Vitalis Männer hatten ihn kaltgestellt, alles andere ergab einfach keinen Sinn. So viel dazu, dass er unbesiegbar wäre.

„Wir sollten uns mit dem Typen in der Küche unterhalten“, sagte Brandt, also gingen sie zurück in die Küche.

Der Mann hatte scheinbar die ganze Zeit krampfhaft versucht, sich zu befreien. Als er Brandt und Aydin sah, hörte er auf, seine Augen waren hasserfüllt.

Brandt befreite ihn von dem Knebel.

„Wo ist Yakolew?“

„Machen Sie mich los, das ist Hausfriedensbruch“, brüllte der Mann.

Brandt presste den Knebel wieder in seinen Mund. „Wenn Sie noch mal so laut sind, beenden wir das hier sehr schnell. Nur damit Sie begreifen, wir sind von der Kriminalpolizei, Sie können uns mit Ihrer großen Klappe nicht einschüchtern. Es gibt einen Haftbefehl gegen Yakolew. Wenn Sie kooperieren, wird sich das positiv für Sie auswirken. Wenn nicht, können Sie sich selbst ausmalen, was Staatsanwalt und Richter denken werden, wenn mein Kollege und ich aussagen, dass Sie uns gegenüber gewalttätig geworden sind.“

Brandt nahm ihm den Knebel aus dem Mund.

„Das ist gelogen“, rief der Mann. Brandt klebte ihm den Mund wieder zu.

„Wollen Sie nicht verstehen oder sind Sie zu dämlich?“

„Sie sollten ihm glauben. Es ist Ihre Chance, mit einem blauen Auge davonzukommen“, erklärte Aydin deutlich freundlicher als Brandt.

Noch einmal löste dieser den Knebel, diesmal schrie der Mann nicht los. „Wenn Sie mich verarschen, ich finde Sie.“

„Der hat das mit den Drohungen einfach nicht kapiert“, sagte Brandt an Aydin gewandt und wollte ihm den Knebel aufs Neue in den Mund stopfen, als der Mann sagte: „Stopp. Vitali ist im Garten, da sollte gleich ein Hubschrauber kommen."

„In den Garten?"

„Ja, was gucken Sie so? Er hat einen Hubschrauberlandeplatz im Garten. Selbst schuld, wenn ihr das nicht bemerkt habt, dämliche Bullen."

Brandt schob ihm den Knebel zurück in den Mund – unter dem heftigen Widerstand des Mannes.

„Entspannen Sie sich, wenn wir Ihren Chef kriegen, sind Sie fein raus", erklärte Brandt und verließ mit Aydin die Küche.

„Der darf uns nicht entwischen. Wahrscheinlich sind seine Männer draußen und erwarten uns", sagte Brandt, als sie in dem großzügigen Flur waren. „Wir sollten ihnen nicht direkt in die Arme laufen." Da Brandt bis jetzt keine Hubschraubergeräusche gehört hatte, glaubte er nicht, dass Vitali bereits ausgeflogen war. Es war aber sicherlich nur eine Frage der Zeit.

„Über den Keller. Solche Anwesen haben doch immer einen Hinterausgang, da könnten wir unentdeckt bleiben, bis Verstärkung kommt", schlug Aydin vor. Brandt nickte nur.

Es dauerte nicht lange, bis sie die Tür zum Keller entdeckt hatten. Brandt öffnete die dicke Stahltür und hintereinander gingen sie die Treppe hinunter. Solch eine Stahltür hatte Brandt selten gesehen, hier wollte offensichtlich jemand erreichen, dass die Geräusche aus dem Keller nicht nach oben drangen.

Er musste sich eingestehen, dass sie Vitali völlig falsch eingeschätzt hatten, als sie ihn im Verein besucht hatten.

Er hatte harmlos gewirkt, alles andere als vermögend und schon gar nicht gefährlich. So konnte man sich täuschen.

Der Kellergang war lang, an seinem Ende war eine weitere Tür, dahinter erhoffte sich Brandt den Hinterausgang in den Garten.

Aydin öffnete die Tür und wäre fast über eine Leiche gestolpert. Was sie hier sahen, war nicht in Worte zu fassen.

Mehrere Männer lagen tot auf dem Boden.

„Walsh", sagte Aydin. „Er ist aber nicht unter den Toten. Vielleicht lebt er noch."

Brandt glaubte das nicht. So ein Gemetzel konnte niemand überleben.

So makaber es klang, ihm kam das gelegen, denn es bedeutete, dass die Anzahl der Männer, die ihnen im Wege stehen konnten, deutlich geschrumpft war.

Sie gingen den Gang weiter und erreichten erneut eine Tür. Als Brandt sie öffnete, schlug ihm kalte Luft entgegen. Sie waren draußen. Vorsichtig trat er hinaus, die Waffe entsichert, bereit, jederzeit zu schießen. Aydin folgte ihm dicht auf den Fersen.

Plötzlich ertönte ein Schuss. Aydin und Brandt duckten sich, doch zu spät, der Schuss traf Aydin, er fiel sofort um.

„Scheiße", fluchte Brandt. Er bückte sich, um nach seinem Freund zu schauen, der war jedoch bei dem Sturz so unglücklich mit dem Kopf aufgeschlagen, dass er das Bewusstsein verloren hatte. Die Kugel hatte zum Glück nur seinen Oberarm gestreift. Brandt zerrte Aydin zurück in den Keller und schloss die Tür.

Dann hörte er einen Hubschrauber näher kommen.

„Es geht nicht anders", sagte er und eilte nach draußen.

Er musste sich Vitali schnappen, koste es, was es wolle. Jetzt nicht zu handeln, hätte bedeutet, dass er entkam. Aydin war im Keller vorerst sicher.

Vorsichtig bewegte er sich an der Wand entlang, da hörte er wieder einen Schuss, der ihn knapp verfehlte. Brandt schoss zurück und traf den Angreifer, er stürzte zu Boden.

Der Hubschrauber kam immer näher, Brandt musste auf volles Risiko gehen. Er lief über die freie Fläche, denn er glaubte, Vitali dort mit zwei Männern zu sehen. Die Männer entdeckten ihn ebenfalls und eröffneten das Feuer.

Brandt warf sich auf den Rasen, machte sich lang und feuerte zurück. In dem Gewirr an Schüssen glaubte er, noch mehr Schüsse zu hören, woher sie kamen, konnte er nicht einschätzen, doch er erwischte einen der Männer.

Dann wurde auch er von einer Kugel getroffen und ihm wurde schwarz vor Augen. Die Kraft in seinen Armen ließ nach, sodass er plötzlich die Waffe nicht mehr halten konnte. Er schoss ein letztes Mal. Ob er jemanden getroffen hatte, konnte er nicht sagen, aber er hörte Schritte. Inzwischen spürte er, wie ihn die Kraft verließ. Seine Hand fuhr zu der Stelle, die so sehr schmerzte. Es war unten rechts am Bauch. Das warme Nass an seiner Hand sagte ihm, dass die Kugel ihn schwer verwundet hatte.

Gleich würde er sterben. Seine Fähigkeit zur Gegenwehr war wie ausgelöscht. Er glaubte, einen Tunnel zu sehen und ein Licht. So kannte man es doch aus den Erzählungen der Menschen, die dem Tod ins Auge gesehen hatten. Dann sah er plötzlich Szenen aus seinem Leben, die wie ein Film in Lichtgeschwindigkeit an ihm vorbeirauschten.

Er war bereit zu sterben. Er fühlte keine Reue, keine Angst, nichts. Alles war leicht und klar. Der Tod hatte seine Bedrohlichkeit verloren, er war eine Tatsache geworden, die ihn glücklich machte. Nie hatte er sich wohler gefühlt.

In diesem Schwebezustand meinte er zu hören, wie jemand brüllte, hasserfüllt, er stand wohl über ihm und starrte ihn an. Brandt verstand nicht warum, er spürte nur noch, dass alles mit Liebe erfüllt war. Zu sterben war, als würde man verstehen, was wirklich unendliche und selbstlose Liebe war. Trotz all des Hasses und der Wut des anderen hatte Brandt für diesen Mann nur Liebe übrig. Er war mit sich im Reinen. Er hörte noch, wie der Mann rief: „Stirb, du Scheißbulle."

Dann fiel ein Schuss und es war vorbei.

Kapitel 27

Walsh hatte beobachtet, wie die Kölner Polizeibeamten plötzlich aus der Kellertür nach draußen getreten waren. Er hatte gesehen, wie Aydin einen Streifschuss bekommen hatte und von Brandt in Sicherheit gebracht worden war. Dann war Brandt losgelaufen. Nur Sekunden später hatte sich die Kellertür erneut geöffnet und Aydin war herausgerannt, als wäre der Teufel hinter ihm her. Er schrie, vermutlich ahnte er, dass der Tod bereits über seinem Kollegen schwebte.

Walsh zögerte nicht, er schubste den jungen Beamten zur Seite, denn er hatte bemerkt, dass einer von Vitalis Killern nur darauf wartete, Aydin zu erschießen. Der Beamte stürzte, dadurch verfehlte ihn der Schuss. Gleichzeitig schoss Walsh und der Killer sackte zusammen.

Dann sah er, dass Brandt sich auf die Rasenfläche geworfen hatte, er bewegte sich nicht mehr. Über ihm stand ein weiterer Bodyguard von Vitali und brüllte den am Boden Liegenden wütend an. Walsh zögerte keine Sekunde und erschoss ihn.

Sein Blick wanderte zu dem Hubschrauber, der inzwischen auf dem großzügigen Grundstück gelandet war. Vitali lief mit zwei seiner Männer darauf zu.

Einer von ihnen blieb zurück und schoss. Walsh ging volles Risiko. Dass er selbst verletzt war, interessierte ihn in diesem Augenblick nicht. Er schoss und traf den Mann, wie die beiden anderen sank er wie ein nasser Sack zu Boden.

Dass Walsh zuvor überhaupt lebend aus dem Keller

herausgekommen war, grenzte an ein Wunder, aber er glaubte nicht an Wunder, er wusste, dass es das Ergebnis seiner eiskalten Berechnung und seines entschlossenen Handelns war. Bei der Schießerei im Kellergang hatte einer der Killer ihn getroffen, doch Walsh hatte sofort zurückgeschossen und die letzten drei Männer ebenfalls kaltgestellt. Die Kugel, die ihn erwischt hatte, steckte noch immer in seiner Brust, das Adrenalin ließ ihn jedoch alle Schmerzen vergessen.

Nachdem er sich im Keller freigeschossen hatte, war er nach draußen geeilt und hatte sich hinter einem Baum versteckt, dort hatte er auf die perfekte Gelegenheit gewartet, um Vitali zu erwischen. Leider waren ihm die beiden Kölner Polizisten in die Quere gekommen.

Er hatte zwar Respekt für den Mut von Brandt, seine Vorgehensweise war allerdings vollkommen leichtsinnig gewesen und wie es schien, hatte er dafür mit seinem Leben bezahlt. Walsh wollte nicht ebenfalls sterben. Nicht weil er Angst vor dem Tod hatte, sondern wegen Nina und Melanie und natürlich wegen Marc und Joe. Sie zählten auf ihn und sie brauchten ihn. Wer sollte sie beschützen, wenn er nicht mehr da war? Walsh hatte nach Jahren endlich den Sinn in seinem Leben gefunden und der war seine Familie, nicht sein Leben bei der Agency.

Vitali war inzwischen in den Helikopter gestiegen, sein Bodyguard lief in Walshs Richtung und eröffnete das Feuer. Walsh hatte seine Deckung hinter dem Baum aufgegeben und lief zu dem Hubschrauber, dabei schoss auch er. Der andere traf ihn am Bein, wenig später am Oberarm, Walsh rannte unbeirrt weiter und feuerte auf den Mann, bis die Waffe versagte. Keine Munition!

Der andere schien das zu bemerken und schoss jetzt mehrmals hintereinander. Walsh machte eine Vorwärtsrolle zur Seite und rettete sich hinter einen Baum. Sein Blick wanderte zu dem Helikopter, der jeden Moment abheben konnte.

„Er darf nicht abhauen“, knirschte Walsh. Doch zuerst musste er den Killer ausschalten. Nur hatte dieser eine Waffe und er nicht. Er hatte die Munition beider Waffen verbraucht.

Immer wieder fielen Schüsse, aber sie trafen ihn nicht, der Baum war eine gute Deckung. Walsh schaute sich um und sah etwas, was ihm helfen könnte. Eine Schubkarre. Ohne zu zögern, rannte er hin, packte die Schubkarre und hielt sie sich vor den Körper.

„Stirb, du Hund“, hörte er den Killer brüllen, es knallte erneut. Das Metall der Schubkarre fälschte den Schuss jedoch ab, sodass die Kugel Walsh verfehlte. Das brachte ihm wertvolle Sekunden, die er nutzte, um auf den Schützen zuzurennen und die Schubkarre auf ihn zu schleudern.

Der Mann schubste die Karre zur Seite, dabei fiel ihm die Waffe aus der Hand. Walsh sprang auf ihn und riss ihn zu Boden, dann schlug er gnadenlos auf den Mann ein.

Der hatte keine Chance, sich zu wehren, obwohl er es versuchte, aber Walshs gezielte Faustschläge waren zu hart. Der Mann regte sich nicht mehr.

Walsh stand auf, hob die Waffe auf und erschoss ihn.

Danach lief er auf den Helikopter zu, der bereits vom Boden abhob. Er feuerte darauf, doch das änderte nichts daran, dass ihm Vitali entkommen würde. Walsh zwang die letzten Reserven aus seinem Körper und setzte zum Sprint an, während er weiter schoss.

Auch aus dem Hubschrauber wurde geschossen. Inzwischen schwebten die Kufen knapp einen Meter über dem Boden. Walshs Herz raste, die Beine wurden schwer und sein Atem ging hektisch, dennoch dachte er nicht daran, seinem Körper Ruhe zu gönnen und zu kapitulieren. Er erhöhte nochmals das Tempo. Die Schmerzen, die dabei durch seinen Körper zuckten, ignorierte er. Dann sprang er.

Mit der rechten Hand konnte er sich gerade noch an der Landekufe festhalten. Sein Körper schwang hin und her, aber er klammerte sich eisern an der Kufe fest und schaffte es, die zweite Hand nach oben zu bekommen, um sich mit beiden Händen festzuhalten. Der Hubschrauber stieg immer höher. Walsh glaubte zu sehen, wie Polizeifahrzeuge auf die Villa zufuhren.

Zu spät!

Er zog sich hoch, fast wäre er dabei abgerutscht, da der Helikopter in diesem Moment einen Schwenk nach rechts machte. Doch er schaffte es und erhob sich, um ins Innere des Hubschraubers zu gelangen. Gleichzeitig hörte er einen Schuss, der ihn zum Glück verfehlte.

Er wusste, dass Vitali geschossen hatte. Ihm blieben nur wenige Sekunden bis zum nächsten Schuss, die musste er nutzen. Walsh kannte das Hubschraubermodell, es war ein Agusta Passagierhubschrauber, der für den Personenverkehr eingesetzt wurde.

Dass Vitali die Schiebetür für den Schuss geöffnet hatte, brachte Walsh einen Vorteil. Er löste sich aus der Deckung und sprang hinein. Vitali versuchte ihn wegzudrücken, aber es gelang ihm nicht. Walsh war im Innenraum. Er packte

Vitali, der wehrte sich und schoss erneut, doch Walsh hatte seine Hand schnell nach oben gerissen und der Schuss traf die Decke.

Der Pilot schrie etwas, was er nicht verstand, es interessierte ihn auch nicht. Walsh schlug auf Vitalis Hand ein, in der er die Waffe hielt, gleichzeitig rammte Vitali ihn weg und Walsh flog auf einen Sitz. Dann fiel wieder ein Schuss, er verfehlte ihn und Walsh trat mit dem rechten Fuß gegen Vitalis Bein. Er stürzte, Walsh sprang auf ihn und schlug mit der Faust zu. Vitali wich aus, doch der zweite Schlag traf ihn und die Waffe fiel zu Boden. Vitali trat um sich, Walsh verpasste seinem Gegner erneut einen rechten Haken, Zähne knackten und Blut spritzte aus Vitalis Mund.

Trotzdem griff Vitali wieder an, er traf Walshs Niere, der Schmerz lähmte ihn fast, dennoch dachte er nicht daran, dem Schmerz nachzugeben, und prügelte weiter auf Vitali ein. Dessen Gegenwehr nahm ab, sodass Walsh mehrere gezielte Treffer landen konnte.

Jetzt hatte er ihn, Vitalis Körper hing schlapp auf dem Ledersitz, für Walsh war das allerdings kein Grund, seine Fausthiebe zu verlangsamen. Endlich wehrte sich Vitali nicht mehr.

„Wer hat dir das Geld gezahlt?“, brüllte er den Russen an, doch dieser antwortete nicht. Walsh hielt inne und holte keuchend Atem, er fürchtete, dass er Vitali in seinem Blutrausch getötet hatte.

„Wer hat dir das Geld gezahlt?“, wiederholte er seine Frage, aber noch immer keine Reaktion.

Walsh bückte sich, um seinen Puls zu fühlen. Es war keiner mehr spürbar.

Jetzt begriff er, dass er seine wichtigste Quelle umgebracht hatte, damit war jede Chance verloren, zu erfahren, wer der wahre Auftraggeber war. Schnaufend sah Walsh auf den Russen hinunter. Er erinnerte sich, dass Vitali ihm erzählt hatte, er wisse nicht, wer ihn beauftragt habe, da alles über einen Mittelsmann gelaufen sei. Schon damals hatte er keinen Grund gehabt, ihn anzulügen, schließlich hatte er zu dem Zeitpunkt geglaubt, dass Walsh bald sterben würde.

Aber er lebte, dennoch hatte er gehofft, dass Vitali ihm etwas vorenthalten hatte. Dieses Geheimnis würde er nie mehr lüften können. Eine unbändige Wut stieg wieder in ihm auf, obwohl er soeben die Person getötet hatte, die für den Anschlag verantwortlich war.

Er trat zur Kanzel und griff nach dem Mikro, um mit dem völlig verängstigten Piloten zu sprechen.

„Wenn Sie sich ruhig verhalten, wird Ihnen nichts geschehen", sagte er, der Pilot nickte nur. Schweiß lief ihm die Wangen herunter. Walsh nahm nicht an, dass er einer von Vitalis Männern war. Es war mehr als wahrscheinlich, dass er einfach nur für irgendeine Gesellschaft, die vermögende Menschen durch die Gegend flog, seinen Dienst tat.

Er gab dem Piloten Anweisungen, wohin er fliegen solle. Erst jetzt spürte er, wie die Kraft nachließ und die Schmerzen in sein Bewusstsein traten. Sie erinnerten ihn daran, dass er auch nur ein Mensch aus Fleisch und Blut war und dringend medizinische Hilfe brauchte.

Er ließ den Piloten nach Wiesbaden zum Krankenhaus der US-Army fliegen. Kaum waren sie auf dem Dach gelandet, kamen ihnen dutzende Männer entgegen, schwer bewaffnet.

Walsh stieg mit erhobenen Händen aus, er war sichtlich gezeichnet von den Verletzungen.

„Keine Bewegung", schrie ein Soldat auf Englisch. Der Pilot wagte sich nicht aus seinem Cockpit. Walsh blieb stehen, seine Beine wurden immer schwächer.

„Ich bin Angehöriger der US-Army, mein Name ist Peter Walsh", rief er, doch auch seine Stimme wurde immer schwächer.

„Peter Walsh? Der Walsh, über den alle sprechen?", fragte der Soldat.

„Genau der."

„Ich dachte, Sie wären nicht mehr bei der Army."

„Das ist eine lange Geschichte. Ich brauche …", presste Walsh hervor, dann fiel er zu Boden und verlor das Bewusstsein.

Kapitel 28

Einige Tage später, Wiesbaden

„Sie sind immer für eine Überraschung gut“, hörte Walsh eine ihm vertraute Stimme, als er langsam zu sich kam. Er hatte lange geschlafen. Der Schlaf hatte ihm gutgetan. Im Gegensatz zu den letzten Tagen fühlte er sich heute besser, obwohl er noch immer an unzählige Schläuche angeschlossen war.

Er richtete sich vorsichtig auf und lehnte sich gegen das Kopfteil seines Bettes. Der ominöse Raucher, der Mann, den niemand kannte, der jedoch alle Fäden der Agency in Händen hielt, saß an seinem Bett.

„Was machen Sie hier?“, fragte Walsh wenig erfreut.

„Nach Ihnen schauen. Sie werden Ihrem Ruf gerecht. Jeder andere wäre an diesen Verletzungen gestorben, aber nicht Peter Walsh. In Ihnen schlägt das Herz vieler Krieger und Schamamen.“

Walsh verstand die Anspielung, schließlich war er zur Hälfte amerikanisch-indianisch. Sein über alles geliebter Großvater, der vor Jahren gestorben war, war ein respektierter und anerkannter Schamane seines Stammes gewesen. Man nannte ihn *Den, der seinen Geist auf Wanderung schickt,* weil er seinen Geist in einem Trancezustand von seinem Körper lösen und in der vierten Dimension schweben konnte. Auch Walsh verfügte über diese Gabe. Sie war mit ein Grund dafür, dass er für das US-Militär und deren vertraulichsten Geheimdienst von unschätzbarem Wert war.

„Mir geht es gut. Sie können gehen“, bemerkte Walsh

kühl.

Der Mann zeigte sich wenig beeindruckt, Walshs Unfreundlichkeit berührte ihn augenscheinlich nicht im Geringsten. Er war stoisch wie immer. Der einzige Unterschied zu sonst war, dass er nicht rauchte.

„Sie haben richtig gehandelt, als sie den Piloten angewiesen haben, auf dem Dach der Klinik zu landen."

„Was ist mit Vitali?"

„Er ist tot, das sollten Sie doch wissen. Sie haben ihn getötet."

„Was ist mit seinem Leichnam?", wurde Walsh deutlich.

Der Mann lächelte kurz, es war dieses arrogante Lächeln, das Walsh innerlich zum Kochen brachte.

„Unser Angebot steht. Wir können Sie und Ihre Familie beschützen", erwiderte der Raucher.

„Ich kann meine Familie selbst beschützen", giftete Walsh zurück.

„Sicher? Diesmal hatten Sie Glück, aber was hat Ihnen das Ganze gebracht? Wissen Sie, warum Vitali Sie töten sollte?"

Walsh antwortete nicht. Er wusste, dass der Raucher recht hatte. Er hatte Vitali ermordet, ja, trotzdem wusste er nicht, wer diese unbekannte Person war, die bereit war, eine Million Dollar zu zahlen, um ihn tot zu sehen. Natürlich hatte er einige Personen im Verdacht. Er hatte in den Jahrzehnten bei der Agency genug Feinde angesammelt, unter ihnen Hakim. Dennoch passte das irgendwie nicht zusammen. Hakim hätte reichlich Möglichkeiten, den Anschlag selbst durchzuführen.

„Nein, Vitali kannte den Geldgeber angeblich nicht. Was wissen Sie?"

„Nicht mehr als Sie. Sie schätzen mich noch immer falsch ein. Ich würde es Ihnen verraten, wenn ich es wüsste. Ich halte viel von Ihnen, das sollten Sie inzwischen begriffen haben. Kommen Sie zurück und greifen Sie auf die Ressourcen der Agency zu, um den wirklichen Drahtzieher zu finden. Wir garantieren den Schutz Ihrer Familie."

Walsh wollte etwas erwidern, doch der Mann stand auf und trat an das Bettende. Dann sagte er: „Nehmen Sie das. Dann müssen Sie keine Sorge haben, dass die deutschen Behörden Sie am Flughafen aufhalten." Der Mann gab ihm einen amerikanischen Reisepass mit einer neuen Identität.

„Liegt ein Haftbefehl gegen mich vor?"

„Noch nicht. Aber bei den Deutschen weiß man nie."

„Was ist mit den Kölner Polizisten passiert, die am Einsatz beteiligt waren? Emre Aydin und Lasse Brandt. Sind sie tot?"

„Sehr gut möglich. Kollrateralschäden gehören dazu, das sollten Sie wissen. Sie sind keine Amerikaner."

Walsh kannte die Spielregeln. Nationen außerhalb der USA hatten beim Militär und dem Geheimdienst nicht den Stellenwert wie Amerikaner. Wenn ein anderer Staatsangehöriger starb, musste der Präsident wenigstens keine Witwe anrufen, um ihr den Tod ihres Mannes zu erklären.

Der Raucher ging zur Tür. An der Türschwelle blieb er stehen, nahm eine Zigarette aus der Zigarettenschachtel und betrachtete sie eingehend. „Denken Sie in Ruhe über mein Angebot nach. Die Welt braucht Sie, Peter Walsh. Heute mehr denn je. Sie können vor dieser Verantwortung nicht ewig fliehen. Der Krieg liegt Ihnen im Blut.“ Mit diesen Worten wandte er sich um und ging.

Walsh legte sich wieder hin. Er war in diesem Moment etwas überfordert, was er sich jedoch niemals offen eingestanden hätte.

Der Mann hatte recht, seine Familie wäre unter dem Schutz des US-Militärs am sichersten. Es gab einfach zu viele Feinde, die ihm nach dem Leben trachten könnten. Gleichzeitig wusste er, dass Melanie diese Entscheidung nie und nimmer akzeptieren würde.

So in Gedanken bekam er nicht mit, dass die Tür geöffnet wurde und jemand eintrat.

„Joe“, sagte er freudestrahlend, als er aufblickte. Sein bester Freund stützte sich auf Krücken, aber er konnte gehen und wie es schien, war er in guter Verfassung.

„Bist du endlich auch mal wach“, witzelte er und trat zu ihm. Er reichte ihm in gewohnter Manier die Hand zum Abklatschen, was Walsh dankbar erwiderte.

„Wie gehts dir?“, fragte er.

„Jetzt geht es erst mal um dich, Großer. Joe haut so schnell nichts um, du weißt doch, aus was für einem Holz ich geschnitzt bin.“ Joe zeigte sein strahlendes Lächeln.

„Na ja, vor einigen Tagen dachte ich noch, dass es das nun war mit dir“, sagte Walsh ehrlich. Er konnte seine Freude, dass es seinem Freund so gut ging, gar nicht in Worten ausdrücken.

„Wie fühlst du dich? Die Schwester meinte, man hätte ein ganzes Munitionsdepot aus deinem Körper geholt. Die Ärzte konnten es selbst nicht glauben.“

„Mich bringt so schnell nichts um. Trotzdem bin ich froh, wenn wir hier verschwinden können.“

„Und ich erst. Aber die werden uns noch ein wenig hierbehalten. Erzähl mir lieber, was genau geschehen ist. Hast du das Schwein geschnappt?“

„Den, der für die Autobombe verantwortlich ist, ja“, begann Walsh und berichtete in den Grundzügen, was sich ereignet hatte.

„Alis Gang weiß also, dass du für seinen Tod verantwortlich bist?“, fragte Joe.

„Wahrscheinlich.“

„Sobald ich meinen Laptop habe, werde ich dafür sorgen, dass die Gang erfährt, dass die Russen dahinterstecken. Du siehst nachdenklich aus. Was ist los? Du hast Vitali getötet!“

„Ja, aber nicht erfahren, wer die Person ist, die für meinen Tod eine Million Dollar bezahlt hat.“

„Das weißt du doch besser, Peter. Wer immer dahintersteckt, wird Mittelsmänner beauftragt haben, um anonym zu bleiben. Ich glaube nicht, dass Vitali wusste, von wem der Auftrag wirklich stammte. Am Ende war es ihm sicher völlig egal, es ging ihm nur um die Kohle. Menschen wie Vitali sind skrupellos. Drogensüchtige für seine Geschäfte zu missbrauchen unter dem Deckmantel eines gemeinnützigen Vereins, sagt ja wohl alles über seinen miesen Charakter.“

„Ich frage mich, ob dieser Igor Rebrov wirklich nichts wusste.“

„Wahrscheinlich nicht. Aber das sollte nicht unser Problem sein. Wir leben, das ist alles, was zählt. Ich vermisse die Kinder“, sagte er und Walsh verstand, worauf er hinauswollte. „Was wollte dieser Raucher von dir?“

„Hast du ihn gesehen?“

„Ja, er kam mir entgegen. Will er dich rekrutieren?“

„Schon möglich.“

„Ich hoffe, du hast Nein gesagt.“

„Habe ich. Trotzdem, er hat nicht unrecht damit, dass ihr am sichersten seid, wenn ich wieder bei der Agency bin.“

„Spinnst du? Wann begreifst du endlich, dass deine Zeit bei der Agency, die dir so viele Feinde gebracht hat, vorbei ist? Willst du noch mehr Feinde? Außerdem wirst du auch nicht jünger.“

„Hey“, tat Walsh eingeschnappt und spannte automatisch seinen Bizeps an. Den Schmerz, der ihm dabei durch den Körper schoss, unterdrückte er.

„Wir müssen eben noch vorsichtiger sein. Ich werde Sensoren an unseren Fahrzeugen anbringen, die jede Veränderung sofort melden. Ich hätte dir glauben sollen, als du sagtest, dass uns jemand folgt.“

„Hör auf. Es war nicht deine Schuld. Die wollten *mich* töten, nicht dich. Ich will das nicht mehr hören“, wurde Walsh lauter als beabsichtigt. Er wollte einfach nicht, dass Joe sich eine Schuld einredete, die jeder Grundlage entbehrte.

„Dann hör du auf, andauernd davon zu reden, zurück zur Agency zu gehen. Nicht meinetwegen, wegen Nina. Du willst doch deine Tochter noch aufwachsen sehen, erleben, wie du Großvater wirst.“

Walsh sah, dass sein Freund feuchte Augen bekam.

„Ich hoffe, das wird noch lange dauern. Das mit dem Großvater muss nicht so schnell passieren“, witzelte er.

„Wir leben, dafür sollten wir dankbar sein, und wir haben eine tolle Familie. Mehr, als dieses Glück noch eine Weile in Händen halten zu dürfen, wünsche ich mir nicht. Ist das zu viel verlangt?“

„Nein, jetzt redest du aber wie eine Frau“, versuchte Walsh, seine dramatischen Worte etwas abzufedern, denn sie berührten ihn mehr, als er zugeben wollte.

„Manchmal ist es gut, wenn man Schwäche zeigt. Man muss nicht immer cool sein, das macht die Coolness erst aus.“

„Junge, Junge, was geben sie dir für Drogen? Wo ist mein Joe, der Möchtegern-Hip-Hopper?“

„Von wegen Möchtegern. Mein Beatboxing ist immer noch legendär. Frag Marc.“

Und dann begann Joe, mit dem Mund ein paar Beats zu machen, und bewegte sich im Rhythmus dazu. Die Schmerzen, die er dabei vermutlich hatte, schienen in diesem Moment vergessen. Walsh lachte, er war glücklich. Glücklich darüber, einen besten Freund wie Joe zu haben, glücklich, dass er und Joe überlebt hatten, und glücklich, bald seine Familie in die Arme nehmen zu dürfen.

Alle Gedanken an die Agency, den Raucher und den Drahtzieher des Anschlags waren mit einem Mal vergessen. Und wenn Joe ihn jetzt gefragt hätte, hätte er ihm versprochen, dass er mit all diesen Dingen abschließen und nur noch nach vorne schauen würde, um ein Leben zu führen wie Millionen andere Menschen auch.

Denn oft waren es die kleinen Dinge, die einen wirkliches Glück spüren ließen, nur vergaßen die Menschen das leider allzu oft.

Kapitel 29

12. Oktober, Köln

Der Tod gehörte zum Leben wie das Leben selbst. Nur verdrängten das die meisten gerne. Der Tod machte ihnen Angst, weil sie nicht mehr dazu erzogen wurden, ihn als gegeben und normal hinzunehmen. Das Leben in der modernen Gesellschaft war von Oberflächlichkeit, Konsum und ewiger Jugend geprägt, da passte die Endlichkeit einfach nicht ins Bild. So war die Trauer immer groß, wenn Menschen früher starben, als man es für möglich gehalten hätte. Es war die bittere Wahrheit, dass früher oder später jeder Bekanntschaft mit dem Tod machte.

Auch Aydin hatte diese Bekanntschaft machen müssen und sie hatte ihm große Furcht bereitet. Jetzt, wo er mit Bender im Krankenhaus war, spürte er wieder diese Unsicherheit, dieses Unbehagen und er hoffte, das Gebäude schnell verlassen zu können.

Vor einigen Wochen war sein Partner und bester Freund Lasse Brandt schwer verletzt eingeliefert worden. Die Ärzte hatten ihn in ein künstliches Koma versetzt, da er zu viel Blut verloren hatte und man sich sorgte, dass er sterben könnte.

Aydin hatte einige Tage völlig neben sich gestanden, aber seine Verlobte, Walter und natürlich seine Tochter hatten ihm viel Halt gegeben.

Selbst Bender hatte sich äußerst mitfühlend gezeigt und ihm Zwangsurlaub verordnet. Jeden Tag hatte er neben Brandt am Krankenbett gesessen und gehofft, dass er nicht sterben würde. Mit jedem Tag war diese Hoffnung ein Stück kleiner geworden und die Ärzte hatten bereits davon gesprochen, dass die Wahrscheinlichkeit, dass Brandt am Leben bleiben würde, immer geringer würde.

Ylva, Brandts Freundin, ging es wie Aydin. Sie fühlte sich, als wäre ihr der Boden unter den Füßen weggezogen worden. Sie schlief kaum noch und Aydin konnte sie überreden, in dieser schweren Zeit bei ihnen zu wohnen. Aydins Verlobte Nina hatte sich liebevoll um sie gekümmert.

Aber Brandt wäre nicht Brandt, wenn er selbst im Angesicht des Todes nicht gekämpft hätte, und so kämpfte er sich zurück ins Leben. Seine Werte und sein Zustand stabilisierten sich.

Und jetzt, einige Wochen später, war es endlich so weit, Brandt wurde aus der Klinik entlassen. Klar, dass Aydin es sich nicht nehmen lassen wollte, ihn persönlich abzuholen.

Gemeinsam mit Bender betrat er das Krankenzimmer.

„Wollen wir?“, fragte Brandt, er hatte bereits gepackt. Ylva war bei ihm.

„Wir sehen uns heute Abend, Schatz“, sagte sie und gab ihm einen Kuss. Dann grüßten Aydin und Bender sie, gleichzeitig verabschiedete sich Ylva.

„Was gibt es Neues?“, fragte Brandt.

„Das kann warten. Wichtig ist, dass du wieder gesund bist“, sagte Bender.

„Mir gehts gut, sehr gut. Ich fühle mich, als wäre ich in einen Jungbrunnen gefallen. Meine Werte sind top, fragt die Ärzte. Ich hoffe, die Aussagen von Popow konnten verwertet werden.“

„Ja, aber es wird noch dauern, bis wir das ganze

Geflecht auseinandergenommen haben. Leider ist Vitali Yakolew tot, ihn können wir nicht mehr belangen, dafür zwei andere Mitarbeiter des Vereins, die Popow schwer belastet hat. Außerdem hat der Bodyguard, den ihr in der Küche eingesperrt habt, ebenfalls Wichtiges über die Organisation und Struktur von Vitalis Drogennetz ausgesagt. Trotzdem, es wird Monate dauern, bis das ganze Ausmaß sichtbar wird."

„Was ist mit Rebrov?", fragte Brandt.

„Nichts deutet darauf hin, dass er in irgendetwas verwickelt ist. Entweder war er in Bezug auf Popow sehr naiv oder er versteht es hervorragend, seine Spuren zu verwischen. Wir müssen wohl die weiteren Ermittlungen abwarten."

„Und Walsh?"

„Wenn ich es richtig sehe, hat er dir das Leben gerettet. Er ist nicht auffindbar, weder zu Hause noch bei seinem Freund, diesem Joe, der übrigens auch verschwunden ist."

„Topagent halt", konnte sich Aydin einen Kommentar nicht verkneifen.

„Das Polizeipräsidium sieht keinen Grund, gegen Walsh zu ermitteln, weil wir ihm keine kriminellen Handlungen nachweisen können. Und wenn du mich fragst, ich möchte meine Ressourcen nicht für ein Gespenst verschwenden. Überhaupt, seien wir mal ehrlich, so ungelegen kam es uns nicht, dass er uns den Weg freigemacht hat. Jemanden wie Walsh würde ich sofort einstellen." Es war nicht zu überhören, dass Bender ein wenig von ihm begeistert war. „Egal, du bist gesund, das ist das Wichtigste. Ich lasse euch dann mal alleine. Wir sehen uns in zwei Wochen im Präsidium."

„In zwei Wochen? Ich bin fit."

„Keine Widerrede. Ich will dich vorher nicht bei der Arbeit sehen", entgegnete sie und verabschiedete sich von den beiden Beamten.

„Kann es sein, dass sie für Walsh schwärmt?", fragte Brandt, nachdem Bender das Zimmer verlassen hatte. Er griff nach seiner Tasche und ging mit Aydin ebenfalls auf den Flur.

„Ist auch nicht schwer. Der ist einfach unglaublich. Besser als jeder Agent im Film, den ich gesehen habe."

„Na ja …", sagte Brandt, klopfte Aydin aber wohlwollend auf die Schulter. „Wollen wir zu Walter?"

„Klar, er erwartet uns bereits."

Gemeinsam verließen sie das Krankenhaus und Aydin fuhr sie zu Walters Imbiss.

„Welch seltener Gast", strahlte Walter, als er die beiden eintreten sah. Er kam gleich auf sie zu und drückte besonders Brandt herzlich an seinen massigen Körper.

„Wie gehts dir?", fragte er. „Ich hatte schon Sorge, dass ich einen meiner besten Kunden verliere …"

„Du weißt doch, uns Nordlichter bringt so schnell nichts um."

„Na, wenn dieser Walsh nicht gewesen wäre, wärst du mausetot. Er hat dir das Leben gerettet, du eitler norddeutscher Narzisst."

„Bist du jetzt auch ein Walsh-Fan?", fragte Brandt.

„Nein, aber ich bin froh, dass er so tapfer war. Er hätte dich auch verrecken lassen können. Das sagt doch viel über seinen Charakter aus. Ich hatte ihn immer in guter Erinnerung. Gibs halt zu, dass du ihn falsch eingeschätzt hast, oder steckst du noch immer voll falscher

Männlichkeit?“

„Wenn es euch beruhigt, ich würde ihm gerne persönlich Danke sagen, aber er ist nicht auffindbar. Außerdem kann ich mich an nichts erinnern, auch nicht daran, dass er mir das Leben gerettet hat. Ich dachte, ich wäre tot.“

„Dafür kann ich mich sehr gut dran erinnern. Er hat dir und mir das Leben gerettet. Als ich wieder zu mir kam, bin ich rausgerannt und habe dich am Boden liegen gesehen, jemand stand über dir. Ich wollte zu dir rennen, dabei habe ich übersehen, dass mir ein anderer auflauerte. Wäre Walsh nicht aus seiner Deckung gesprungen, wären wir beide mausetot. Er hat mich zur Seite geschubst und ich bin gestürzt. Dann hat er den Mann, der auf mich gezielt hat, erschossen, und ist anschließend auf den Mann, der über dir stand, zugerannt und hat auch ihn erschossen. Danach hat er sich die anderen vorgeknöpft. Ich war wie gelähmt durch den Sturz, ich konnte nicht auf die Beine. Aber ich habe alles gesehen. Wie er auf den Hubschrauber gesprungen ist, der schon in der Luft war, und sich an der Landekufe festgehalten hat. Selbst als der Hubschrauber weit oben war, hat er nicht lockergelassen. Das war echt krass. Und wie es scheint, hat er Vitali getötet.“

„Recht so, Leuten wie Vitali weine ich keine Träne nach“, sagte Walter. „Was ist mit seinen Drogengeschäften?“

„Wir haben Haftbefehl gegen zwei seiner Männer erlassen. Vitali hat, wie es ausschaut, ohne das Wissen von Rebrov eine perfekt organisierte Logistik aufgebaut. Die drogensüchtigen Teenager wurden als Drogenkuriere eingesetzt. Wenn sie nicht pariert haben, sind sie von Vitalis Männern eingeschüchtert, bedroht oder ermordet worden. Wir konnten bisher sechs Tote identifizieren, die auf sein Konto gehen. Zum Glück hat Popows Aussage etwas ins Rollen gebracht und es haben sich noch drei weitere Drogenkuriere bei uns gemeldet."

„Rebrov ist unschuldig? Ich kenne solche Leute, die haben mehr Dreck am Stecken, als man reinwaschen kann", brummte Walter und wendete die Würstchen auf dem Grill.

„Mag sein, aber ohne Beweise können wir nichts machen", antwortete Brandt. Aydin sah ihm an, dass ihm dieser Zustand nicht schmeckte.

„Was ist mit Vitalis Leiche passiert?"

„Die wurde uns frei Haus geliefert."

„Frei Haus? Red mal deutlich."

„War so. Am Abend parkte ein Wagen vor dem Präsidium, darin befand sich die Leiche", erklärte Aydin.

„Habt ihr denn den Hubschrauber nicht verfolgt?"

„Das war leider zu spät. Wir konnten nicht mehr lokalisieren, wo er gelandet ist. Gut möglich, dass er nur einen kurzen Flug hatte."

„Da habt ihr euch aber nicht gerade mit Ruhm bekleckert. Man kann über die Amis sagen, was man will, die und ihre Geheimdienste sind schon sehr professionell. Solche Hubschrauber werden doch meistens gechartert. Ihr hättet nur die Firma kontaktieren müssen und den Piloten."

„Dafür hätten wir wissen müssen, welche Gesellschaft das war. Als die Kollegen vom SEK-Team eintrafen, war der Hubschrauber weit weg. Und ich konnte nicht erkennen, zu welcher Firma er gehörte. Natürlich haben wir gleich die Flugüberwachung informiert, aber da war es schon zu spät. Genau deswegen vermuten wir, dass es nur ein kurzer Flug war.

Am Ende hat es das Präsidium übrigens nicht mehr wirklich interessiert. Warum auch? Wir hatten ja die Leiche, außerdem haben wir einen Drogenring auffliegen lassen. Alles in allem können wir von einem vollen Erfolg sprechen. Möglich wäre allerdings auch, dass das US Militär hinter den Kulissen Druck beim Präsidium gemacht hat und wir deshalb nicht weiter in Richtung Walsh ermitteln", fasste Aydin zusammen. Er nahm die Rindswurst von Walter entgegen und biss ein Stück davon ab. Der Geschmack war phänomenal wie immer. Wenn es eine Konstante im Leben gab, dann Walters Würstchen.

Aydin schaute zu Brandt, der ebenfalls gerade ein Stück Currywurst in seinem Mund verschwinden ließ, und sein Lächeln sagte ihm, dass er wieder im Leben angekommen war.

„Du weißt übrigens gar nicht, was für einen guten Freund du hast", sagte Walter. „Er hat für dich seine Hochzeit verschoben."

„Doch, weiß ich und ich weiß das sehr zu schätzen", antwortete Brandt und klopfte seinem Freund auf die Schulter. „Ich sage das nicht oft, aber ich bin wirklich froh und glücklich, euch beide zu meinen besten Freunden zählen zu dürfen."

„Jetzt werd bloß nicht sentimental, das ist Aydins Part", witzelte Walter und versuchte zu lachen, doch er konnte nicht verbergen, dass Brandts Worte ihn ebenfalls bewegten.

„Ich bin auch sehr froh, dass ich euch kennengelernt habe. Eine Hochzeit ohne Trauzeugen wäre einfach keine perfekte Hochzeit."

„Darauf spendiere ich drei Biere, die Brandt bezahlt“, bemerkte Walter und diesmal lachte er wirklich befreit auf.

Aydin und Brandt stimmten in das Lachen mit ein und in diesem Moment fand Aydin, dass das Leben wieder schön war. Seine Gedanken waren bei Peter Walsh, bei dem er sich gerne bedankt hätte, weil er nicht nur sein, sondern auch Lasse Brandts Leben gerettet hatte.

Dann wurde die Tür geöffnet und ein Mann trat ein. Er war groß, durchtrainiert und hatte ein indianisch anmutendes Aussehen.

- ENDE –

HINWEIS:

Hat Ihnen der dritte Teil gefallen? Die beiden ersten Teile erhalten Sie ebenfalls bei Amazon unter dem Titel:

I WALSH – Zurück
WUT

Wenn Sie an weiteren Walsh-Thrillern interessiert sind, gibt es bei Amazon die vierteilige Miniserie Peter Walsh (vergünstigt auch als Gesamtausgabe erhältlich).

Der Titel lautet: Peter Walsh – Gesamtausgabe Teil 1-4

In der Peter-Walsh-Miniserie erfahren Sie, wie Walsh zu dem wurde, der er ist, und wie er seine entführte Tochter fand.

Anmerkungen des Autors

Wie immer fragt man sich als Autor am Ende eines Buches, ob es die Erwartungen der Leser erfüllen konnte. Auch wenn man selbst das Buch spannend und gelungen findet, ist das noch lange nicht ein Garant dafür, dass es die Leser auch so sehen. Dennoch hoffe ich, dass Ihnen auch dieser Peter-Walsh-Thriller gefallen hat.

Es ist das erste Mal, dass Walsh und die Kölner Kripo gemeinsam ermitteln. Vielleicht fragt sich manch einer, warum sich Walsh und Brandt nicht mögen.

Ich denke, es liegt daran, dass sie beide Alphatiere sind, sie sind sich in vielen Dingen ähnlich, das führt zu Schwierigkeiten. Andererseits wäre es auch langweilig, wenn sich die Hauptfiguren immer bestens verstehen würden.

Wie in meinen anderen Büchern auch sind die allermeisten Orte und Hintergründe real, zum Beispiel was die US-Einrichtungen anbelangt. Den Dagger-Komplex und die Clay-Kasernen als US-Militärstützpunkt bei Wiesbaden, wo bis zu 20.000 Menschen arbeiten, gibt es wirklich. Der Stützpunkt ist wie eine kleine Stadt aufgebaut. Den Amerikanern fehlt dort nichts, was sie aus den USA kennen, es soll ihnen in der Fremde etwas Heimatgefühl geben.

Der Dagger-Komplex war in letzter Zeit immer mal wieder in den Schlagzeilen, denn der Standort gilt wegen seiner sensiblen Einrichtungen als äußerst heikel. Der Komplex ist ein Stützpunkt der militärischen Geheimdienste der USA. Früher waren es der Kalte Krieg und der Ost-West-Konflikt, der amerikanische

Nachrichtendienste nach Deutschland lockte, heute ist es der islamistische Terror. Es scheint, als wäre das eine Übel durch ein anderes abgelöst worden – was einen zu der bitteren Schlussfolgerung bringen könnte, dass das Übel nicht besiegt sein wird, solange es Menschen gibt.

Aber ich bin überzeugt, dass, solange es Menschen wie Walsh, Joe, Brandt, Aydin oder Walter gibt, immer das Gute siegen wird. Das war auch der Grund, warum ich mich am Ende dagegen entschieden habe, Brandt den Heldentod zu gönnen. Es war meine ursprüngliche Idee, doch je weiter die Geschichte fortschritt, desto unwahrscheinlicher und sinnloser erschien mir dieses Vorhaben. Was nicht heißt, dass ich in den nächsten Büchern meine Helden garantiert ungeschoren davonkommen lassen werde … Es würde nicht der Realität entsprechen.

So traurig es mich und sicher manchen von Ihnen auch macht, der Tod gehört zum Leben dazu. Wir haben wahrscheinlich verlernt, das zu akzeptieren und damit vernünftig umzugehen, daher verdrängen wir den Tod. Dieser Umstand ändert jedoch nichts an der Tatsache, dass es ihn gibt und dass er früher oder später jeden Menschen auf der Erde heimsuchen wird.

Sicher fragen Sie sich, wer die Person ist, die am Ende Walters Imbiss betritt. Vieles spricht für Walsh. Aber ist er es wirklich? Oder ist es eine Person, die eventuell der Start für den nächsten Köln Krimi ist? Oder gar für ein ganz anderes Buch?

Ich möchte dieses kleine Geheimnis noch für mich behalten, aber seien Sie versichert, die Kölner Kripo wird bald einen weiteren Fall zu lösen haben und Walshs Reise wird noch lange nicht zu Ende sein. Schließlich gibt es noch zu viele offene Fragen, die eine Figur wie Walsh keine Ruhe lassen. Und wer weiß, vielleicht treffen Brandt und Walsh bald auch wieder persönlich aufeinander.

Ihr Salim Güler

Eine Bitte

Sollte Ihnen das Buch gefallen haben, würde ich mich sehr über eine kurze positive Bewertung auf Amazon.de freuen.

Weitere Bücher, bei Amazon als Ebook oder Taschenbuch erhältlich:

Köln Krimi:
Band 1: Die Stillen müsst ihr fürchten – Tatort Köln
Band 2: Fürchte die Nacht – Tatort Köln
Band 3: Dann war Stille – Tatort Köln
Band 4: Wenn Tote nicht schweigen – Tatort Köln
Band 5: Sterben ohne Tod – Ein Köln – Lübeck Krimi
Band 6: Niemand – Tatort Köln
Band 7: Oh du Stille – Tatort Köln
Band 8: Gespalten – Tatort Köln
Band 9: Schmerz – Tatort Köln

Lübeck Krimi:
Band 1: MORD §78 – Ein Lübeck Krimi
Band 2: VERSTUMMT – Ein Lübeck Krimi
Band 3: SEBASTIAN – Ein Lübeck Krimi
Band 4: TOTENBLÄSSE – Ein Lübeck Krimi

Die Schuld in uns - Thriller

MORGEN LERNST DU WIE MAN WEINT - Thriller

SNIPER – Kaltes Blut (Mannheim Krimi)

Honigblau

Täuschung

Wüstengrab

Nächstenliebe (Das Jesus Sakrileg)

Peter Walsh Thriller:

I WALSH – Zurück
WUT

Peter Walsh Gesamtausgabe 1-4

Gerne können Sie auch direkt mit mir in Kontakt treten, alle Informationen dazu finden Sie auf Facebook:

https://www.facebook.com/salim.gueler

oder auf meiner Homepage:

www.salim-gueler.de

Herzlichen Dank für Ihre Unterstützung

Ihr
Salim Güler

22528411R00190

Printed in Poland
by Amazon Fulfillment
Poland Sp. z o.o., Wrocław